トム・ゴドウィン他
伊藤典夫編・訳

早川書房
6937

THE COLD EQUATIONS AND OTHER STORIES

by

Tom Godwin and Others

目次

冷たい方程式

徘徊許可証

ロバート・シェクリイ

Skulking Permit

トム・フィッシャーは、自分が犯罪者の道を踏みだしかけていたのを、まったく知らなかった。朝――。大きな赤い太陽は、小さな黄色い伴星を追いかけて、ちょうど地平線の上にのぼったところ。こぢんまりとまとまった村――この緑の惑星のたったひとつの白い点――は、二つの真夏の太陽の光を受けて、きらきらと輝いていた。

トムは、自分のいなか家《コテージ》で目をさましたところだった。日焼けした長身の若者で、その大きな目は父親ゆずり、母親からは、どんな窮境に出会っても悠揚《ゆうよう》せまらぬ態度を受けついでいる。いまも彼は少しも急いでいなかった。秋の雨まで、釣りの時期は来ないのだ。つまり、漁師《フィッシャー》としての仕事らしい仕事はないということである。秋まで、彼はぶらついたり釣竿をなおしたりして暮らすつもりでいた。

「赤い屋根にきまってるじゃないか」おもてで、ビリイ・ペインター（塗装屋）のどなり声が聞こえた。

「赤い屋根の教会なんてあるもんか！」エド・ウィーバー（織物屋）がどなりかえした。

トムは、ひたいに八の字を寄せた。関係のないところにいたので、この二週間に村を襲った変化をすっかり忘れていたのだ。彼はズボンをはくと、村の広場へ出かけた。

広場に来て、最初に目にとまったのは、大きな新しい立札だった。こう書いてある——**《都市区域に異星人の立入りを禁ず》**。この惑星ニュー・デラウェアには、異星人はいない。あるのは、森林と、この村だけ。だから立札も、たんに政策を公示しているというにすぎなかった。

広場には、教会と刑務所と郵便局があった。どれも、このくるったような二週間に建てられたもので、マーケットを前にして、きちんと一列に並んでいる。この建物を何に使うのか、知っている人間はいなかった。こんなものなしでも、村は二百年以上、けっこううまくやってきていたからである。だがいまは、もちろん、建てなければならない。

エド・ウィーバーは、新築した教会の前に立って、まぶしそうに上を見ていた。教会の急勾配の屋根の上で危なっかしくバランスをとりながら、腹をたてたようにブロンドの口ひげを逆立てているのは、ビリイ・ペインターである。ヤジ馬も少しばかり集まっていた。

「よせやい」とビリイ・ペインター。「先週読んだばかりなんだぜ。赤い屋根、オーケイ、白い屋根、ノーさ」

「なにかほかんのと、ごっちゃにしてるんだろう」ウィーバーがいった。「トム、どう思う？」

なんの意見も持ちあわせていないので、トムは肩をすくめた。ちょうどそこへ、汗をびっしょりかいた市長が、ほてい腹の上にシャツをはためかせながら、どたどたと走ってきた。

「おりて来なさい」彼はビリイを呼んだ。「いま調べたよ。学校は〈小さな赤い校舎〉だ。教会じゃない」

ビリイはふくれていた。彼は気むずかし屋だった。もっとも、ペインター家の人間はみんなそうなのだ。だが先週、市長が彼を警察署長に任命して以来、そのへそまがりは徹底的なものになっていた。

「〈小さな校舎〉なんてどこにもないですよ」はしごの途中でビリイは文句をいった。

「だから、建てなければならん」市長は空をちらっと見た。つられてひとり残らず空を見上げた。だが、まだ何も見えなかった。

「カーペンター（大工）のせがれたちはどこにいる？」市長がきいた。「シド、サム、マーヴ——みんなどこだ？」

ヤジ馬のなかから、シド・カーペンターが現われた。先月スレッスルの卵を取りにいって木から落ちた彼は、まだ松葉杖をついていた。木登りにかけては、カーペンター家の人間はからきし意気地がないのだ。

「ほかの連中は、エド・ビーアの〈居酒屋〉にいるよ」とシド。

「そこじゃなかったら、どこだというの？」ヤジ馬のなかから、メアリ・ウォーターマン（水道屋）の声がきこえた。

「じゃ、呼んできなさい」市長はいった。「〈小さな校舎〉を建てるんだ。それも急いでな。場所は刑務所の隣りだ」そして地面におりてきたビリイ・ペインターに向くと、「ビリイ、できあがったら、それを内も外もまっ赤に塗るんだ。これはたいせつな仕事だぞ」

「警察署長のバッジは、いつくれるんです？」とビリイ。「署長はいつもバッジをつけるって書いてあったけどな」

「そんなものは自分で作れ」市長はそういうと、シャツの袖で顔をぬぐった。「まったく暑いな。調査官め、どうして冬に来ない……。トム！　トム・フィッシャー！　あんたにもたいせつな仕事がある。来なさい。説明するから」

　市長はトムの肩に腕をまわした。二人は、からっぽのマーケットを横に見ながら、村のたった一本の舗装道路を市長のいなか家《コテージ》まで歩いていった。昔は、これも土をかためただけの道路だった。だが昔は二週間前に終わり、いまでは細かく砕かれた岩が道に敷かれている。おかげではだしでは歩きにくくなったが、村人たちは他人の家の芝生を横ぎることで難をのがれていた。ただ市長だけが模範を示す意味で道路を歩いた。

「ねえ、市長」トムは異議を述べようとした。「いま休暇で——」

「それはとり消しだ」と市長。「いまはだめだ。むこうはいつやって来るか知れん」彼はトムを家のなかに押しこむと、自分は〈星間通信機〉にできるだけ近づけておいてある大きなひじかけいすに腰をおろした。

「トム」市長はずばりときりだした。「どうだ、犯罪者にならんか？」

「そういっても」とトム。「ハンザイシャってなんですか？」

市長は居心地わるそうにいすのなかでもじもじすると、もったいぶったしぐさで〈通信機〉に片手をのせた。「こんなわけなんだ」市長は説明をはじめた。

トムは神妙に耳を傾けたが、聞けば聞くほど性に合わない気がしてきた。みんなその〈星間通信機〉のせいなのだ。もっと前に、なぜ、つぶれていなかったのだろう？

それで通信ができると思った人間はひとりもいなかった。母なる地球との最後の沈黙した絆であるその〈通信機〉は、長いあいだ、歴代市長のオフィスで埃をかぶっていた。二百年前、地球はそれを通じて、ニュー・デラウェアや、フォードⅣ、アルファ・ケンタウリ、ヌエバ・エスパーニャ、そのほか地球民主連合を形成する諸惑星と語りあっていた。だが、その会話は突然とぎれた。地球に戦争が起こったらしかった。たったひとつの村しかないニュー・デラウェアは、参戦するにはあまりにも小さく、あまりにも遠かった。村人たちはニュースを待ったが、どこからも音沙汰はなかった。やがて疫病が村を襲い、人口の四分の三が死んだ。

痛手から立ちなおるには、長い時間がかかった。村人たちは新しい暮らし方を考えだし、地球をすっかり忘れてしまった。

二百年がたった。

そして二週間前のこと、古代の〈通信機〉がぜいぜいと咳をしながら生きかえったのだ。何時間ものあいだ、村人たちは市長の家に集まり、唸りながら空電を吐きつづける〈通信機〉に耳を傾けた。

やっと言葉が出てきた。「……えるか、ニュー・デラウェア？　聞こえるか？」

「はいはい、聞こえますよ」と市長。

「植民地はまだあるかね？」

「もちろん、あります」市長は誇らしげにいった。

声は急にきびしく、官僚的になった。「植民地との通信が暫時《ざんじ》とぎれていたのは、わが方が事態の収拾に時日を要したためだ。だが小規模の掃討戦をのぞいて、すべては終わった。諸君の住むニュー・デラウェアが地球帝国の植民星であり、その法の下にあることは現在も同様だ。それに異議はないか？」

市長はためらった。地球はどの本にも、民主連合としてひきあいに出されていたのだ。だが二世紀もたてば名前ぐらい変わるだろう。

「地球に忠誠を誓うわれわれの心に変わりはありません」市長は威厳をもっていった。

「よし。それで、遠征隊を送る手間がはぶける。諸君が地球の習慣、制度、伝統に忠実であるかを確認するため、わが方では、もっとも近い星から居留地調査官を諸君のところへ派遣する」

「ええ？」心配そうに市長がきいた。

そのきびしい声は調子をあげた。「諸君はむろんわかっていると思うが、この宇宙には、ただ一種族の知的生物しか住む余地はない――その一種族とは〝人間〟だ！　ほかはすべて制圧し、殺戮し、殲滅させなければならん。異星人の侵入は許されないのだ。わかってくれるだろうな、将軍？」

「将軍じゃありません。わたしは市長です」

「統率しているのは、きみだろうが」

「ですが、そのう――」

「では、将軍だ。さあ、続けよう。この銀河系内に異星人の住む余地はない。どこにもないのだ！　同様に、地球以外のものと解釈される常軌を逸した文化の存在する余地もない。誰もがしたいことをしていたら、帝国を統治することは不可能なのだ。どれほどの犠牲がはらわれようと、そこには規律がなくてはならん」

市長はゴクンと生唾を呑みこむと、〈通信機〉を見つめた。

「そこが地球植民地であることを確認したまえ、将軍。平常を逸脱した急進的思想、すなわち自由意志、自由恋愛、自由選挙、その他禁止事項となっているいっさいのことは許されない。それらは異星人のものだ。異星人となると、われわれの扱い方はちがうぞ。植民地に規律をしくのだ。調査官は二週間以内に到着する。以上」

村では、地球の命令に対して、どうしたら万全を期して従えるかを決議するために、すぐ会議を開いた。できることは、昔の書物に示されている地球の有様を忠実に、しかも急いでまねることだった。

「犯罪者がどうして必要なのか、わけがわからない」とトムはいった。

「地球社会では、これがたいせつな役割を果たしているのさ」市長は説明した。「どの本でもそういってる。犯罪者は、いうなれば郵便局員ぐらいたいせつなもんだ。警察署長ぐらいといったほうがいいかもしれんな。もっとも彼らとちがって犯罪者というのは、反社会的な仕事に従事している。つまり、社会の行き方とは逆になるんだな、トム。逆を行く人間がいなかったら、正しい方向に行く人間もいないだろう？　人びとは失業してしまうわけだよ」

トムは首をふった。「わかりません」

「理屈で考えればいいんだ、トム。われわれは地球の文化を取り入れる。舗装道路もそうだ。どの本にも書いてある。それから、教会と学校と刑務所。どの本にも犯罪のことがのっている」

「やりたくないです」トムはいった。

「わたしの立場にもなってくれ」市長は懇願した。「例の調査官がやってきて、警察署長のビリィ・ペインターに会うとする。調査官は刑務所を見たいという。そうしてきく。〝囚人はいないのかね？〟わたしは答える。〝もちろん、いません。ここには、犯罪はないんです〟〝犯罪がない？〟と調査官はいう。〝だが地球植民地にはいつも犯罪があるぞ。それは知っているな？〟〝知りません〟とわたしは答える。〝先週、その言葉を見つけるまで、どんなものか知りませんでした〟〝じゃ、なぜ刑務所を作った？　なぜ警察署長なんか任命した？〟」

市長は息をついだ。「わかるな？　ぜんぶ失敗してしまうんだ。相手はすぐわれわれが地球的でないことを見破ってしまう。われわれは嘘をいってたんだ。異星人なのだ！」

「フムフム」トムは不本意ながら感銘を受けた。

「あんたが承知しさえすれば」市長はすぐ続けた。「こういえる。〝もちろん、ここにも犯罪はありますよ。地球みたいにね。さっきも、強盗殺人がありました。そのかわいそうな犯人は、子供のころのしつけが不充分で、社会に適応できなかったのです。しかし、警察署長が手がかりをつかみましたから、二十四時間以内に逮捕されるでしょう。刑務所に留置して、あとで更生させます〟」

「コウセイとはなんですか？」トムはきいた。

「わたしにもわからん。そのときになったら、わたしが考えるよ。さて、もう犯罪が必要なことはわかっただろうな？」

「ええ。ですが、どうしてぼくに？」

「ほかに暇《ひま》のある者がいないのだ。それにあんたは目が細い。犯罪者はみんな細い目をしているからな」

「それほど細くないですよ。エド・ウィーバーにくらべたら、ぜんぜん――」

「トム、いいかね」市長はいった。「みんなそれぞれ仕事があるのだ。あんたは手伝いたくないのか？」

「手伝いたいです」トムはうんざりしたようにいった。

「よし。あんたが犯罪者だ。これでみんな合法的になる」

彼は、トムに文書を手渡した。こう書いてあった――《**徘徊許可証**。立会人全員の認めるところにより、トム・フィッシャーを公認強盗殺人犯とする。ここに右の者は暗い路地を徘徊し、いかがわしい場所に出没し、法律を破る義務を持つものとする》。

トムは二度それを読みかえしてきいた。「なんの法律ですか？」

「できたら、なるべく早く知らせる」市長はいった。「どの地球植民地にも法律があるんだ」

「でも、何をするんですか？」

「盗んで、人を殺すんだ。かんたんさ」市長は本棚に歩いていくと、『犯罪者とその環境』、『殺人者の心理』、それから『窃盗の動機に関する諸考察』という表題のついた古い書物をひっぱりだした。

「これで知りたいことは全部わかる。思うぞんぶん盗むんだ。ただし、殺人は一回だけでいい。やりすぎるというのはいかん」

「わかりました」トムはうなずいた。「大丈夫だと思います」

彼は本を持って、家にもどった。

暑かった上に犯罪についての会話で、彼は疲労困憊《ひろうこんぱい》しきっていた。彼はベッドに寝ころんで、昔の書物を読みはじめた。

ドアにノックの音がした。

「どうぞ」疲れた目をこすりながら、トムは声をあげた。

カーペンター兄弟の長男で、背もいちばん高いマーヴ・カーペンターがはいってきた。そのうしろにはジェッド・ファーマー（農夫）がいる。二人は小さな袋を持っていた。

「トム、犯罪者っていうのは、あんただろう？」マーヴがきいた。

「らしいな」

「じゃ、これはあんたのだ」二人は袋を床に置くと、なかからナイフ二つ、斧、短い槍、棍棒、ブラックジャックをひとつずつとりだした。

「なんだい、いったい？」トムはとびおきた。

「武器さ、もちろん」ジェッド・ファーマーが気短かにいった。「武器がなくちゃ本物の犯罪者とはいえないぞ」

トムは頭をかいた。「ほんとかい？」

「どう使うかぐらい自分で考えろよ」ファーマーはいらだたしげにつづけた。「おれたちがみんな面倒をみてくれると思ってたら大間違いだ」

マーヴ・カーペンターがトムにウインクした。「ジェッドは郵便局員にさせられちまったんで、機嫌が悪いのさ」

「与えられた仕事はやるよ」ジェッドはいった。「ただ、こんなにたくさん手紙を書かなければならないと思うと、いやになるんだ」

「たいしたことないさ」マーヴ・カーペンターがにやにや笑いながらいった。「地球にだって郵便局員はいるんだ。むこうじゃ、もっと人が多いぜ。うまくやれよ、トム」

二人は出ていった。

トムはかがんで武器を調べた。それがどんなものか彼は知っていた。古い書物にはこんなのがやたらに載っていたからである。だがニュー・デラウェアで、武器を実際に使った人間はいなかった。この惑星の唯一の動物は、小さく、毛むくじゃらで、草しか食べないのだ。仲間の村人に武器を向けるということは——誰がそんな気になるだろう？

彼はナイフのひとつを拾いあげた。冷たい手ざわりがした。その先に触れてみた。とがっていた。

武器を見ながら、トムは部屋を行ったり来たりしはじめた。それらを見ているうちに、みぞおちのあたりが奇妙な沈むような感じに襲われた。仕事をオーケイするのが早すぎたかもしれない。

だが、まだそれを心配するのは早いようだった。本も読みおえていないのだ。あとになれば、全体からなにかがつかめるかもしれない。

軽い昼食をとったときに休んだだけで、彼は長いあいだ本を読みふけった。どれもわかりやすい内容で、いろいろな種類の犯罪方法が、ときには図もついて、はっきり説明されていた。だが全体としては、どうにも納得できなかった。犯罪の目的は何なのか？　それで恩恵をこうむるのは誰だろう？　人びとはそこから何を得るのか？

本にはそれが説明されていなかった。犯罪者の写真を見ながら、彼はページをぱらぱらとめくっていた。どの顔も非常に真剣かつ献身的で、社会での彼らの重要さをすごく意識しているようだった。

何が重要なのかわかりさえすればいいのだが、とトムは思った。そうすれば、仕事はぐんと楽になるだろう。

「トム？」おもてで市長が呼んだ。

「ここです、市長」

ドアがあいて、市長が首を出した。そのうしろに、ジェーン・ファーマー、メアリー・ウォーターマン、それからアリス・クック（料理人）がいる。

「どうだい、トム？」市長がきいた。

「何がどうだいですか？」

「仕事のはかどりぐあいのことだよ」

トムは心得顔ににやっと笑った。「そろそろとりかかりますよ。いまこの本を読んでるんです。だいたいどんなものか見当をつけ――」

三人の中年婦人がじろっとにらんだ。トムは当惑して黙った。

「本なんか読んで時間をつぶしてるんだね」アリス・クックがいった。

「みんな、おもてで仕事をしているよ」とジェーン・ファーマー。

「盗みが、どうしてそんなにむつかしいんだろうね？」メアリー・ウォーターマンが挑戦的にいった。

「そうだとも」と市長。「例の調査官は、きょうにでも来るかもしれんというのに、見せる犯罪もない」

「はいはい」

彼はナイフとブラックジャックをベルトにはさむと、（盗品を入れる）袋をポケットにつっこんで、大またにおもてへ出た。

だが、どこへ行けばいいのだ？　いまは昼さがり。理屈からいって、盗むのにいちばん手ごろな場所はマーケットだが、そこは夕方までからっぽ。それに、明るいうちに強盗するのは、どうも気がすすまない。

彼は徘徊許可証をあけて、もう一度読みかえした。《……いかがわしい場所に出没し……》

これだ！　いかがわしい場所に出没するのだ。そんな場所の雰囲気にひたっていれば、自然と考えはうかぶだろう。しかし不幸なことに、そういったところは村にたいしてない。あるのは、亭主に死なれたエイムズ姉妹がやっている〈小さなレストラン〉、それからジェフ・ハーンの〈レスト・ハウス〉、もうひとつはエド・ビーアの〈居酒屋〉。それだけ。

エドのところがよさそうだ。

〈居酒屋〉は、村のどの家ともたいして変わりないいなか家《コテージ》だった。客用の大きな部屋がひとつ。あとはキッチンと家族の寝室。料理を出すのはエドの奥さんで、いつも背中が痛い痛いといっているところをみると、店のなかもできるだけ掃除はしているようである。

酒はエドが運んできた。眠そうな目をした青白い顔の男で、心配症な点では人並みはずれていた。

「よう、トム」とエドはいった。「犯罪者になったそうじゃないか」

「そうさ」とトム。「ペリコーラがほしいな」

エド・ビーアは、アルコール分なしの木の根のしぼり汁を持ってくると、心配そうにトムのテーブルの前に立った。「盗みに行かないのかい、トム？」

「計画中だよ、許可証を見たら、《いかがわしい場所に出没する義務がある》と書いてあった。だから来たんだ」

「居心地いいかい？」エド・ビーアが悲しそうにきいた。「ここは《いかがわしい場所》じゃないぜ、トム」

「あんたの出す食い物は、この町で最低だよ」トムは指摘した。

「知ってるよ。女房は料理ができないんだ。だがここには気楽な雰囲気というやつがある。だから、みんな好きなのさ」

「もうそれもおしまいだ、エド。この店をぼくの本拠にする」

エド・ビーアの肩ががくんとさがった。「まあ、いいところにしてくれよ。お礼はたんまりするぜ」そうつぶやくと、彼はカウンターにもどった。

トムは考えの先を続けた。犯罪というのは、驚くほどむつかしいことがわかった。考えれば考えるほど、なんだかわからなくなってくるのだ。だが彼は執念ぶかく食いさがった。

一時間が過ぎた。ジェッド・ファーマーの一番下の子供、リッチーが、ドアから首を出した。

「まだ何も盗まないの？」

「まだだよ」トムは考えこんだまま、テーブルにもたれかかった。

うだるような午後が、ゆっくりとすぎていった。夕暮れの明かりが、〈居酒屋〉の小さな、あまりきれいでない窓の外に、いくつか見えるようになった。コオロギが鳴きだし、夜風の最初のささやきが周囲の森をざわめかせた。

大男のジョージ・ウォーターマンとマックス・ウィーバーが、グラバを一杯やろうと入ってきた。二人はトムのそばに腰をおろした。

「どうだい？」ジョージ・ウォーターマンがきいた。

「あんまり、よくないな」とトム。「どうも盗みの要領がわからない」

「そのうちにわかるさ」ウォーターマンはゆっくりと、彼独特のとつとつとした、真剣な口調でいった。「この村でできるのは、あんただけだ」

「あんただから安心してるんだ、トム」ウィーバーも彼を元気づけた。

トムは礼をいった。二人は飲み終えて帰った。彼は、からっぽのペリコーラのグラスをにらみながら考えつづけた。

一時間後、エド・ビーアが遠慮がちに咳ばらいした。「おれの知ったこっちゃないがね、トム。あんた、いつになったら盗むんだ？」

「いまからさ」とトムはいった。

彼は立ちあがって、武器が元の位置にしっかりとおさまっているか確かめると、ドアをあけた。


毎晩の物々交換がマーケットではじまっていた。台に無造作につみあげられた品物。地べたに敷いたゴザの上にひろげられた品物。通貨も相場もなかった。手作りの釘十本は桶一杯のミルク、あるいは二尾の魚の値打ちがあり、何が手もとにあるか、そのとき何が入り用かで、おなじように話はきまるのである。帳簿などつけようとする者はむろんいない。地球のこの慣習を紹介するには、市長も骨折っていた。

トムが広場に現われると、みんなが迎えた。

「トム、盗むかい、え？」

「そうら、やれよ！」

「どうぞ、どうぞ！」

村で、本物の盗みを見た者はなかった。遠い地球の珍しい慣習ということで、誰もがそのやり方を見たがった。しまいには品物をほうりだし、くいいるように彼を見ながら、村人たちはぞろぞろあとに続いてマーケットをまわりだした。

トムは両手が震えているのに気がついた。盗みをたくさんの人びとに見られるのは、どうも気がすすまないのだ。かんしゃく玉が破裂しないうちに、彼は手早くことを済ませることにした。

彼は、ミセス・ミラーの果物をつんだ台の前でふいに立ちどまった。「おいしそうなギーファーだ」彼はなにげなくいった。

「もぎたてなのよ」ミセス・ミラーがいった。小柄な、きれいな目の老婦人である。まだトムの両親が生きていたころ、母親とこのミセス・ミラーがしていた長話を、彼ははっきりと思いだすことができた。

「すごくおいしそうだ」どこかほかのところで立ちどまればよかったと思いながら、彼はいった。

「ええ、おいしいのよ」ミセス・ミラーはいった。「きょうの午後、とって来たばかりよ」

「いまから盗むのかな？」誰かがささやいた。

「そうさ、見てろよ」誰かがささやき声で答えた。

トムは明るい緑色をしたギーファーをひとつとって調べた。ヤジ馬が急に静かになった。

「なるほど、これはおいしそうだ」注意ぶかくギーファーを元にもどして、トムはいった。

ヤジ馬はほっと息をついた。

次の台にいるのは、マックス・ウィーバーと彼の細君、それに五人の子供だった。今夜の一家は、毛布二枚とシャツ一枚を出していた。

ヤジ馬をひきつれてトムがやってくると、彼らははずかしそうに微笑した。

「このシャツは、ちょうどあんたのサイズだぜ」ウィーバーが教えた。みんな行ってしまって、トムが仕事できるようになればいいがと彼は思った。

「フムフム」トムはシャツをつまみあげた。

ヤジ馬は期待するようにざわめいた。娘がひとりヒステリックに笑いはじめた。トムはシャツをしっかりにぎると、袋の口をあけた。

「ちょっと待て！」ビリイ・ペインターが人ごみをかきわけてやって来た。いまはバッジをつけている。地球の古い銅貨を磨いてベルトにとめたものである。ビリイの表情はまぎれもなく役人風だった。

「トム、そのシャツをどうする気だ？」とビリイ。

「その……ただ見てるだけさ」

「見てるだけね、ふん」両手をうしろにやって、ビリイは背を向けた。と、突然ふりかえり、人差し指をピンと突きだした。「トム、ただ見てただけとは思えないな。おい、盗もうとしてただろう！」

トムは答えなかった。証拠の袋が片手からだらしなくさがっている。もう片方の手にはシャツがあった。

「警察署長として」とビリイ。「おれには、これらの人びとを守る義務がある。おまえは《疑わしい人物》だ。留置してもっと尋問しよう」

トムはあっけにとられた。これはまったく予期していなかったのだ。だが、それも悪くない。

刑務所に入れば、すべては終わる。あとはビリイが釈放してくれるのを待ち、本職の漁師にもどるわけだ。

そのとき市長が腰のまわりにシャツをはためかせながら、すっとんで来た。

「ビリイ、何をやってる？」

「義務を果たしてます。市長。トムはここで、不審なことをしていました。本で読むと——」

「本に書いてあることぐらい知ってる」と市長。「本をやったのは、わたしだからな。あんたはまだトムを逮捕することはできんのだ。まだまだ」

「でも、この村には、ほかに犯罪者はいませんよ」ビリイが不平をいった。

「それはしかたがない」

ビリイの唇がきつくしまった。「本には、警察官の犯罪防止のことが書いてありますよ。

犯罪が起こるまえに止めようとしたのに」

市長は両手をあげると、うんざりしたように落とした。「ビリイ、わからんのか？ この村には、犯罪の記録がいるんだ。あんたもそれに協力しなくてはならん」

ビリイは肩をすくめた。

「わかりましたよ、市長。おれはただ仕事をしようとしてただけなんだ」彼は行こうとしたが、またトムをふりかえった。「だが、まだ逃がさんぞ。忘れるな――法を犯せば、必ず報いがあるんだ」彼は大股に歩き去った。

「あの男には功名心がありすぎるんだよ、トム」市長が説明した。「そんなことは忘れて、仕事を続けなさい。何か盗むんだ。早く仕事を済まそうじゃないか」

トムはすこしずつ村のそとの緑の森のなかに体をずらせはじめた。

「どうしたんだ、トム？」心配そうに、市長がきいた。

「どうも気分がのらないんです。あしたの晩だったら――」

「いや、いまだ」市長はいいはった。「延びのびにさせはせんぞ。やるんだ。みんなして手伝ってやる」

「そうとも」マックス・ウィーバーがいった。「トム、シャツを盗みな。ちょうどあんたのサイズだしさ」

「トム、すてきな水差し、どう？」

「おい、このスキージーの実も見てくれよ」

　トムは台をつぎつぎと見ていった。ウィーバーのシャツに手を伸ばしかけたとき、ナイフがベルトからはずれて地面に落ちた。ヤジ馬が同情するようにどよめいた。

　新米みたいに見えることは承知で、彼は冷や汗を流しながら、ナイフを元にもどした。そして、手を伸ばすとシャツをとって盗品袋につめこんだ。ヤジ馬が喝采した。

　すこし気分がよくなって、トムは弱々しい微笑をうかべた。「どうやら要領をおぼえたようです」

「そうとも」

「できると思ったよ」

「ほかのも取りな」

　トムはマーケットを歩いて、ロープと、スキージーの実ひとかかえ、それから草で編んだ帽子を袋に詰めこんだ。

「これだけでいいでしょう」彼は市長にいった。

「いまのところはな」市長も同意した。「わかってるだろうが、これは本当ではないんだ。これでは、人びとがただあんたにやったというだけだ、練習しなさい」

「はあ」トムはがっかりした。

「だが、仕事はわかった。このつぎはうんと楽だろう」

「でしょうね」

「それから、人殺しを忘れるなよ」

「本当に必要なんですか？」トムはきいた。

「そうじゃなければいいがね」と市長。「だが、この植民地ができて二百年のあいだ、一度も殺人は起こっていないのだ。一度もだよ！　記録によると、ほかのどの植民地にもたくさんあると書いてある」

「じゃ、ひとつぐらい必要ですね」トムは認めた。「まかせてください」彼は家へむかった。立ち去る彼に、人びとは割れるような喝采をおくった。


家に帰ると、トムはランプに火を点し、ひとりで夕食をつくった。食事をすませると、大きなひじかけいすに腰をおろし、長いあいだすわっていた。自分自身としては、どうも満足できなかった。盗みは首尾よくいったわけではないのだ。一日中、心配し、ためらっていたので、彼が品物に手を出したというより、人びとが渡したというほうが事実に近い。

まったく、たいした泥棒さ！

弁解は無用。盗みも人殺しも、ほかのたいせつな仕事とどこも変わるところはないのだ。いままでやったことがないから、どうしても納得ができないからといって、やれないはずはない。

彼はドアをあけた。おもてはすばらしい夜だった。十あまりの巨星が地上を照らしていた。マーケットには人っ子ひとりいず、村の明かりも一つ二つと消えていく。

いまこそ、盗むときだ！

身ぶるいが全身を駆けめぐった。彼は自分を誇らしく思った。犯罪者が計画を練り、徘徊して盗みをはたらくのはいま――こういう夜中なのだ。

彼は急いで武器を点検すると、盗品袋をからにして、おもてへ出た。

最後のランプが消えたところだった。トムは音もたてずに、村のなかを歩きまわった。ロジャー・ウォーターマンの家の前まで来た。大男のロジャーの鋤《すき》が、壁に立てかけたままになっている。トムは鋤を取った。先へ進むと、ウィーバーの細君の水差しが、いつものとおりドアの脇にあるのが目に入った。彼は水差しを拾いあげた。帰る途中で、どこかの子供が忘れたらしい木馬を見つけた。それも盗品の仲間入りをした。

品物を無事家のなかに入れると、がぜん元気がでた。彼はもうひとまわりすることにした。

今度の収穫は、市長のところの青銅の額と、マーヴ・カーペンターのとっておきの鋸《のこ》、それにジェッド・ファーマーの鎌《かま》だった。

「悪くないな」彼は独り言をいった。だんだん要領がわかってきた。もうひとまわりすれば、一晩の仕事としては充分だろう。

今度は、ロン・ストーンの物置で金鎚《かなづち》とノミ、アリス・クックの家で葦《よし》で編んだ籠が見つかった。そして、おもむろにジェフ・ハーンのくま手を取ろうとしたとき、かすかな音が耳に入った。彼は壁にへばりついた。

ビリイ・ペインターがあたりをうかがいながら歩いてくるのが見えた。バッジが星の光をうけて光っている。片手には短い重そうな棍棒、もう一方の手には、手製の手錠を持っている。薄暗い灯火の下では、その顔は不気味だった。わけはわからないながらも、犯罪をあくまで阻止しようと誓った男の顔だ。

ビリイ・ペインターが、十フィートも離れていないところを通りすぎたので、トムは息を殺した。ゆっくりと、トムはあとずさりした。

盗品袋が、ガチャリと音をたてた。

「誰だ？」ビリイがどなった。返事がないとみると、彼はゆっくりと向きを変えて、暗がりをうかがった。トムはまた壁にへばりついた。ビリイに見えないことは、かなり確信があった。かきまぜるペンキの蒸気で、ビリイは視力が弱いのだ。これは、ペインター家みんながそうで、彼らが気むずかしいのは、そんなところにも原因していた。

「トム、あんたか？」ビリイがいつもの調子できいた。答えようとしたとき、ビリイの棍棒が殴りやすい位置に動いているのに気がついた。彼は黙っていた。

「きっと捕まえてやるぞ！」ビリイがどなった。

「朝になってから捕まえろ！」ジェフ・ハーンが寝室の窓からどなった。「眠ろうとしてるのに、うるさいぞ」

ビリイはこそこそと行ってしまった。彼の姿が見えなくなると、トムは急いで家に帰り、盗品をほかのといっしょに床にぶちまけた。彼は収穫を誇らしげに見た。いい仕事をしたという気持が湧いてきた。

冷たいグラバを一杯飲んだあと、ベッドに入ったトムは、すぐ平和な、夢もない眠りに落ちこんでいった。


翌朝、トムは学校の〈小さな赤い校舎〉のはかどりぐあいを見物に出かけた。何人かの村人たちの手を借りて、カーペンター兄弟が仕事に精を出していた。

「どうだい？」トムは愉快そうに声をかけた。

「上々だ」マーヴ・カーペンターがいった。「これで鋸《のこ》があると、もっといいんだがね」

「鋸？」トムはぽかんとしてきいた。

ちょっと考えたあと、昨夜自分がそれを盗んだことに気づいた。鋸も、そのほかのものも、盗まれるべき品物であって、あのときには誰が所有者とも思えなかったのだ。それらが仕事や家事に必要なものだということまで、トムは考えていなかった。

マーヴ・カーペンターがきいた。「すこし鋸を貸してくれないか？　一時間かそこらでいいんだ」

「そんなことといっても」トムは顔をしかめた。「あれは合法的に盗んだものだぜ」

「わかってるさ。ちょっと貸してくれるだけ――」

「すぐ返せよ」

「もちろん返す」マーヴがおこったようにいった。「合法的な盗品を、そのまま持っていたりはしないさ」

「ほかの盗品といっしょに家のなかにあるからとって来いよ」

マーヴは礼をいうと、すっとんで行った。

トムは村のなかを歩きはじめた。市長の家の前まで来た。市長は空を見ながら、おもてに立っていた。

「トム、わたしの青銅の額を取ったのは、あんたか？」

「もちろんです」トムは喧嘩腰で答えた。

「そうか。気になったもんでね」市長は空を指さした。「あれが見えるかね？」

トムは見上げた。「え？」

「小さいほうの太陽のへり近くに見える黒い点だよ」

「ええ。なんですか？」

「きっと調査官の船だ。どうだい仕事は？」

「上々です」トムは少し心配になった。

「殺人計画はできたかね？」

「それですこし困ってるんです」トムは白状した。「実をいうと、ぜんぜん進んでないんですよ」

「トム、入りたまえ。あんたに話したいことがある」

よろい戸のおりた涼しい居間に入ると、市長はグラバを二杯ついで、トムにいすをすすめた。

「だんだん時間が足りなくなっている」市長はゆううつそうにいった。「調査官はいまにも着陸するかもしれん。それに、わたしは手いっぱいなのだ」彼は〈星間通信機〉を身ぶりで示した。「また連絡があった。デングⅣに反乱とかいうのが起こって、地球の植民星ではどこも徴兵がはじまったというのだ。どういうことなのか、わたしにはわからんが……。デングⅣというのははじめて聞く名だが、これもいっしょに心配しなければならなくなった」

彼はきびしいまなざしでトムを見つめた。「地球上の犯罪者は、一日に十回も殺人をやって、平気な顔をしているという。この村では、人殺しは一回だけでいいんだ。これが無理な相談かね？」

トムは気弱に両手をひろげた。「本当に必要だと思いますか？」

「それはあんたにもわかっているだろう。もし地球的にやろうとするなら、徹底的に見習うのだ。これが地球に属する唯一の道だ。ほかの計画は、みな予定どおりにいっている」

金ボタンのついた、新調の青い制服を着て、ビリイ・ペインターが入ってきた。彼はどっかりといすにすわった。

「誰か殺したかい、トム？」

市長がいった。「なぜ必要なのかときいてる」

「もちろん、必要さ」と警察署長。「本を読んでみろよ。人殺しをしないと、一人前の犯罪者になれないんだぜ」

「さて」

「トム、誰が犯罪者と呼んでくれる？」市長もいった。

トムはいすのなかでもじもじし、いらいらと手をもんだ。

「じゃ、ジェフ・ハーンを殺しますか」だしぬけにトムはいった。

ビリイがすっと前にのりだした。「どうして？」

「どうして？　いけないか？」

「動機はなんだ？」

「ただの人殺しじゃいけないのか？」トムはいいかえした。「動機なんて知らないぞ」

「ニセの人殺しはできないんだ」警察署長は説明した。「正しい方法で実行しないといけない。つまり適当な動機がいるということさ」

トムはしばらく考えた。「ジェフのことはよく知らないからな。これで充分だろう?」

市長は首をふった。「だめだ、トム。それじゃいかん。誰か、ほかのにしなさい」

「じゃ、ジョージ・ウォーターマンは?」

「動機はなんだ?」ビリイがすかさずきいた。

「ええと……その……つまり、ジョージの歩き方が気にくわないんだ。大嫌いだ。それに、ときどきうるさいだろう?」

市長は満足そうにうなずいた。「それでいいようだな。どうだ、ビリイ」

「そんな動機がどうやったら推理できるんだよ?」ビリイがおこったようにきいた。「かっとなって、つい殺したというのならいいかもしれないが、あんたは公認の犯罪者じゃないか。残忍で、非情で、ずるがしこいことになってるんだ。歩き方が気にくわないというだけで、殺せるかい。ばかな」

「もう一度、考えなおしてみます」トムは立ちあがった。

「長くかかるなよ」市長がいった。「早ければ早いほうがいい」

トムはうなずいて、ドアに近づいた。

「おっと、トム!」ビリイが呼んだ。「手がかりを残すことを忘れるなよ。これは重要なことだぜ」

「わかったよ」そういって、市長の家を出た。

おもてでは、村人の大半が空を見上げていた。黒い点は、すごく大きくなって、小さい方の太陽をほとんど隠していた。

トムは考えをひねりだそうと、本拠の《いかがわしい場所》へ行った。エド・ビーアは、犯罪的要素に対する考え方を再検討したらしく、〈居酒屋〉の装飾は変わっていた。《**犯罪者の巣窟**》と書かれた大きな看板が出ている。内部も、新しい厚い生地のカーテンが窓にきっちりとおろされ、陽光をさえぎって〈居酒屋〉を文字どおり薄気味わるい隠れがにしていた。やわらかい木をいそいで彫って作った武器が、一方の壁にかかっており、反対側の壁には、大きな赤いしみがこびりついていた。トムは、それが根苺からとったビリイ・ペインターのペンキだということは知っていたが、気持がわるいことに変わりはなかった。

「トム、入りな」と、エド・ビーアはいって、彼をいちばん暗い隅っこに案内した。〈居酒屋〉は昼日《ひるひ》中《なか》にしては、珍しく混んでいた。本物の犯罪者の巣窟というアイデアが、村人にうけたらしい。

トムはペリコーラをすすりながら、考えはじめた。

なんとしても、殺人をしなければならない。

彼は徘徊許可証をひっぱりだすと、もう一度読みなおした。ふだんならやる気にもならない胸くそわるい仕事である。だが、彼は法律的にそれを義務づけられているのだ。

トムはペリコーラを飲みほして、殺人に神経を集中した。必ず誰かを殺すのだと心に誓った。誰かの息の根をとめるのだ。誰かをこの世からオサラバさせるのだ。

しかし言葉には行動の本質というものはない。それはたんに言葉にすぎないのだ。考えをはっきりさせるために、彼は赤毛の大男マーヴ・カーペンターを例にとることにした。いま、マーヴは借りた鋸《のこ》で学校を建てている。もし、彼がマーヴを殺せば――マーヴはもう働けなくなるのだ。

トムはいらいらと首をふった。まだ、はっきりしない。

よし。ここに村一番に大きくて、カーペンター兄弟のうちではもっともつきあいやすい――と、たくさんの人びとが考えている――マーヴ・カーペンターがいる。マーヴは、そばかすだらけの太い両腕にしっかりとかんなを持って、自分のひいた線を横目でにらみながら、木をけずっている。喉がかわいているのは間違いない。左の肩は、ジャン・ドラッギスト（薬屋）がいいかげんに手当てした傷でまだ痛んでいる。

そいつがマーヴ・カーペンターだ。さて――

マーヴ・カーペンターは地面に大の字に倒れた。目はかっと見開かれ、両手両足はこわばり、口はゆがみ、心臓の鼓動も聞こえず、鼻孔から出たり入ったりする空気もない。そばかすだらけの太い両腕は、もう二度と木を持つこともなく、ジャン・ドラッギストがいいいかげんに手当てした肩の、たいして重要でもないかすかな痛みを――

一瞬、トムは殺人の本体をかいま見ていた。イメージはすぐ消えたが、気分を悪くするには充分の記憶が残った。

盗みだけなら、なんとかがまんもできる。だが、殺人だけは、村にどれほどの恩恵をもたらそうと……

彼がいま想像だけでやったことを、人びとが実際に見たらなんと思うだろう？　その重荷にどうやって耐えていけばいいのか？　いや、ことが済んだあと、自分自身にがまんできるだろうか？

だが、彼は人殺しをしなければならなかった。みんながそれぞれ仕事を与えられており、彼の仕事は殺人なのだから。

だが、誰を殺したらいいだろう？

その日の、もっとあとになって、村は騒然となった。〈星間通信機〉が怒りくるった声でどなりはじめたのだ。

「そんなのを植民地といえるか！　首都はどこだ！」

「ここです」市長は答えた。

「発着場はどこにある？」

「いまは牧場になってると思います。捜せばどこかわかります。なにしろ、宇宙船が着陸するのは――」

「では母船は滞空する。将校を集めろ。わたしはすぐおりる」

村人はひとり残らず、調査官に命令された発着場へ集合した。トムは武器を腰につけると、木かげを徘徊しながらうかがった。

小艇が母船から離れて、急降下してきた。村人たちは息を殺して、発着場へむかって落下してくる小艇を見守った。このぶんでは墜落しそうだった。しかし最後の瞬間、ジェットが噴射して草を焼きはらい、艇は優雅に着地した。

市長が、ビリイ・ペインターを従えて、びくびくと前に出た。船のドアがあいて、四人の男が行進してきた。彼らは手に光る機械を持っていた。トムには、それが武器だとわかった。彼らにつづいて、きらきら輝くメダルを四つつけた、黒い服の、赤ら顔の大男が現われた。そのうしろから、同じく黒ずくめの、しわだらけの小男。そして、また制服を着た四人の男。

「ようこそ、ニュー・デラウェアへ」市長がいった。

「ありがとう、将軍」市長の手をかたく握って、大男がいった。「わたしは調査官のデルメイン。こちらは行政顧問のグレント氏」

市長の伸ばした手を無視して、グレントは会釈をした。彼はおだやかな侮蔑をこめて、村人を見ていた。

「村を視察したい」横目でグレントを見ながら、調査官がいった。グレントはうなずいた。制服を着た護衛が、彼らを取り囲んだ。

トムは安全な距離をおき、犯罪者そのままに身を隠しながら、あとにつづいた。村に入ると、彼は家のかげに隠れて、視察団を観察した。

市長は、適当に誇りを顔に出して、刑務所と郵便局と教会と学校の小さな赤い校舎を指さした。調査官は当惑したようだった。グレント氏は不快げに微笑して、あごをさすった。

「思ったとおり、時間と燃料と軍艦のむだ使いだったよ」彼は調査官にいった。

「まだそれはわからんでしょう」と調査官。彼は市長に向いた。「いったいなんの目的でこれを建てたのだ、将軍？」

「地球的にするためです。ご覧のとおり、最善をつくしました」

グレント氏が調査官の耳に何かささやいた。

調査官がいった。「この村に若者はどれくらいいるね？」

「失礼ですが、もう一度」当惑をぶしつけでない程度に表わして、市長はいった。

「十五歳から六十歳までの若者だ」グレント氏が説明した。

「将軍、おわかりだろうが、母なる地球帝国はいま戦火のなかにある。デングⅣほか、いくつかの植民星が反旗をひるがえしおったのだ。母なる地球の絶対的権力にさからおうというのだ」

「それはおきのどくです」市長は同情するようにいった。

「われわれは宇宙艦隊の乗組員を必要としている」と調査官がいった。「善良かつ健康な戦闘員だ。予備部隊も底をつきかけている」

「そこで」グレント氏が難なく割って入った。「忠誠を誓う植民者たちに、母なる地球帝国を守るために立ちあがることをお願いに来たわけだ。よもや、ことわりはすまいな」

「いや、そんな、とんでもない」と市長。「若者たちはたぶん喜ぶと思い――つまり、そういうことをなんにも知っておらんもので……。だが頭のいい者ばかりですから、すぐ覚えると思います」

「どうです」と調査官がグレント氏にいった。「六十人か、七十人、うまくいくと百人は志願者がふえるかもしれん。それほど時間のむだでもなかったですな」

グレント氏はまだ信用できないようだった。

調査官と行政顧問は、疲れをいやしに市長の家に入った。四人の兵士が同行した。残った四人は、村のなかを歩きまわり、要員の物色をはじめた。

トムは近くの森に隠れて、考えこんだ。日が暮れかけるころ、エド・ビーアの奥さんがこっそりと村をぬけだしてきた。灰色がかったブロンドのやせた中年婦人である。持病で膝頭に水がたまっているにもかかわらず、彼女の足は早かった。手には、赤い市松模様のナプキンをかぶせたバスケットがある。

「そら夕食よ」トムを見つけたとたん、彼女はいった。

「ああ……どうも」息を呑んだかたちで、トムはこたえた。「そんなことしていただかなくてもけっこうなのに」

「けっこうじゃないわ。あたしたちの〈居酒屋〉は、あんたの本拠がある《いかがわしい場所》ですからね。あんたの面倒をみる責任があるの。それから、市長から伝言よ」

食物をほおばりながら、トムは目をあげた。「なんですか？」

「殺人を急ぎなさいって。いまは調査官とあのいやらしいグレントをごまかしてるけど、そのうち必ずたずねるだろうからって」

トムはうなずいた。

「いつはじめるの？」首をかしげて、ミセス・ビーアがきいた。

「いってはいけないんですよ」

「そんなことないわよ。あたしは共犯者なんですからね」ミセス・ビーアはぐっと前にのりだした。

「そういえば、そうですね」よく考えたあとで、トムも認めた。「今夜やりますよ。暗くなってから。指紋や手がかりをみんな残しとくから安心しろと、ビリイ・ペインターにいっといてください」

「わかったわ、トム」とミセス・ビーア。「お大事にね」

トムは村を観察しながら、暗くなるのを待った。兵士たちがみんな酒を飲んでいるのに、彼は気づいた。彼らはまるで村人が目に入らないように大いばりで歩いている。そのうちのひとりが、数マイル以内の毛むくじゃらの草食動物をふるえあがらせるくらいの大きな音で、武器を空にむかってぶっぱなした。

調査官とグレント氏は、まだ市長の家にいた。

夜になった。トムはこっそり村に入ると、二つの家のあいだの路地に陣どった。ナイフをぬいて、彼は待った。

誰かが近づいて来る！　彼は犯行の方法を思いだそうとした。だが、だめだった。ただ、最善をつくして、速やかに殺人を行なわなければならないということだけはわかった。

暗闇で見分けはつかなかったが、人影が近くへ来た。

「よう。今晩は、トム」市長だった。彼はナイフに目をとめた。「何をしているんだ？」

「殺人をしなければいけないといわれたから――」

「わたしを殺せとはいわんぞ」市長はあとずさりした。「わたしじゃ困る」

「なぜですか？」

「それはだな、まずひとつ、誰か調査官と話す人間がいなくてはいかん。彼はわたしを待っている。誰か彼に――」

「ビリイ・ペインターだってそれくらいできますよ」トムは市長の襟首をつかむと、ナイフをあげて、喉に狙いをつけた。「個人的な恨みはないんです。あしからず」そう付け加えた。

「待て！」市長が叫んだ。「個人的な恨みがないということは、動機がないということだぞ！」

トムはナイフをさげた。だが、襟首をつかんだ手は放さなかった。「ひとつあります。あんたがぼくを犯罪者にしてくれたおかげで、腹がたってるんだ」

「犯罪者に選んだのは、市長だろう？」

「ええ、そうですよ――」

市長はトムを暗がりから、明るい星の光の下にひきずりだした。

「これを見ろ！」

トムは息を呑んだ。市長は、細身のぴんと折り目のついたズボンと、まばゆいばかりのメダルがついたチュニックに身をつつんでいたのだ。両肩には、十個の星が二列に並んでおり、帽子には金糸で編んだ彗星の記章がついている。

「どうだ、トム。わたしはもう市長じゃない。将軍なんだ！」

「それがなんの関係があるんです？　中身は同じでしょう？」

「公式的にはちがう。あんたは、今日の午後の式を見逃したんだな。調査官は、いったん将軍に任命されたら、将軍の制服を着なければいかんといった。非常に好感の持てる式だったよ。地球人たちは、みんな笑いながら、わたしを見たり、おたがいに顔を見あわせて、ウインクしていた」

ナイフをまたあげると、トムは魚のはらわたでもかきだすような調子で構えた。「それはおめでとう」彼は心からいった。「だが、ぼくを選んだときは市長だったんだから、動機は有効ですよ」

「だが殺すのは市長ではないんだぞ！　将軍を殺してしまうんだ！　そんなことをしたら、殺人じゃなくなってしまう！」

「殺人じゃない？　じゃ、なんですか？」

「将軍を殺すのは反乱だ！」

「へえ」彼はナイフをおろして市長を放した。「どうもすいません」

「あやまらんでもいい。よくある間違いだ。わたしは本を読んでいたが、あんたはむろん読んでいなかったんだろう――読む必要もないからな」彼は深く息を吸いこんだ。「そろそろ帰るよ。調査官が、徴兵できる人間の名簿をほしがってる」

トムは追いかけるようにいった。「この殺人はまだ必要だと思いますか」

「ああ、もちろんだとも」市長は逃げ腰で答えた。「わたし以外の人間を殺しなさい」

トムはベルトにナイフをもどした。

わたし以外の人間か。誰でもそう思うにきまっている。だが誰かを殺さねばならない。誰だ？　自分は殺せない。自殺は殺人にはならないからだ。殺人の本体をかいま見たあのときのことを思いだすまいと努力するうちに、彼は震えてきた。だが、どうしてもやってしまわねばならない仕事なのだ。

また、誰かがやって来る！　人影がだんだん近づいてきた。トムは、いまにもとびかかれるように筋肉を緊張させて、うずくまった。

野菜の袋をさげて家に帰る途中のミセス・ミラーだった。

相手がミセス・ミラーだって、そのほかの誰だってかまわないことを、トムは自分にいいきかせようとした。だがミセス・ミラーが、彼の母親としていた話を忘れることはできなかった。それが動機を考えだす妨げになった。

ミセス・ミラーは彼に気づかずに通りすぎた。

もう三十分待った。またひとり、暗い路地に入ってきた者がいた。よく見ると、マックス・ウィーバーである。

トムはこの男が好きだった。だが、それは動機の有無とは関係ない。やっと頭にうかんだことといえば、マックスには、彼を愛し、彼に頼っている五人の子供と細君がいるということだった。ビリイ・ペインターは、そんな動機があるもんかというだろう。彼は影の奥にひっこんでマックスを無事に通過させた。

三人のカーペンター兄弟がやってきた。トムはすでにたいへんな努力でこの三人を除外してあったので、あえて遮ろうとはしなかった。そのあとから、ロジャー・ウォーターマンが近づいてきた。

ロジャーを殺す動機はなかったが、二人はそれほど親しいあいだがらでもなかった。それに、ロジャーには子供はいないし、細君との仲もそれほどよくない。ビリイ・ペインターが動機を捜しあてるには、これで充分だろうか？

充分でないにきまっている……これは村人ひとりひとりをとっても同様だった。トムは、これらの人びとのなかで育ち、食物をわかちあい、仕事も楽しみも悲しみもみな共にしてきたのだ。殺す動機などどこにあるだろう？

だが殺人はしなければならない。徘徊許可証がそれを義務づけている。村を裏切ることはできない。けれども、この半生を共にしてきた人びとを殺すことも、また同様にできなかった。

ちょっと待て。ふいに思いついて、彼は胸をおどらせた。調査官を殺せばいいのだ！

動機？　これは市長殺害よりもはるかに極悪非道な犯罪だ。もっとも市長はいまは将軍で、将軍殺害は反乱というのだそうだが……。しかし、もし市長だったとしても調査官のほうがはるかに重要な被害者といえる。彼は栄光と名声に目がくらんで殺人をするのだ。

これで、この植民地がどれほど地球的か、地球も思い知るだろう。こういうにちがいない。「ニュー・デラウェアの犯罪はすごいそうだぜ。おちおち着陸もできやしない。やって来た調査官を、犯罪者が最初の日に殺しちまったんだとさ！　この宇宙最大の犯罪だろうな」

これこそ自分にできる最高の犯罪だ。トムはそう思った。兇悪犯のしそうなことだ。しばらくぶりで、誇らしい気持になったトムは、路地をとびだすと、市長の家に向かった。

なかから話し声が聞こえた。

「……まったくおとなしい人間たちだよ」グレント氏の声である。「まるで羊だ」

「退屈ですな」と調査官。「特に兵士には」

「こんな後進的な農民から何を期待していたというんだね？　せいぜい志願者をつのるだけだ」グレント氏は声に出して、あくびをした。「護衛たち、何をしとる。立ちなさい。われわれは乗船する」

護衛！　そのことを、すっかり忘れていたのだ。彼は自信なげにナイフを見た。たとえ調査官にとびかかっても、殺人がおこなわれる前に護衛たちが必ずとめるだろう。彼らはこういったことのために訓練を受けているのだから。

だが、もしやつらの武器が手に入りさえすれば……

なかから足音が聞こえた。トムはいそいで村に駆けもどった。

マーケットの近くまでくると、酔っぱらって戸口の階段にすわり、歌をうたっている兵士を見つけた。足元にはからの瓶が二つころがっており、肩から武器がだらしなくつりさがっている。トムは体を低くして近づくと、ブラックジャックを抜いて狙いを定めた。

その影が見えたのかもしれない。兵士はブラックジャックをかわしながら、とび起きた。と同時に、兵士はつるしたライフルでトムのあばら骨を突き、両足でとび蹴りした。

トムは膝で相手をはさんで押し倒した。立ちあがる余裕を与えず、さらにブラックジャックをふりおろした。

脈にさわって（ちがう男を殺してもしかたがないので）生きていることを確かめると、武器をとって、どのボタンを押せばいいか調べた。そして調査官のあとを追った。

小艇と村のまん中あたりで、彼は一行に追いついた。調査官とグレントが先に立ち、うしろに兵士がだらしなくついている。

トムは林のなかにもぐりこんだ。グレントと調査官のすぐ近くに来るまで黙々と小走りに進んだ。それから狙いをつけ、引金に指をおいた……

だがグレントを殺す気はない。殺人は一回でいいのだ。

そのまま走って調査官の一行を追いこすと、彼らの前の道路にとびだした。

「なんだこれは？」調査官がきいた。

「静かにしろ」とトム。「あとの連中は武器をおいて、脇にどけ」

兵士たちはショックのあまり抵抗するすべもなくしたようだ。彼らはひとりずつ武器をおくと、村の近くまで退いた。グレントはそのまま立っている。

「いったい、何をする気だね？」と彼はきいた。

「ぼくは犯罪者だ」トムは誇らしげに宣言した。「調査官を殺すのだ。どうかどいてください」

グレントは目を丸くした。「犯罪者？　市長がぶつぶついってたのはこのことだったんだな」

「この村には、二百年間、人殺しがなかったんだ」トムは説明した。「だが、いまこそそいつを書きかえてやる。どくんだ！」

グレントはあわてて、とびのいた。調査官はかすかに体を震わせながら、ひとりきりで立っている。

トムは、犯罪の絢爛《けんらん》たる様相と、その社会的価値を考えようと努めながら、狙いをさだめた。だが、かわりに頭にうかぶのは、大地に横たわった調査官の、かっと見開かれた目と、こわばった手足と、ゆがんだ口だった。その心臓は二度と打つことなく、その鼻孔から空気が出たり入ったりすることはもうないのだ。

彼は必死になって引金にかかった指に力を入れようとした。心は犯罪の好ましさについてさかんにぶちまくっていたが、手のほうが事態をよく心得ていた。

「どうしてもできない！」トムはさけんだ。

彼はライフルをほうりだすと、林のなかに駆けこんだ。

調査官は捜索隊を出すといいはった。あの男を見つけしだい絞首刑にするのだ。だがグレント氏が同意しなかった。ニュー・デラウェアは惑星全土が森林なのである。逃亡者に捕まる気がなければ、一万人を繰りだしても捕まりっこない。市長と、村人数人がなんの騒ぎかとやって来た。兵士たちは調査官とグレント氏の周囲を四角に取り囲むと、酔いのさめた真剣な顔で武器をかまえた。

しかたなく市長はすべてを説明した。村では文明が遅れているため犯罪がなかったこと。トムにその仕事を与えたこと。彼にできないとわかったとき、人びとがどれほど恥ずかしく思ったか。

「なぜ、選りに選ってその男に任務を与えたのかね？」グレント氏はきいた。

「つまり」と市長。「もし人を殺せる男がいるとすれば、それはトム以外にないのです。おわかりでしょうが、あの男は漁師《フィッシャー》でしょう。実に残虐な仕事だというわけで」

「じゃ、あんたたちも人殺しはできんというのか？」

「トムくらいにもいかんでしょう」市長は悲しそうに認めた。

グレント氏と調査官は顔を見合わせると、兵士たちに目をやった。彼らは、驚きと尊敬の目で村人たちを見つめた。やがて、おたがい同士でささやきはじめた。

「気をつけ！」調査官がどなった。彼はグレント氏に向くと、低い声でいった。「ここから出たほうがいいですな。人殺しもできないようなのが、軍に入ると……」

「士気の問題がある」グレント氏はそういって、身震いした。「伝染するかもしれん。重要な地位にある人間が、武器も撃てなくて、船を——いや、艦隊を——危機におとしいれるようなこともあるだろう。そんな危険はおかせん」

二人は兵士たちに帰船を命じた。兵士たちの歩き方はさっきより心なしか遅く、ときどきふりかえっては村をながめていた。調査官の大声の命令にもかかわらず、ささやき声はやまなかった。

小艇は疾風を起こしながら飛びたった。やがて艇は母船に呑みこまれ、しばらくして母船も消えた。

ちょうど巨大な赤いとろんとした太陽のへりが、地平線に現われたところだった。

「もう出てもいいぞ」市長の声に、隠れて一部始終を見まもっていたトムが林のなかから現われた。

「失敗しました」トムは情けない声をもらした。

「気にするな」ビリイ・ペインターがいった。「誰にもできない仕事だったんだ」

「そうらしいな」村へもどる途中で、市長がいった。「あんたならできるだろうと、わたしは思っておったが……ま、するだけのことはしたんだ。これ以上のことができるのは、村にはおらんだろう」

「この建物をどうしますか？」ビリイ・ペインターは、刑務所と郵便局と教会と学校の小さな赤い校舎を手ぶりで示した。

市長はしばらく考えこんでいた。「そうだ。子供らのために遊び場を作ろう。ぶらんこやすべり台や砂場や、そんなものだ」

「このほかにですか？」トムがきいた。

「そうさ。いけないかね？」

いけない理由は、もちろんなかった。

「これはいらないでしょう」トムは市長に《徘徊許可証》を返した。

「そうだな。もういらん」市長が許可証を破るのを、二人は名残り惜しそうにながめた。

「われわれは最善をつくしたんだ。だが、それでも充分じゃなかったというわけだ」

「機会はあったんですけど」トムはつぶやいた。「それをみんなぶちこわしたんですよ」

ビリイ・ペインターが、なぐさめるように彼の肩に手を置いた。

「あんたのせいじゃないよ、トム。おれたちのせいでもない。この二百年間に、文明化しなかったのがわるいんだ。地球がどれくらいかかって文明化したか考えてみろよ。何万年とかかってるぜ。それをおれたちは二週間でやろうとしたんだ」

「また原始時代に逆もどりか」わざと愉快そうに、市長がいった。

トムはあくびをすると、手をふって、忘れていた眠りを取りもどすため家に帰った。家のなかに入る前に、彼は空を見上げた。

厚いふくれた黒雲が、真上の空に集まっていた。秋の雨が降りそうだ。もうすぐ、釣りができるようになる。

あのとき、なぜ調査官を魚と思って狙わなかったんだろう？　それが動機となりうるかを検討するには疲れすぎていた。どちらにしても、もう遅い。地球は遠のき、文明は何世紀も未来へ飛び去ってしまったのだ。

ひどく寝苦しかった。

ランデブー

ジョン・クリストファー

Rendezvous

ヘレンの溺死という事情を汲んで、会社はわたしに長期休暇をとるようにすすめたが、休養よりも仕事を力説するわたしに、けっきょく会社が折れた形になった。六カ月後、問題はまたむしかえされた。週末をロンドン郊外のアシュトン邸ですごす成り行きとなり、手厚いもてなしとともに、社長のフレディ・アシュトンと夫人のポーラから親身な、しかし根気強い圧力がかかったのだ。わたしのはじめの療法はおそらくそれなりに正しかっただろう、と二人はいった。だが肉体にも、精神と同じように限界がある。はた目にもわたしは根をつめすぎている。このまま突き進んでもロマンチックな話にはならない、とポーラがやさしく口を添えた。心臓をわるくして、むりやり何年か休まされるのがオチ。下手をすれば、寝たきりになってしまう。わたしの心境も、もちろんその時期には変わっていた。かつては触れることさえならなかった痛手も、いまは傷跡を残すだけになっている。

傷跡は痛むが、耐えがたいほどではない。喜望峰への十日間の船旅をわたしの名前で予約した、とフレディがいったときも、わたしはあえて口出ししなかった。

旅のあいだわたしがひたっていた無気力状態は、ほかの船客にかかわりあうまいという依怙地さが培《つちか》ったものだろう。ヘレンが死んで以来、わたしは他人を仕事という文脈のなかでしか見られなくなっていた。まわりの人びとを個人という現実のなかでとらえるのは、癇《かん》にさわることであり、おそろしくもあった。だれと知りあおうが、得るものは空しさだけのように思われた。酒は相当に飲んだが、いつもひとりだった。船は冷えきった灰色の海と空から、光とぬくもりと青のなかに入り、わたしはバーのはずれのスツールにいすわりつづけた。毎夜ひっそりと飲んだくれ、昼間でも十一時をまわれば、まったくのしらふとはいえない状態になった。港に着いても、上陸する船客には加わらなかった。チーフ・パーサーが気をきかして声をかけ、南アフリカの見どころをいくつか教えてくれたが、意外にはやばやと説得をあきらめた。わたしみたいな手合いは初めてではないらしい。

シンシア・パーカーと出会ったのは、その帰りの船旅である。ある朝、バーのいつもの席に陣取って、タバコに火をつけようとしていたところ、すぐうしろから声をかけられたのだ。火のついたマッチを手にふりかえると、声の主は一瞬あとじさった。

「失礼」とわたしはいった。

「ばかね」よく通る、耳に快いハスキーな声だった。「子供のころから火が嫌いなものだから。マッチでさえも。このスツールが空いているかしらと思って」

わたしはシンシアにブランデーのジンジャーエール割りをおごった。十五分ばかりのうちに彼女は、他人を遠ざけるのにあれほど威力のあったわたしの非協力と無表情の壁をなんなく通りぬけていた。シンシアには、絶大な自信を持つ人間に特有のあけすけな率直さがあった。加えて、知性とウィットに富み――この二つを兼ねそなえた人間はきわめて少ない――女らしさもきわだっていた。その容姿は人目をひかずにはおかなかった。いまだほのかな光をはなち、微笑とともにいまにも燃えあがるかに見える、遠い日の美貌の残り火。最初の十五分間に出た話のなかで、わたしはシンシアが六十六歳であることを知った。

船旅の標準からいっても、それは見た目にはなんとも奇妙な取りあわせだった。三十の年のひらきを棚上げにしても、二人のあいだに共通するものはほとんど何もない。わたしはしがないビジネスマンである。若いころは身を粉にして働き、それがいうなれば裏目に出てしまった男。ヘレンといっしょになって初めて人生の機微にふれたしだいだが、それも三年ではかなく終わりをつげた。一方、シンシアは贅沢のなかに生まれ、贅沢な人生を歩んできた女だった。結婚歴は三回、うち一人とは離婚し、二人とは死別している。夫たちはみんな金持だったのだろう、シンシア自身たいへんな金持という印象をうけた。金のこともよく知っていた。ある晩、株の話を始めたのだが、わたしの知識が底をつくのにたいした時間はかからなかった。

シンシアは巧みな話し手であり、勘のいい聞き手だった。わたしのつくった壁をたやすく打ち破った手ぎわも、小気味よかった。しかも彼女にあるのはセックス抜きの女らしさであり、それはわたしのような心境にある男にとっては願ってもない慰めだった。彼女がわたしに何を求めたのかはいわくいいがたい。なんにしても寂しさをまぎらわすためだけでなかったことは確かである。シンシアは孤独であったことはなく、将来も孤独には縁のなさそうな女だった。

シンシアはいける口ではあったが、大酒飲みではなかった。彼女はわたしの酒離れに一役買い、本来なら飲んだくれる時間を、わたしはサンデッキに寝そべり、海を見ながらの談笑ですごすことになった。最初の二日間、わたしは仕事と子供のころの話をした。三日目にはヘレンのことを話した。シンシアは耳をかたむけ、やがてこういった――「そういうことだったのね。あなたの背中に取り憑いて、身動きとれなくさせているのはなんだろうって、気になっていたの」

彼女の話しぶりは医者を思わせた。こじれた症例を解きほぐすのがいかにも楽しいという医者の口調。奇妙なことに、これに加えて、いままで飽きるほど見てきたわざとらしい気づかいの表情がないところも、わたしには新鮮に映った。憐みをこめた同情は、親密さの押売りである。少なくとも外見からうかがうかぎり、シンシアは愛する者を失った悲しみには無縁に見えた。わたしにとっての悪魔が、彼女にはちょっと珍しいペット、というか幻なのだった。


その晩、夕食ののち、シンシアは彼女の内なるペットの話をした。

わたしたちは仕上げの一杯をやろうとバーに出かけていた。シンシアはいたって元気で、彼女のいたずらな抜け目ない視野にはいる船客たちのこきおろしを続けている。彼女のように人生を多感に生きてきた人間からすれば、船旅などという逃避的な発想はそもそも悪なのである。どのような階級あるいは状況においても時間の浪費であり、それは理解することも許すこともできないものだった。周囲にいる上品な身なりの男女と、コーヒー・ショップや街角にたむろするモッズ風、ロッカーズ風の若者たちは、シンシアの目から見れば同類だった。要するに、みんなデカダン、みんな見下げはてた人種なのである。

彼女の痛烈な論法に矛盾を見たような気がして、わたしはその点をついた。話はどうあれ、その連中といっしょに船旅をしているのだ。彼女が主にアメリカに住んでいること、妹が結婚してヨハネスブルグの近くにおり、その妹のところに寄ったのち、いまは商用でロンドンに行く途次であることは、すでに聞いていた。しかしこの船旅に参加することはなかったんじゃないか、とわたしはいった。ロンドン行きの飛行機に乗れば、旅は何日でなく何時間の単位ですむ。

答えるまえに間があり、彼女はバーテンダーに目顔でうなずいた。バーテンダーが酒を注ぐと、シンシアはいった。「飛行機には乗らないことにしているの。いままでもそうだったし、これからも」

現代テクノロジーの進歩に追いつけない老婦人は、もちろんいる。しかし彼女にその理屈は似つかわしくなかった。自宅にはサンダーバードがあり、ボートレースが好きだという話も聞いていた。空の旅はしないという静かな、きっぱりした返事は、わたしの好奇心をそそった。

「それはまた、どうして?」とわたしはきいた。

彼女はグラスをとって口に運び、そのグラスのふちからわたしを見つめた。

「こわいから」

わたしは首をふった。「説得力がないな」

ふたたび沈黙がおりた。その話題を避けたがっている風に見えた。しかし、ほどなく彼女は低い声で話しはじめ、わたしは耳をかたむけた。

話は五十年近い昔、第一次世界大戦が光明も見えないまま、ずるずると長びいていたころにさかのぼる。シンシアは年若いレディ、芳紀十八歳の娘だった。学校時代から崇拝者にはこと欠かず、すばらしい青春が約束されていた。その視点に立つかぎり、戦争は退屈の一語につきた。だが一方で、軍服姿のハンサムな若者を無限に供給してくれるという利点もあり、彼らとのデートに応じて愛国精神の高揚を感じることができた。それに一九一七年という時代にあっても、資力さえあれば楽しい時を過ごすことはできたのである。

若者は数十人現われた。なかには別れに未練が残る者もいたが、トニー・アンダースンと出会ってのちは、みんな影が薄くなった。シンシアが彼を愛していたかどうかは疑わしい。彼女の感受性がその方面でゆたかに実を結ぶとは、わたしには思えないからだ。しかし彼に魅了されたことは確かなようで、そのときの熱い思いは、四十八年を経たいまも彼女の話しぶりにうかがわれた。

トニー・アンダースンは、精悍《せいかん》な黒い口ひげと、品のよい鷲鼻と、濃いブルーの瞳に特徴のある、浅黒い長身の男だった。彼には逞しい肉体と動物的な魅力があった。彼とはじめて握手を交わしたとき、シンシアはその両方に気づかされた。取柄はそれだけではなかった。トニー・アンダースンはある公爵の孫にあたり、英国有数の鉄鋼業者のひとり息子だった。シンシアの両親の目にも、シンシア自身の目にも、彼はあらゆる意味で好ましい男性だった。二人は知りあって六週間後に婚約したが、それも四週間待たされたすえの発表だった。

シンシアは彼の持つ野性味に気づき、それに惹かれた。だが野性味がトニーのうちにどれほど深く根づいているか、それは短時日にわかることではなかった。彼には気まぐれな性質があり、その気まぐれを押し通すことにかけては鉄の意志を持っていた。許婚《いいなずけ》にダイヤのブレスレットを贈ることを思いたったとする。それが夜中の一時であろうとおかまいなく、彼はボンド・ストリートの宝石店主人をたたきおこし、タクシーで呼びよせるのだ。川辺のピクニックに彼女を誘ったこともある。冷やしたシャンペンと、フォートナムで買ったおいしいもの一杯のバスケットを手に、二人きり、人けのない川の中洲にたどりつく。風に乗って、あまい調べが流れてくる。ロイヤル・ロンドン・オーケストラの弦楽部がものかげに勢揃いしているのだ。シンシアはこうしたいっさいに満足と興奮をおぼえながら、いくぶんおそろしい気もした。なぜならトニーは与えると同時に、必ず求めたからである。

そして持てるすべてを与えたのち、彼は同等のものをシンシアに求めた。きみはぼくのものだ、永遠に、とトニー・アンダースンはいった。シンシアは内心ぞっとしたが、顔ではほほえんだ。

「あなたってロマンチストなのね、ダーリン。イングランド人の血をがっちり受け継いできたくせに。祈禱書にだって、死が二人をわかつまで、としか出ていないわ」

青い瞳が彼女を射すくめた。強い意志をうかがわせる口もとに微笑はなかった。許婚を見つめたまま、トニー・アンダースンはいった——

「話をしてあげよう」

「ロマンチックなお話？」

「きみがそう考えたければね。ぼくの祖母の話なんだ」

トニーの祖母は男爵の娘で、ある公爵と婚約していた。父親がオーストリア・ハンガリー帝国への大使に任命され、ウィーンにおもむいたため、彼女も同行した。その地で彼女は――何がきっかけとなったのか――若いハンガリー人と知りあった。あらゆる意味で好ましからぬ男だった。反乱分子であるばかりかジプシーなのだ。二人は恋におちた。婚礼の日が近づくころ、彼女は妊娠に気づいた。打ち明けられた恋人は大喜びした。駆落ちして、どこか平和な土地でひっそりと暮らそう。二人は将来を誓いあった。ジプシーの男は彼女を信じ、二人の変わらぬ愛を信じた。

だが彼女は気の弱い女で、自分の体に起こっている変化に不安をおぼえた。彼女は父親に告白し、父親は公爵にことの次第を報告した。公爵はリアリストだった。また公爵にしては貧しく、彼女の父親は男爵にすぎないが金持だった。はじめから相当な額だった持参金は、この一件で気前よく、目を見はるばかりに増額された。予定どおり婚礼はとりおこなわれ、新婚夫婦はスイスの人里はなれた静かな別荘に移り住んだ。やがてその地で女の赤んぼうが生まれた。何もかもが予想以上にとんとん拍子で運んだ。一家の将来は約束され、あとは彼女が息子をもうけるばかりとなった。

生きながらえていれば、息子も生まれただろう。

彼女の父親はまだ大使をつとめていた。その春、一家はウィーンを訪れた。彼女が恋人を捨て、その地を去ってから、ほぼ一年が過ぎていた。二人は大使館には泊まらず、森のなかにある狩猟小屋を兼ねた別荘にむかった。それはジプシーの男が公爵の配下の者たちに引きたてられてきた別荘でもあった。夫妻の寝室となるその部屋で、彼女の恋人は二人の男に両腕を押さえこまれ、公爵に刺殺されたのである。公爵は翌朝には、妻に真相を告げるつもりでいた。リアリストの例にもれず、彼はおのれのユーモア感覚を誇りにしていたからだ。夫人は早く寝室にひきとり、公爵はひとりでポートワインを飲んだ。やがて寝室にはいると、夫人は死んでいた。胸の刺し傷から流れだした血は、もうかたまりかけていた。

シンシアはここで一息ついた。わたしは彼女のために酒をもう一杯注文した。

「気味がわるいな」とわたしはいった。「なんかゴシック小説みたいで。しかし、とっぴな話でもないでしょう。公爵夫人は自殺したわけですか？」

「いいえ。自殺する理由がある？　恋人が死んだとは知らされていないのよ。着いた日に、男の消息を調べてくれとメイドに頼んでいるくらい。自分の身は安全だし、アバンチュールを楽しむだけの余裕はできているから。それに、気の小さい彼女が血を見られるものですか」

「では、夫が殺した」

「それもないわね。財産復帰の条項があって、持参金の大部分は娘の名義になっていたの。

しばらくは公爵も疑われはしましたけどね。そもそも短剣が見つからないものだから」

「すると？」

「警察は強盗と断定したわ。何者かが侵入して、ベッドにいた夫人を驚かせ、騒がれるのを怖れて殺した。そして逃走した」

わたしはブランデーをすすった。「それなら筋がとおる」

「むかし、わたしがいったことと同じね」

「じゃ、彼は――あなたのフィアンセは、違う意見だったわけですか？」

「トニーは四分の一ジプシーだったのよ。わかるでしょう。祖父から受け継いだ血のなかで彼が惹かれたのは、そちらのほうだったわけ――残りの四分の三じゃなくて。ハンガリーへ出かけてその部族を見つけ、しばらくいっしょに暮らしたくらい。その人たちの信仰も調べてきたわ。そのうちのひとつにね、非業の死をとげた人間の霊は、死が訪れた場所につなぎとめられるという考え方があるの。そして死んだ人間が、大きな愛または憎しみを心に宿していた場合、霊はその因《もと》になった相手が同じ場所を通りかかったとき、自分のものにすることができるの。この信仰には社会的な効用もあったみたいね。殺人事件のようなときには、容疑者は殺人の現場に縛りつけられ、放置されるの。朝になって死んで見つかっても、その人たちからすれば、べつに異常なできごとではないわけ」

「あたりまえのことだと。すると、あなたのフィアンセは、そのジプシーの先祖が不実な恋人を奪いかえしに来たと考えたわけですか？　まぼろしの短剣で彼女を刺し殺したと？」

「ええ。トニーは信じていたわ」

「そういえば、なぜあなたが空の旅をこわがるのか、その理由をうかがっていませんね」

「トニーは陸軍航空隊のパイロットだったの。ロンドンにツェッペリンが来襲していた時代。ある夜、彼はそのひとつに攻撃をかけたの。飛行船は火だるまになって墜落したわ。思いきった攻撃で、なみの勇気では考えられないといわれたくらい。まったくの向こう見ずといっていいわね。で、彼もツェッペリンといっしょに火だるまで墜落死。死んでヴィクトリア十字勲章をおくられたわ」

「それでも、まだわからない」

彼女はゆっくりといった。「トニーはいったわ。きみはぼくのものだ──生きているうちも、死の彼方までも。彼がお祖父さんとお祖母さんの話をしたのは、もしわたしが裏切ったら、必ず復讐に来るという意味なのよ。そして、わたしは彼を裏切ったわけ」若々しく輝く目がわたしを見つめた。「わたしは妊娠していたの。一カ月もしないうちに、わたしは息子といっしょに別の男に嫁いでいたわ」

「それがなぜ裏切りになるんです？」わたしは異議をはさんだ。「あなたは彼の死に何のかかわりもない」

彼女は肩をすくめた。「トニーにとって死は問題じゃないの。問題なのは、彼の愛情とプライド。だから万一の場合にそなえて、ただし書きがついてきたわ。彼の息子を産み、死が二人をふたたび結びつけるまで、未亡人で過ごすようにという。ところが、わたしは結婚してしまったの。これは裏切りでしょうね」

わたしはかぶりをふった。「という、それだけの理由であなたは……」

「彼は空で死んだの。もし待っているとすれば、そこだわ。いつか死ぬことはわかっているけれど、燃える飛行機のなかだけはいや。死んで彼といっしょになるのはいや」

「五十年も前の話ですよ。しかも、それよりさらに五十年も昔のメロドラマが下敷ときては」

「五十年がどうかして？」彼女はカウンターのむこうのボトルの列を見やった。「この船をおりて一日もたてば、あなたの印象は薄れてくるけど、彼のことははっきり覚えているわ」

べつに再会のあてもなく、わたしたちはサウサンプトンで別れた。そして事実、二度と会うことはなかった。わたしは仕事にもどった。しかし静かな夜、寝つかれず、階下におりてウイスキーのボトルと語りあうときなど、彼女のことを思いだすこともあった。あの出会いに含まれる皮肉が、わたしにはとりわけ強烈な印象として残っていた。船上で偶然知りあった二人。死への偏執を除けば、共通するものは何もない。ひとりは死者の霊が安らぐことを願いつつ、それがよみがえるときを怖れている。もうひとりは、死者を呼びもどすために何もかも捨てる覚悟でいながら、死者が永遠に帰らないことを知っている。

その後、わたしは偶然にシンシア・パーカーの名を新聞で見つけ、その記事を読んだ。あくる日、わたしは会社をやめ、ここへやってきた。

港町プールの下宿屋に部屋をとりはしたが、そこにいることはめったにない。小さいが頑丈なヨットを買いいれたので、よほどの悪天候のとき以外は、ほとんど海で過ごしている。事故はヨット・ハーバーからそんなに遠くないところで起こった――岸からせいぜい一マイルというところ。とつぜんスコールがおそい、ヘレンといっしょにいた友人たちは、その種のヨットの操作には熟達していなかった。ヨットは転覆し、スキッパーであった男はかろうじて岸に泳ぎついた。しかし残りのメンバーは帰らなかった。あの時期、男を前にすると自分が何をしでかすかわからず、口もきけなかったものだが、いまでもその状態にたいして変わりはない。

だが、いまは少なくとも希望がある。希望とはいえないまでも、夢がある。新聞記事は、シンシアの死を報じたものだった。ホテルの部屋で、彼女は全身火につつまれて死んだのである。寝タバコをすって、うっかり眠ってしまったのだろう、と記事にはあった。

ただし彼女はタバコをすわないし、あらゆる火を、マッチの火さえも怖れていた。ホテル側は、当方に落ち度はないとただちに発表した。ホテル内は、階ごとに、部屋ごとに独立した防火装置がはたらいており、電気系統も手抜かりはない、と。なんにしても最新のホテルである。にもかかわらず、彼女は火だるまになって死んだのだ。

彼女が見落としていたのは、この五十年間に、地上が空へと進出したことである。最新のホテル、メトロポリタン・タワーは、ロンドンの低い家並みを睥睨《へいげい》するように、空にむかってそそりたっている。四十五階建て、そしてシンシアの泊まった部屋は四十二階にあった。高さにして、およそ五百フィート。わたしはイラストレイテッド・ロンドン・ニューズ紙の古い綴《と》じこみを調べてみた。シンシアのフィアンセが最後の攻撃に入ったとき、ツェッペリンはすでに被弾し、高度を失っていた。メイフェアの上空を西にむかっており、五百フィートまで高度をさげていた、と新聞は推測している。

彼女は五十年近い歳月をかけて、心ならずもあいびきの場所にたどりついたわけである。わたし自身はここに来て一年しかたっていない。つつましく暮らしているので、当分はこのままやっていけそうだ。

日は変わり、潮は変わるが、海は決して変わることがない。

ふるさと遠く

ウォルター・S・テヴィス

Far From Home

管理人が、奇蹟をうすうすと意識したきっかけは、そのにおいだった。それだけでも、ひとつの小さな奇蹟といえた。アリゾナの朝の大気にまじる塩の香、海草と海水のにおい。それに気づいたのは、正面入口の錠をあけ、建物のなかにはいったときである。年老いて、自分の五感もあまり信用していない男だったが、内陸も内陸のこんな町でも、これだけはまちがえようはなかった。それは、海のにおい――深い海、遠い海、大きな海草の生いしげる、みどりの塩水をたたえたあの海原《うなばら》のにおいだった。

奇妙なことに、といってもそれは、管理人が年老いて生きることに疲れていたためと、それがちょうど、おおかたの老人に現実ばなれを感じさせるそんな早朝のひとときだったせいもあるのだが、そのにおいをかいだとき老人が最初に感じたのは、老いた神経のとらえようもないほどかすかなざわめきだった。それは、子どものころ一度だけサンフランシスコに行き、波止場に錨をおろしている船をながめ、海のあのなんともいえない古びたくさいにおいに出会って以来、彼の体内に血よりも重く沈んでいた五十年前の記憶の作用だったのだが、それが感じられたのは、ほんの一瞬のあいだだった。驚きがたちまちそれにとってかわった——そして腹だち。もっともこんな砂漠の町の、朝の公共プールの更衣室で、若いころや海のことを思いだしたからといって、腹をたてる理由はどこにもありはしない。

「いったい、こりゃどういうことなんだ……」と管理人はいった。

声を聞く者はなかった。いや、もしかしたら、その子どもには聞こえたかもしれない。管理人が建物にやってきたとき、よごれた片手に茶色の紙袋を持って、金網越しにプールをのぞいている子どもが、ひとりいたのだ。管理人はその子に注意をはらわなかった。夏ともなれば、プールのまわりに子どもたちがいないときはない——彼にとっては、やっかいものである。だが老人の声が聞こえたにしても、その子からの返事はなかった。

管理人は、木造の仕切り部屋の壁になぐり書きされた、きのう一日のわいせつな落書きには目もくれず、まっすぐコンクリート敷きの更衣室を横切った。タイルばりの控え室にはいると、足を洗う消毒槽をまたいで、水泳プール周辺のコンクリートのフロアに出た。

見まちがえようのないものもある。プールのなかにいるのは、たしかに鯨だった。

それもただの鯨ではない。前代未聞の大物、鯨のなかの鯨、巨大な灰青色の海獣《レヴァイアサン》で、さしわたし九十フィート、背中の幅は三十フィートもあり、無蓋貨車のような尾ひれと巨人のなめらかな拳《こぶし》のような頭を持っているのだ。青い鯨、てらてらとなめし革のように光る怪物。その灰色の下腹にはフジツボがこびりつき、その目は寄る年波と叡智と近視のために白くにごり、口のはしからは褐色の海草がたれさがり、その顔にはヤリイカの吸盤のあとが見え、背中の無感覚な脂肪層には錆びついた銛《もり》の破片がつきささっている。それは、腹をプールの底に横たえ、背中を水面高くもりあがらせ、大きな灰色の唇をいかにも安らかに満足げにとじて休息していた。眠っているわけではない。それでも、自分がどこにいようとかまわないくらいには眠っていた。

鯨はくさかった――万物の母、海のあのなんともいえぬ古びたにおいを漂わせていた。千古の昔から生命を育《はぐく》みつづけてきた海の、むかつくようなフジツボとつぶつぶの塩のにおい、かつてあった世界と将来あるであろう世界のにおいを芬々《ふんぷん》とさせていた。鯨は美しかった。

管理人は鯨を見ても、すぐには棒立ちにならなかった。そうなったのは、しばらくしてからである。はじめは大声で、ありのままを述べる調子でこういった。「プールのなかに鯨がいる。ばかでかいやつだ」だれにともなくいった――というより、だれかれかまわずいった。子どもには、おそらく聞こえただろう。だが、金網のむこう側から返事はなかった。

そういってから、管理人は七分間そこに立ちつくし、考えていた。いろいろなことを考えた。朝食に何を食べたかとか、けさ妻が彼をおこしたときいった言葉とか。視野の片隅に、紙袋を持った子どもが見えた。すると彼の心は、そんなときにままあるように、子どものことを考えはじめた。（あの子は六つぐらいかな。袋のなかは、たぶんお昼の弁当だろう。エッグサラダ・サンドウィッチ。バナナ。でなければ、リンゴだ）だが鯨のことは考えなかった。考えようにも考えることがなかったからである。大きな頭を跳びこみ板の下の深みに沈め、尾ひれの裂片の一つをプールの反対側の浅みにゆったりとおいて、静かに横たわる信じられぬ巨体を、彼はじっと見つめた。

鯨は、深くゆっくりとその噴水孔で息をしていた。管理人は、浅くゆっくりと息をしながら、のぼる朝日に目をしばたたきもせず、わけのわからぬまま、プールに展開される八十五トンの奇蹟に目を奪われていた。子どもは紙袋の口をしっかりとにぎって、これまたくいいるように鯨を見つめていた。東から、砂漠を照らしながら空をしだいにのぼってゆく太陽は、油を塗ったような鯨の背中を、七色の虹の光で輝かせていた。

そのとき鯨は管理人に気づいた。視力は弱いというものの、それは、どんよりと濁った異様に小さな目を、しばらく老人の上からはなさなかった。つぎの瞬間、それは重々しい威厳にみちた優雅な仕草で背中をそりかえらせると、尾ひれを二十フィートも宙にあげ、そっと、変にのろのろした動きで水面にふりおろした。プールから何百ガロンもの水しぶきがあがり、管理人は頭からその何十分の一かをかぶった。だが、彼がおちいっていた一時的な自失状態からかえるには、それだけの量で充分だった。

管理人はやおらとびさがった。水たまりからぬけだすと、唇を蒼白にして、おびえた目で四方八方をきょろきょろと見まわした。鯨と子どものほか、見るべきものは何もない。「ようし、わかった」と彼はいった、「わかったぞ」それは、彼が企みのすべてをどういうものか見すかしてしまったようでもあり、鯨が公共プールで何をしているのかやっとわかったようでもあり、自分は責任なんかとらないぞと心にきめたようでもあった。「ようし」管理人は鯨にそういうと、きびすを返し、走りだした。

彼は、町の中心部へ、メイン・ストリートへ、銀行へ、公園管理委員会のボスが見つかりそうな場所へとかけもどっていった。その男なら、どうにかして――たぶん、メモでもひっぱりだして――助けてくれるかもしれないと考えたのだ。彼は、元のままの変わらぬ世界がある町の方角へ、いちもくさんに走っていった。若いころでさえ走ったこともないような猛烈な速さで。この人生で二度と出会うことのない奇蹟から、神の創りたもうた最大の生き物から、遠ざかりつつあることも知らずに……。

管理人が去ったあとも、子どもは長いあいだ一心不乱に鯨を見つめていた。顔は仮面のように表情がなかったが、その心臓は、驚きと愛がなせる一種独特の興奮に高鳴っていた

――その驚きは、あらゆる鯨に対する驚きであり、その愛は、六年間、砂漠しか知らずに育ってきたアリゾナの子どもが、生まれてはじめて見ることのできた一頭の鯨によせる愛だった。やがて子どもは、人びとがまもなくやってくることと、鯨を見る時間がそろそろ終わりに近づいたことを思いだすと、紙袋を注意ぶかく顔のところまで持ち上げ、袋の口をおずおずと一インチほどあけた。袋がごそごそと動いた。なかに小さな動物がいて、とびだそうともがいているような、そんな動きである。

「静かにしろったら！」顔をしかめながら子どもはいった。

動きがやんだ。袋の口から声が聞こえた。かん高い、腹だたしげな声。「さあさあ、ぼうや」と声はいった、「二つ目のお願いはもう考えただろうね」

子どもは親指と人さし指で袋を注意深く持っていた。そして、あいた袋の口をのぞきこむと顔をしかめた。「うん、だいたいね……」

管理人が、男をふたり連れてもどったときには、鯨はもういなかった。子どもの姿も消えていた。だが、海草のにおいと、はねかえった塩からい海水はまだそこにあり、プールの消毒された水のおもてには、ふるさと遠く運ばれてきた海草が、褐色の吹き流しのようにいくつかあてもなく浮かんでいた。

信念

アイザック・アシモフ

Belief

「空を飛んでいる夢を見たことがあるかい？」ロジャー・トゥーミイ博士が、妻にたずねた。

ジェーン・トゥーミイは目を上げた。「あるかなんてものじゃないわ！」

そのめまぐるしい指は、いっときも編みものから離れない。使うあてもない花瓶敷きのこみいった模様がしだいに形をなしていく。部屋のなかでは、テレビが何やらかすかにつぶやいているが、昔からの習慣で、映像はまったく無視されている。

「誰でもときどき空を飛ぶ夢を見る。いちばん一般的な夢だ。ぼくなんか何回見てるかしれない。それで困ってるんだよ」とロジャー。

「わからないわ、何をおっしゃりたいのか」ジェーンはいい、低い声で編み目の数をかぞえた。

「考えてみると不思議なんだ。じっさいには飛んでいるんじゃない。翼はないんだし、というより、少なくともぼくの場合はない。それでいて、少しも力はいらない。要するに、浮かんでる。そう、浮かんでるんだ」

「飛ぶ夢は見るけど」とジェーン。「すぐに忘れてしまうわ。ひとつだけ、まだ憶えてるのは、服をなんにも着ずに、市役所のてっぺんにおりた夢。でも、夢ではだかのときは、どうしてか誰も見ようとしないの。そんな経験ない？　こちらは恥ずかしくて死にそうなのに、みんなすたすた通りすぎてしまうの」

彼女が編みものを引っぱったので、糸玉がバッグからころげおち、床の上をころがった。ひろおうとはしない。

ロジャーはゆっくりと首をふった。その顔は青ざめ、得心がいかぬげに何か考えこんでいる。高い頰骨、長いまっすぐな鼻、近ごろますます目立ってきたV字形の髪の生えぎわ、すべてが鋭角的な顔だ。としは、三十五。

「どうして宙に浮かぶ夢を見るのか、考えたことはあるかい？」

「ないわ」

ジェーン・トゥーミイは、小柄な、ブロンドの女だ。彼女のかわいらしさは、かよわい、目立たないたぐいで、瞬間的には印象を焼きつけないかわり、いつのまにか内に忍びこんでくる。瞳は、明るいブルー。磁器の人形を思わせるピンクの頰。としは、三十。

「たいていの夢は、周囲からの刺激を心が不完全に理解して解釈したものにすぎないんだ。刺激は一瞬のあいだに、筋の通る事柄のなかに組みこまれる」

「いったいなんのお話？」

「いいかい、前にこんな夢を見た。ぼくはホテルにいた。物理学会議に出席してるんだ。友人がたくさんいる。別に、どこも変わったところはない。だのに、とつぜんみんなが騒ぎだして、ぼくもどういうわけかパニックにおそわれた。ドアへかけよるんだが、開かない。友人がひとり、またひとりと消えてゆく。連中はかんたんに部屋から出ていくのに、どんなふうにすればそれができるのか、ぼくにはわからないんだ。どなるんだが、みんなぼくを無視する。

そこで気がついた。ホテルが火事なんだ。けむたくはない。でも、火事だということはわかった。窓へ走っていくと、ビルの外側に非常階段が見える。どの窓もあたってみたけど、非常階段に通じているのがない。いまでは部屋にいるのは、ぼくひとりだ。窓から体をのりだして、必死に助けを求めた。誰にも聞こえた様子はない。

そのとき消防車がやってきた。通りを、小さな赤い点が走ってくる。まだ、はっきりと憶えてるよ。道をあけさせるために、警鐘をジャンジャン鳴らしている。聞こえるんだ。どんどん大きくなって、もう頭が割れそうなくらいだ。そして目がさめた。もちろん、目覚まし時計が鳴ってたんだ。

だけど、ちょうど目覚まし時計が鳴ったときに、それがぴったりと夢のなかの警鐘と重なるような、そんなよくできた長い夢を見られるわけがない。それより、夢はベルが鳴った瞬間にはじまって、それだけの長い時間の感情の動きが一瞬のなかに詰めこまれたと考えるほうが、理屈に合う。ぼくの頭脳のなかの非常装置が、とつぜん静けさを破った雑音を解釈しようとしたせいなんだ」

ジェーンは眉をひそめている。彼女は編みものをおいた。「ロジャー！　カレッジから帰ったときから、あなた、すこしおかしいわよ。食事もあまり手をつけないし、こんどは、そのとんでもない話。そんな陰気なあなたって見たことないわ。重曹でものみになったら」

「それだけじゃたりないよ」と、ロジャーは低い声でいって、「ところで宙に浮かぶ夢はどうして見ると思う？」

「よかったら、話題を変えたいんだけど」

彼女は立ちあがると、きっぱりとした仕草でテレビの音量をあげた。頬のこけた若い男が、いままでのわびしげな声とはうって変わったさわやかなテナーで、彼女にむかって永遠《とわ》の愛を訴えた。

ロジャーはまた音量をさげると、テレビに背を向けて立った。

「空中浮揚さ！」と彼はいった。「そうなんだ。人間をひとりでに宙に浮かばせる方法が何かあるらしい。人間には、その能力がある。ただ、どう利用するかを知らないだけなんだ——眠っているとき以外は。眠ると、浮かびあがることがある。せいぜい十分の一インチぐらいだろう。見てるものがいたとしても、まったく気がつかないくらいだ。だけど宙に浮かぶ夢を見るのに必要な感覚を得るには、それで充分なんだ」

「ロジャー、うわ言はよして。本当に、お願い」

彼は容赦なくつづける。「ゆっくりとおりると、その感覚も消える。そしてときには浮揚制御が急にきかなくなって、落っこちる。ジェーン、落下する夢を見たことがあるかい？」

「ええ、それは——」

「ビルの縁にぶらさがっていたり、椅子の端にすわっていたりして、とつぜん落ちる。ものすごいショックを感じて、はっと目がさめると、息をはずませていて、心臓がどきどき打っている。じっさいに落ちたんだよ。ほかに説明のしようがない」

困惑から懸念へとゆっくり変化していたジェーンの表情が、ふいに恥ずかしそうな微笑に変わった。

「ロジャー、いじわる。からかっているのね！　ほんと、いやな人！」

「なんだって？」

「ええ、そうよ。もうだまされないわよ。あなたが何を企んでるか知ってるわ。小説のプロットができたので、わたしを実験台にして聞かせてるんでしょう。まじめに聞いて損しちゃった」

ロジャーは驚いたようだった。いくらか当惑してもいた。彼は大股に彼女の椅子のところへやってくると、妻を見おろした。「違うよ、ジェーン」

「何が違うの？　知りあったときから、あなたは小説を書く話をしてたじゃない。プロットができたのなら書きなさいよ。わたしをこわがらせたって、どうにもならなくてよ」機嫌をなおすにしたがって、彼女の身ぶり手ぶりは大げさになった。

「ジェーン、これは小説なんかじゃないんだ」

「でも、小説じゃないなら――」

「今朝《けさ》、目がさめたとき、ぼくはマットレスの上に落ちたんだよ！」

ロジャーはじっと妻を見つめた。「空を飛んでいる夢を見ていたんだ。はっきりと断言できる。内容もちゃんと憶えてる。目がさめたとき、ぼくはあおむけに寝ていた。のんびりとした気分で、しごく快適だった。そのとき、ふっと考えたんだ。なぜ天井があんなふうに奇妙に見えるんだろうと。ぼくはあくびをして、手をのばした。すると天井にさわったんだ。すこしのあいだ、上にのびた手が天井にぶつかって止まっているのを眺めていた。

それから寝がえりをうった。筋肉を動かしたわけじゃないんだぜ、ジェーン。思ったとたん、体がそっくりくるっとまわったんだ。そして自分が、ベッドの上、五フィートのところにいることを知った。きみはベッドにいて、眠ってる。こわくなってしまった。おりかたがわからない。ところが、おりることを考えたとたん、体が落下した。といっても、ゆっくりとなんだ。コントロールは完全だった。

　動きだす勇気がでるまで、十五分ばかり寝ていた。それから起きだすと、顔を洗って、服を着て、仕事に出かけたわけさ」

　ジェーンは作り笑いをした。「あなた、それ書いたほうがいいわよ。でも気にするほどのことじゃないんじゃない。要するに、働きすぎたのよ」

「よしてくれ！　そんな陳腐な理由でかたがつく話じゃないんだ」

「陳腐かもしれないけど、誰もかれもが働きすぎてることはたしかだわ。きっと、自分で思ってるよりも十五分だけよけいに夢を見ていたのよ」

「夢じゃないんだ」

「きまってるわ、夢よ。目をさまして服を着て朝食の仕度をする夢を、わたしなんか何回見てるかわからないわ。それから本当に目がさめて、おんなじことを始めてると気がつくことがあるの。夢を見てる夢だって見たことあるわ。わかるでしょう、この意味。頭がこんがらがるのも無理ないわよ」

「いいかい、ジェーン。きみに打ちあけたのは、この問題を打ちあけられるのが、きみしかいないからだ。頼むから、まじめに聞いてくれよ」

ジェーンは青い目を大きく見開いた。「ロジャー！　わたしはできるだけまじめに聞いているわ。でも、物理学の教授はあなたで、わたしじゃないのよ。引力のことを知ってるのは、あなたよ。わたしじゃないわ。気がついてみたら、浮かんでいたなんて話をわたしがしたら、あなたはまじめに聞く？」

「いや。聞くもんか！　そこが問題なんだ。ぼくだって信じたくはない。だけど信じざるをえないんだ。夢じゃないんだよ、ジェーン。いや、夢なんだと自分に信じこませようとした。信じこむのに、どれだけ苦労したか、きみなんかにはとてもわかるまい。教室にはいるころには、夢だと確信していた。朝食のときには、どこも変だとは思わなかっただろう？」

「ううん、変だと思ったわ、いま考えてみると」

「でも、それほどおかしくはなかった。でなけりゃ、何かいってる。それはいいとして、とにかく九時からの講義は無事に終わった。十一時には、そのことはすっかり忘れてたんだ。そうするうちに、昼食のあとだったけれど、ある本が入り用になった。著者はペイジと――まあ、そんなことはいい。とにかく入り用になった。上のほうの棚にのってるけれど、手をのばせば届く。ジェーン――」

彼は言葉を切った。

「いいから話して、ロジャー」

「そのね、きみはないかな、ほんの一歩先にあるものを取ろうとするようなことは？　体を前かがみにして、手をのばしながら、自動的に一歩踏みだす。完全に無意識の動作だ。全身の統合作用だ」

「わかったわ。それがどうしたの？」

「本に手をのばして、自動的に上に一歩踏みだしたんだ。空中へなんだぜ、ジェーン！　何もない宙にだ！」

「ジム・サールに電話してみるわ、ロジャー」

「病気なんかじゃないよ、よしてくれ」

「一度話してみるべきだと思うわ。友だちだし。医者の往診じゃなくて、友だちとして話しあうの」

「そうして何になるんだい？」むらむらとわきあがった怒りに、ロジャーは顔を赤くした。

「話してみるのよ。すわって、ロジャー。お願い」彼女は電話にむかって歩きかけた。その動きを、彼は手首をつかんで止めた。「信じないんだな」

「そんなことはないわ、ロジャー」

「いや、信じてないんだ」

「信じるわ。もちろん信じるわ。ただ、わたしは――」

「そうさ。ジム・サールと話をさせたいだけなんだ。それくらいしか、きみは信じてないんだ。本当のことを話しているのに、きみは精神分析医を呼びたいんだ。じゃ、こうしよう。ぼくの言葉を信じる必要はない、証明できるんだ。ぼくが浮きあがることを証明しよう」

「信じてるわよ」

「嘘をつけ。からかわれてることぐらいわかってるさ。そこにいるんだ！　よく見て」

彼は部屋の中央まであとずさりすると、なんの予告もなくいきなり床の上に浮かんだ。そして、そのままぶらんと宙にとどまった。カーペットと靴底のあいだに、六インチの空間が生まれた。

ジェーンの目と口は、三つの大きなOだった。彼女はささやき声でいった。「おりてきて、ロジャー。ねえ、後生だから、おりて」

彼はのろのろと降下した。靴が音もなく床に着いた。「ほらね？」

「どうして、まあ」

なかば怯えたように、なかば気分を悪くしたように、彼女は見つめている。

テレビでは、大きな胸をした女がかすかな声で、誰かすてきな男性と大空をかけるなんて、そんな夢みたいなこと、わたしには関係ないと歌っていた。

ロジャー・トゥーミイは寝室の闇を見つめたまま、ささやいた。

「ジェーン」

「なあに？」

「眠ってないんだろう？」

「ええ」

「こっちも眠れないんだ。ベッドの頭板《あたまいた》を握りっぱなしなんだ。もしも……わかるだろう？」

片手がおちつかなげに動いて、妻の顔に触れた。彼女は体をすくめ、まるで彼が電荷のかたまりであるかのようにしりぞいた。

「ごめんなさい。神経質になってるのね」

「いいんだ。いずれにしても起きるんだから」

「何をなさるつもり？　眠らなきゃ」

「それが眠れないんだ。だけど、きみまで起こしとくことはないからな」

「何も起こらないかもしれないわよ。毎晩、起こるというのでもないでしょうし。昨夜《ゆうべ》まではでは一度もなかったじゃない」

「そんなことがどうしてわかる？　あんなに高くまであがったことがないだけかもしれないじゃないか。目をさまさなかったので、知らなかったのかもしれない。どっちにしろ、いまは違うんだ」

彼はベッドの上で体を起こした。両脚を曲げ、膝を両腕でかかえ、ひたいをその上にのせた。そしてシーツを片方に押しやると、パジャマのやわらかいフラノ地に頰をすりよせた。

「いまはもう違うはずなんだ。そのことで頭がいっぱいなんだからね。いったん眠ったら、いったん意識して体をとめておくのをやめたら、もう、ふわっと浮いてしまう」

「なぜかしら。たいへんな力がいるはずなのに」

「そこが問題なんだな。なんということもないんだよ」

「でも重力にさからっているわけでしょう？」

「そうだよ。だけど、力なんかなんにもいらない。いやね、ジェーン、理解できるものなら、ぼくだってこんなに悩みはしないんだ」

彼はベッドから足を出すと、立ちあがった。「そんな話はもうやめよう」

彼女はつぶやいた。「それは、わたしだってそうだわ」そして泣きはじめた。すすり泣きをこらえようとするので、それは押し殺された呻《うめ》き声に聞こえた。そのほうが、はるかに耳にこたえた。

「すまない、ジェーン。苦しめるようなことをいって」

「いや、さわらないで。いいから……いいからひとりにしておいて」

彼はベッドからおぼつかなげに何歩か進んだ。

「どこへいらっしゃるの?」

「ソファだよ。手伝ってくれるかい?」

「どうするの?」

「縛ってほしいんだ」

「縛る?」

「ロープでさ。ゆるく。寝がえりをしたいときに、できるように。いいかい?」「いいわ」

彼女のはだしの足は、もうベッドのわきの床にあるつっかけを捜していた。

彼女はため息をついた。


ロジャー・トゥーミイは、研究室とは名ばかりのこぢんまりした部屋にすわって、試験答案の山を見つめていた。採点しようにも、手をつける気にならないのだった。

最初に浮かんだ夜から、彼は電気と磁力について五回講義を行なっていた。とんとん拍子とはいかないが、どれもなんとか切り抜けてきた。学生たちがおよそ馬鹿げた質問をしてきたところをみると、平明な話しぶりも以前の彼ほどではなかったのかもしれない。

今日は不意打ち試験を行なって、講義をなんとか埋めあわせた。わざわざ作る手間はかけなかった。何年か前にやった試験を、コピーして渡したのだ。

しかし、いまや答案が手元にあり、採点しなければならない。なぜなのだ? 学者のいうことにこだわる必要がどこにある？　いや、学者でなくとも誰でもいい。物理法則を知ることがどうして重要なのだ？　それをいうなら、法則とはそもそも何だ？　そんなものが、じっさいにあるのか？

それとも、すべては混乱のかたまりで、そこから秩序を抽出しようとするのが間違っているのか？　宇宙は、見かけは意味ありげだが、要するに原初の混沌にすぎず、その深みに神がおりたつのをいまだに待っている状態なのだろうか？

不眠症も、いっこうに彼の助けにはなっていなかった。ソファに体を縛っておいても、眠りはとぎれとぎれで、いつも夢を見るのだった。

ドアにノックがあった。

ロジャーは腹だちまぎれに叫んだ。「誰だ？」

沈黙。そして自信なさそうな返事。「ハロウェイです、トゥーミイ先生。先生が口述された手紙をお持ちしました」

「ああ、はいって、はいって。そんなとこに立ってないで」

理学部の秘書はドアを最小限にあけると、痩せた、あまり見ばえのしない体を研究室にすべりこませた。その手には、一束の紙があった。それぞれに、黄色い複写紙と、宛名が書きこまれスタンプの押された封筒が、クリップでとめられている。

ロジャーは一刻も早く彼女を追いだしたかった。それが誤まりだった。手紙を受けとろうと、近づいてくる彼女にむかって体をのりだしたとたん、椅子の感触がなくなったのだ。すわった姿勢のまま、二フィート前進していた。思いきって体をおろそうとしてバランスがくずれ、ころんでしまった。もう遅すぎる。

完全に遅すぎた。ミス・ハロウェイは抱えた手紙をとびちらして悲鳴をあげた。そして背をむけ、肩でドアを押しあけてホールにころがりでると、ハイヒールの音を高らかに響かせて廊下を走り去った。

痛む尻をさすりながら、ロジャーは立ちあがった。そして吐きだすように、「ちくしょう」といった。

だが彼女の驚きを理解しないわけにはいかない。彼の姿は、おそらくこんなふうに見えただろう。立派な体をしたおとなが、ふわりと椅子から浮きあがって、すわった姿勢のまま彼女にむかって滑空してくるのだ。

彼は手紙を拾いあげると研究室のドアをしめた。もう陽は傾いている。廊下に人気《ひとけ》はないだろう。彼女は動転して、なにもいうまい。しかし——彼は頭をかかえて、人が集まってくるのを待った。

何ごとも起こらない。おそらく彼女は息もつけない状態でどこかで倒れているのだろう。捜しだして、できるだけの介抱をするのが礼儀ではないか。そんな気もしたが、良心などはクソくらえだと自分にいいきかせた。自分のどこが異常なのか、この途方もない悪夢がいったい何なのか、それを見つけだすまでは、決して公表するようなことをしてはならないのだ。

少なくとも、これ以上は。

彼は手紙をパラパラとめくった。どれも、この国有数の理論物理学者にあてたものだ。この種の問題は、地元のタレントだけではとても足りない。

ミス・ハロウェイは手紙の意味に気づいただろうか、そんな疑問がわいた。気づかないように、と彼は願った。故意に専門語をまきちらしたのだ。不作法にならないようにという配慮もあるが、もうひとつには、彼、トゥーミイが折り目正しい、有能な科学者であることを名あて人に印象づけるためもあった。

その一通一通を、彼はまちがいなくそれぞれの封筒におさめた。わが国最高の頭脳ばかりだ、と彼は思った。彼らの手におえるだろうか？

その点は、なんとも予想がつかなかった。

図書室は静まりかえっていた。ロジャー・トゥーミイは〈理論物理学ジャーナル〉の合本を閉じると机の上に立て、その背表紙をゆううつそうに見つめた。〈理論物理学ジャーナル〉か！　この訳知《わけし》り顔の屑雑誌に寄稿している連中は、いったい何を理解しているというのだ？　そんな思いが、彼の内を掻きむしる。ついこのあいだまで、彼らは、ロジャー・トゥーミイにとって世界じゅうでもっとも偉大な人びとであったのだ。

それでも、彼はこの人びとの規範と哲学になんとかすがろうと最善をつくしていた。日増しに消極的になるジェーンの手助けを頼りに、測定をくりかえした。現象を秤《はかり》にかけ、その相関関係や量を抽出しようと努力した。要するに、自分が知っている唯一の方法で、それを打ち負かそうとしたのだ——それもまた、万物が必然的に使わねばならぬ永遠の法則のひとつの現われにすぎないと信じて。

(必然的に従わねばならぬ。最高の頭脳が、とにかくそういっているのだ)

ところが測定するにしても、その対象があるわけではない。空中浮揚には、肉体的な努力はいっさい伴わないのだ。室内の実験では——いうまでもないが、戸外の実験はしなかった——天井まで上がるのも、一インチ上がるのも、時間がかかる点を除けば、同じようにかんたんだった。時間さえあれば、無限に上がりつづけることもできそうだ。その気になれば、月まで行ってしまうだろう。

重い物を持って空中浮揚することも可能だった。上昇のプロセスは遅くなるが、肉体的な疲労はまったくない。

前日は、ストップウォッチを片手に、なんの予告もせずジェーンを抱えて浮かびあがる実験を試みた。

「きみの体重は?」と彼はきいた。

「五十キロよ」と彼女は答えた。そして不安げに夫を見つめた。

彼は片腕で妻の腰のくびれを抱えた。彼女は押しのけようとしたが、知らぬふりをした。その恰好で、二人はじりじりと上昇した。彼女は、血の気のうせた顔で、恐怖に体をこわばらせてしがみついていた。

「二十二分十三秒」頭が天井をこすったところで、彼はいった。

床に着くと、ジェーンは体をふりほどいて部屋から逃げだしていった。

その数日前、ドラッグストアの体重計の前を通りかかったことがある。体重計は街角にうらぶれた外見をさらしていた。通りに人気《ひとけ》がないので、彼はそれにのると銅貨を入れた。たぶんそんなことだろうと予想してはいたが、目盛りが十四キロを指したときはショックだった。

それからは銅貨をいっぱい持ち歩いて、あらゆる状況のもとで試してみた。風が強い日は、まるで吹き飛ばされまいとするように、いつもより体重が重いのだった。

調整は自動的に行なわれていた。何が体を持ち上げるのかはわからないが、快適さと安全性のあいだのバランスは微妙に保たれているらしい。だが呼吸と同じように、空中浮揚の意識的なコントロールを強めることもできるのだった。体重計の針を、自分の体重と同じくらいまで上げることもできれば、ゼロにすることも、もちろんできた。

二日前には、体重計を買いこんで、体重変化の割合を測定しようとした。それは役に立たなかった。針の動きが、変化の速度——それが何を意味するにせよ——に追いつかないのだ。圧縮率と慣性モーメントのデータが集まっただけだった。

さて——。それを総合して何が出てきたというのだろう？

彼は立ちあがると、うなだれながら、とぼとぼと図書室を出た。部屋のつきあたりまで行くのにも、テーブルや椅子から手を離さなかった。たどりつくと、こんどは目立たぬように壁にさわりながら進んだ。そうせずには、いられないのだった。物体と絶えず接触していることで、かろうじて地面に対する自分の存在を納得しているのだ。テーブルから手が離れたり、手が壁の上をずるずると動きだしたら——それで一巻の終わりだ。

廊下には、いつものとおり学生の姿がちらほら見えた。彼は学生たちを無視した。この数日間で、彼らにも少しずつ挨拶する必要のないことがわかってきたらしい。気が狂ったのではないかと疑っているものもいるだろうし、おそらくほとんどは、虫の好かないやつだと思いはじめているだろう。彼はそう想像した。

エレベーターはやり過ごした。最近は使ったことがない。特に、下りの場合は。エレベーターが最初いきなり下りだすときには、どうしても体が一瞬、宙に浮いてしまうことに気づいたのだ。その瞬間のためにどれだけ身構えていようと、体がピョンとはずみ、人びとの視線がこちらに向くのだ。

階段のいちばん上で、彼は手すりに手をのばした。つかむ直前、思いがけなく足がもつれた。これほど絶望的な転倒のしかたはあるまい。三週間前なら、階段の下にぶざまに寝そべる羽目になっていただろう。

今度の場合は、自律神経が間髪をいれず働いた。前のめりになると、両脚をなかばちぢこめ、両の手の平をいっぱいに広げ、大の字のかたちで、階段の上をグライダーのように舞いおりていた。まるでワイアで吊るされているかのように。

目がくらんでしまったので、体を立てなおすこともできなかった。恐怖のあまり、体がいうことをきかなかった。階段の下、窓から二フィート足らずのところで、彼は自動的に停止し、そのまま宙に浮かんだ。

階段の途中には学生が二人いたが、いまは壁ぎわにへばりついている。そして階段のてっぺんに三人、すぐ下の階段に二人、彼のいる踊り場にさらに一人。彼とのあいだは、手が触れるほどの距離だった。

あたりは静まりかえっている。誰もかれもが、彼を見つめていた。

ロジャーは姿勢を正すと床におり、学生の一人をつきとばして階段をかけおりた。

背後では、叫び声に近い会話がどっと湧きおこっていた。

「モートン先生がぼくを?」ロジャーは、椅子のひじかけをしっかりとつかんだまま、ふりかえった。

新しく雇われた理学部の秘書はうなずいた。「はい、トゥーミイ先生」

彼女はそそこに立ち去った。ミス・ハロウェイの代わりにはいってからまもないのに、彼女はもう、トゥーミイ博士がどこか〝おかしい〟ことに気づいていた。学生たちも彼を避けていた。今日の講義では、うしろの席は私語をかわす学生たちでいっぱいだった。そして前の席は、からっぽなのだった。

ロジャーは、ドアのそばにある小さな壁かけ鏡をのぞきこんだ。そして上衣をなおすと、糸くずをブラシで落とした。だが、それくらいのことでは、彼の外見はいっこうに向上しなかった。このごろでは顔は土気色をしている。こんなことになってから、体重も五キロは減った。といって、もちろん、計れるわけではないから正確な数字はわからないのだが……。消化器がしょっちゅう彼といさかいを起こし、そのたびに勝って意見を通しているかのように、最近の彼には健康さは見られなかった。

学部長の呼びだしに、彼はなんの不安も感じなかった。空中浮揚事件については、彼はきっぱりとした冷笑主義に到達していた。目撃者たちは話していないようだ。ミス・ハロウェイは話していない。階段にいた学生たちが話を漏らした形跡もない。

最後にネクタイを整えると、研究室を出た。

フィリップ・モートン博士の研究室がそれほど遠くないところにあるのは、ロジャーには嬉しかった。秩序正しくゆっくりと歩く癖が、ますますひどくなっているからだった。

片足をあげ、よく確かめて一歩前に置く。そしてもう一方の足をあげると、よく確かめてその前に出す。確固とした前かがみの姿勢で、足もとを見つめながら、彼は進んだ。

はいってくるロジャーを見て、モートン博士は眉を寄せた。小さな目をした男だ。手入れのわるい、白髪まじりの口ひげ。よれよれの服。学界では中程度に知られた存在で、教師の職分は、学部のほかのメンバーに押しつけるというはっきりした主義を持っている。

「ああ、トゥーミイくん、ハリイ・カーリングから奇妙奇天烈な手紙が来てるんだがね。きみは問い合わせを出さなかったかね」——デスクの上の紙を見ながら——「先月の二十二日だ。これは、きみの署名か？」

ロジャーは見て、うなずいた。そして、さかさまになっているカーリングの手紙を、懸命に読もうとした。これは、予期しない事態だった。ミス・ハロウェイ事件のあった日、彼が発送した手紙のうち、返事が届いたのはいまのところわずか四通。

うち三通は、パラグラフひとつだけの冷淡な回答で、内容はどれもだいたいこんなふうなものだった。「二十二日付けの貴下の問い合わせの手紙に対し、お答えいたします。貴下が論じておられる問題に、わたくしが力になれるとは思えません」四通目、ノースウェスタン工大のバランタインからのは、もったいぶった調子で、心霊現象研究所に問い合わせるようにとすすめていた。それが親切心から出たものか、それとも侮辱しているのかは、ロジャーにはわかりかねた。

プリンストン大学のカーリングで、五通になる。彼はカーリングに最大の望みをかけていた。

モートン博士は大きな咳払いをすると、メガネの位置をなおした。

「彼がなんといってきたか読んであげよう。すわりたまえ、トゥーミイ、さあ、すわって。こういってきたんだ。〝親愛なるフィル——"」

モートン博士はいくぶん間の抜けた微笑をうかべて、すこしのあいだ目を上げた。「ハリイとは、去年の総会の席で会ったんだ。いっしょに酒を飲んだんだが、いい男だよ」

彼はまたメガネをなおすと手紙に目をもどした。「〝親愛なるフィル。きみの学部に、ロジャー・トゥーミイ博士と名乗る男はいるか？　先日、その男から変な手紙が来た。どう返事をしてよいものか、わからない。はじめは、よくある奇人変人のたぐいからの手紙だと思って無視するつもりでいた。ところが手紙のいちばん上に、きみの学部の名が印刷されている。それで、きみに知らせる必要があると考えたんだ。誰かが信用詐欺をするつもりで、学部の人間の名前を使ったという可能性もある。トゥーミイ博士の手紙を、ご参考のために同封する。いつかそちらへ旅行したいと思っているのだが――〟

以上、あとはわたし個人にあてたものだ」モートン博士は手紙をたたむと、メガネをとり、レザーのケースに入れて胸のポケットにおさめた。そして両手の指をくっつけあわせると、前にのりだした。

「さて」と彼はいった。「きみの手紙を読んであげる必要はないだろう。なんだね、これは、冗談か？　それともペテンか？」

「モートン先生」ロジャーは重い口調でいった。「ぼくは、まじめです。手紙に嘘いつわりはありません。ほかにも、かなりの数の物理学者に送ってあります。読めばわかるはずです。そのう……空中浮揚の観察をしたので、そんな現象の理論的に可能な解釈について情報を求めたわけです」

「空中浮揚だって！　まさかね！」

「非常にはっきりした例なんです、モートン先生」

「きみ自身が観察したのかね？」

「もちろんです」

「ワイアが隠されてもいない？　鏡もない？　なあ、トゥーミイくん、きみはそういったインチキの専門家ではないんだろう」

「まったく科学的な一連の観察を経た結論なんです。インチキの可能性はありません」

「わたしに相談すべきだったな、トゥーミイ、手紙を出す前に」

「そうすべきだったかもしれません、モートン先生、しかし正直にいって、あなたが――共感してくださるとは思えなかったので」

「それは、ごていねいに。うん、おそらくそうだろうね。それから学部の便箋を使ったことだが、これには、わたしも本当に驚いてるんだ、トゥーミイ。いいかね、トゥーミイ、きみの生活はきみのものだ。空中浮揚を信じたければ、信じたってかまわん。だが、きみの自由時間のなかだけにしてくれ。学部のためにも、そしてまたカレッジ全体のためにも、きみの学者としての生活のなかに、そんなものが持ちこまれては困ることはわかりきっているじゃないか。

そういえば、きみはこのごろすこし痩せたんじゃないか、トゥーミイ？　そうだ、どう見ても元気そうじゃない。わたしがきみなら、医者に診てもらうがね。神経の専門家にね、たぶん」

ロジャーは苦々しくいった。「精神分析医ならなおよいとお考えですか？」

「いや、そんなことはわたしは知らんよ。いずれにしても、すこし休暇を――」

電話が鳴っており、秘書が受話器をとりあげていた。彼女はモートンに目くばせした。

モートンは電話を切り換えた。

「はい……ああ、スミザーズ先生ですか、はあ……フムフム……はい……誰ですって？……いや、実は、いまここにいるんですよ……はい……はい、じゃ、すぐに」

彼は受話器をもてあそびながら、考えぶかげにロジャーを見つめた。「学長が二人とも来るようにといってる」

「なんですか？」

「いわないんだ」彼は立ちあがるとドアへと歩きだした。「きみは来るかい、トゥーミイ？」

「はい、行きます」ロジャーはゆっくりと立ちあがった。片足の爪先をモートン博士のデスクの下に注意深くさし入れて、上昇をとめるのを忘れなかった。

スミザーズ学長は、苦行者を思わせる長い顔をした、痩せた男だった。口のなかは総入歯で、そのおさまり具合がよくないらしく、歯擦音はすべて笛を吹いたような独特の音となる。

「ドアをしめて、ブライスくん、それからしばらくのあいだ電話はとりつがないでくれ」と彼は秘書にいうと、こんどは二人にむかって、「まあ、かけてくれたまえ」

そして二人をまじめくさった顔で見つめると、こうつけ加えた。

「単刀直入に要点にはいったほうがいいだろう。トゥーミイ博士が何事かやっている、それが何だかわたしにはわからんが、とにかくやめなければならん、そういうことだ」

モートン博士がびっくりしたようにロジャーの顔を見た。「何をやってるんだ？」

ロジャーは精も根もつきはてたように肩をすくめた。「別に何も」学生たちのおしゃべりを、彼は過小評価していたのだ。

「まあまあ、いいから、いってしまいなさい」学長はいらだっている。「どれだけ話を真《ま》に受けていいか、そこのところはわからんが、どうやらきみは奇術に熱中しているらしいな。この学園の気風と品位にまったくそぐわない馬鹿げたいたずらだ」

　モートン博士がいった。「どういうことなのかわかりませんが」

　学長は眉を寄せた。「じゃ、まだ、きみは聞いていないんだな。学生のあいだで、あれだけ噂になってる事件を、学部長がまったく知らないとは、あきれかえった話だね。そこまでひどいとは知らなかった。わたし自身は、ほんの偶然から耳にしたんだ。じつに運のよい偶然といおう。現に今朝《けさ》、新聞記者が構内にはいってくるのを危いところでくいとめたんだからね。〝空飛ぶ教授、トゥーミイ博士〟と呼ばれる人物を捜しに来たんだ」

「なんですって？」モートン博士が叫んだ。

　ロジャーはぐったりとして聞いていた。

「記者がそういったんだ。引用しただけさ。どうやら学生の一人が、新聞社に電話したらしい。男を放りだしてから、学生を呼んだ。その学生によれば、トゥーミイ博士は宙を飛んだという――いま〝飛ぶ〟という動詞を使ったが、それは学生が、そうだといいはるからだ――階段を上から下まで飛び、そして下から上までまた飛んだ。何人も目撃者がいたという」

「上から下へと飛んでおりただけですが」ロジャーは小声でいった。

　スミザーズ学長は、いままではカーペットの上を行きつもどりつしていた。興奮したためか、彼はいつになく長広舌《ちょうこうぜつ》だった。「なあ、トゥーミイ、わたしはべつにアマチュア演劇に反感を持っているわけではないんだ。この職について以来、わたしは絶えず、学園内のとりすました気風や、とどこおりがちな意志疎通を改善するよう努めてきた。教授会の縦《たて》の友好関係も奨励してきたし、学生との適度な親睦にも反対したことはない。だから、きみが自分の家で学生たちに見せているだけなら、わたしだって文句はいわんのだ。

無責任な新聞がいったんわれわれにくいついてきたら、このカレッジがどうなるかはわかってるね。空飛ぶ円盤騒ぎにつづいて、こんどは空飛ぶ教授騒ぎでもやらかすか？　新聞記者がやってきても、トゥーミイ博士、きみはそんな噂をきっぱりと否定してくれることと思う」

「わかっております、スミザーズ学長」

「わたしは、この出来事があとぐされを残さず、これで終わるものと信じている。きみに誓ってもらいたい、わたしの命令を厳しく守って、二度と……ええと……その演技を繰りかえさないと。もし、またおこるようだったら、きみに辞職してもらうことになるかもしれない。わかったかね、トゥーミイ博士？」

「はい」

「それならいい。ごくろうだった」

モートン博士は、ロジャーを押すようにして自分の研究室へ連れもどした。そしてこんどは秘書を追いたてると、注意深くドアをしめきった。

「おいおい、トゥーミイ」と彼はささやいた。「いまの怪情報は、きみの手紙にあった空中浮揚と関係があるのか？」

ロジャーの神経が、その問いに共鳴をはじめた。「わかりきったことでしょう？　手紙に書いてあることは、わたしのことですよ」

「きみは飛べるのか？　そのう、つまり、空中浮揚ができるのか？」

「どうおっしゃろうと、そのとおりです」

「そんな話は、いままで――。そうだ、トゥーミイ、きみは空中浮揚しているところを、ミス・ハロウェイに見られなかったか？」

「見られました、一度だけですが。あれは、まったくの偶然――」

「そうか。それで、わかった。彼女が興奮しているので、なんのことか見当がつかなかったんだ。きみがとびついてきたという。そのいいかただと、まるできみが彼女を……彼女を――」モートン博士は困ったような顔をした。「とにかく、わたしは信じなかったんだ。彼女はたしかに有能な秘書ではあるけれども、見たとおり、若い男の関心を惹くようなタイプじゃない。出ていったときには、じっさいの話、胸をなでおろしたくらいだ。こんどは小型リボルバーでも持ってやってくるんじゃないか、それともわたしを訴えるんじゃないかと――。フム、きみか……きみが空中浮揚したからなんだな?」

「そうです」

「どんなふうにやるんだ?」

ロジャーは首をふった。「それが問題なんです。ぼくにもわからないんですよ」

モートン博士の顔にようやく微笑がうかんだ。「しかし、まさか、重力の法則を無効にしたんじゃないだろうな?」

「それがどうも、そんなふうなんです。反重力がおそらくどこかで関係してるんでしょう」

冗談を真《ま》に受けた返事に、モートン博士が腹をたてたのは一目瞭然だった。彼はいった。

「なあ、トゥーミイ、これは笑いごとじゃないんだ」

「笑いごと? とんでもありませんよ、モートン先生、ぼくが笑ってるように見えますか?」

「まあ――とにかく、きみには休息が必要だ。それは、まちがいない。すこし休養をとれば、そういった馬鹿げたこともきれいに忘れられるだろう。わたしはそう確信している」

「馬鹿げてなんかいませんよ」ロジャーはつかのま頭をたれた。ややあって、低い声でいった。「条件を出しましょう、モートン先生、これをぼくとの共同研究ということにしませんか? 物理学の新しい地平線が、ここから開けると思うんですがね。それがどう働くのか、ぼくは知らない。解決法が思いつかない。二人が力を合わせれば――」

モートン博士の顔にうかんでいる恐怖に、彼は気づいた。

ロジャーはいった。「とてつもなく聞こえることはわかってます。お目にかけますよ。種も仕掛けもありません。あれば、いいんだが」

「まあまあ」モートン博士が椅子からとびあがった。「そう力《りき》まんでもいい。きみには休暇が必要だ。六月まで待つことはない。いますぐ帰宅したまえ。給料はそちらへ届くように手配するし、きみの講座はわたしが責任を持つ。わたしだって、昔は講義をやってたんだ」

「モートン先生。これは重要な問題なんです」

「そうだとも」モートン博士はロジャーの肩を叩いた。「しかしね、きみの調子がおかしいことも、見ればわかるぞ、率直にいって、重病人のようだ。しばらく休養をとりたまえ」

「空中浮揚ができるんです」ロジャーの声はまた高くなった。「あなたは信じてないんだ。だから、ぼくを敬遠したがるんだ。嘘をついてると思いますか？　なら、動機はなんですか？」

「そんなに興奮したって、らちはあかん。ちょっと電話をかけさせてくれ。きみを家までおくるよう、誰かにいおう」

「断言します。ぼくは空中浮揚ができるんだ」ロジャーはどなった。

モートン博士の顔が赤くなった。「おい、トゥーミイ、その話はやめるんだ。いまこの瞬間、きみが空に浮かんだって、わたしは知らん」

「では、あなたは、じかにこの目で見ても信じないというのですか？」

「空中浮揚だって？　そんなものは存在せんよ」学部長は大声でいった。「きみが飛んだら、わたしは目医者か精神科へとんでいくね。物理学の法則をどうこういうより、発狂したのだと思いこむほうがてっとり早い――」彼は自制を取りもどすと、音高く咳ばらいした。「いまいったとおりだ、その話はやめよう。ちょっと電話するからな」

「その必要はありません。けっこうです。出ていきますよ。そして休暇をとります。では、失礼しました」

彼は、ここしばらく見なかった速い足どりで部屋を出ていった。モートン博士はデスクに両手をおき、棒立ちになったまま、歩き去るロジャーの背をほっとした表情で眺めていた。

ロジャーが家に帰ると、居間には、医学博士ジェイムズ・サールがいた。玄関にはいったとき、サールは節くれだった片手で火皿をつつみながら、パイプに火をつけているところだった。彼はマッチをふり消すと、あから顔をほころばせた。

「やあ、ロジャー。人間社会から縁を切るつもりか？　ひと月以上も音沙汰なしじゃないか」

黒い眉毛が鼻柱の上でつながり、彼の風貌をなんとなく近づきがたいものにしている。しかし患者に対するときには、それが威厳に満ちた雰囲気をかもしだす役目を果たしているのだ。

ロジャーはジェーンのほうを向いた。彼女は肘かけ椅子に体を沈めている。その顔にうかぶ投げやりな疲れきった表情も、近ごろでは珍しくない。

ロジャーはいった。「なぜ呼んだんだ？」

「おい、待て！　待てよ」とサール。「呼ばれて来たんじゃないんだ。今朝《けさ》、ダウンタウンでジェーンとばったり会って、勝手にぼくがやってきたんだ。図体が大きいんで、来たいといえば、止められやしないだろう」

「ばったり会ったって？　知ってる人間にばったり出会うと、そのたびにいちいち家へ押しかけるのか？」

サールは笑った。「いまのは、いいかたが悪かった。きみのことを、ジェーンからちょっと聞いたものでね」

ジェーンは疲れた声でいった。「気にさわったのなら、あやまるわ。でも、ロジャー、まじめに話を聞いてくれそうなのは、この人だけだったのよ」

「まじめに聞いてくれるなんて、何が理由でそういうんだ？　なあ、ジム、彼女《これ》の話を信じるかい？」

サールはいった。「かんたんには信じられない話だね。それは認めるだろう。しかし信じようと努めてはいるよ」

「ようし、では、もしぼくが宙に浮かんだとしたら。いまこの瞬間、空中浮揚したらだ。きみはどうする？」

「気絶するかもしれん。〝こりゃ、たまげた〟というかもしれん。いきなり笑いだすかもしれん。やってみて、どうなるか確かめたらどうだ？」

ロジャーはまじまじと見つめた。「見たいというのか、本気で？」

「そりゃ、見たいさ」

「いままで見た人間は、悲鳴をあげたり、逃げだしたり、すくみあがったりしたよ。もちこたえられると思うか、ジム？」

「できそうだ」

「よし」ロジャーは二フィート浮かびあがると、ゆっくりとバレエ式に十回かかとを打ち合わせた。そして両脚を合わせたまま、足の爪先を床に向け、優雅に両腕をのばして、皮肉なポーズをとった。

「ニジンスキイよりうまいだろう、え、ジム？」

やるかもしれないといったことを、サールは何ひとつしなかった。口からポロリと落ちたパイプを受けとめた以外には、まったく何もしなかった。

ジェーンは目を閉じていた。目蓋《まぶた》のあいだから、涙がにじみでていた。

サールがいった。「おりろよ、ロジャー」

ロジャーはおり、椅子に腰をおろした。「名のある物理学者たちに手紙を出してみたんだ。客観的に状況を説明した。調査する価値はあると思うと書いた。手紙は、ほとんど黙殺された。一人はモートンおやじに手紙をよこして、ぼくが狂人なのか変人なのかきいてきた」

「まあ、ロジャー」ジェーンがつぶやいた。

「そんなことでびっくりするのか？　今日は学長に呼ばれたよ。奇術はやめろというんだ。階段からころげおちたとき、身を守ろうとして、無意識に空中浮揚したのがいけなかったんだ。モートンはモートンで、たとえぼくが飛ぶのを見たって信じないという。この場合、見ること、すなわち信じることにはならないんだな。そして休みをとれ、といわれた。もう帰るものか」

「ロジャー」目をまるくして、ジェーンがいった。「あなた、本気なの？」

「帰れっこないじゃないか。やつらにはうんざりだ。なにが科学者だ！」

「でも、どうするつもり？」

「わからん」ロジャーは両手に顔を埋めた。そして、くぐもった声でいった。「教えてくれ、ジム。きみは精神科医だろう。なぜ連中は信じようとしないんだ」

「おそらく自己防衛だろうな、ロジャー」サールはゆっくりといった。「人間は、自分が理解できないものは嫌がるんだよ。二、三世紀前には、人びとは超自然的な能力の存在、たとえば箒《ほうき》に乗って空を飛ぶようなことを信じていたが、それは悪魔の力を借りたものだと思われていた。

そう考える人びとは、まだたくさんいる。文字どおりの悪魔が存在すると思っていないが、異常に見えるものは、みんな邪悪なんだ。空中浮揚なんてものは信じたくないんだ——無理やり事実を押しつけようとすれば、怯えきってしまう。それが現実なんだ。だから、まず、それに直面しなくちゃ」

ロジャーは首をふった。「きみが話してるのは、普通の人間のことだ。ぼくは科学者のことを話してるんだぜ」

「科学者だって人間さ」

「わかるだろう、ぼくのいう意味は、ここに、ある現象が存在する。魔法じゃない。悪魔と取引きをしたおぼえはないからな。ジム、合理的な説明があるはずなんだ。引力について、人間は何から何まで知ってるわけじゃない。実際、ほとんど何も知っちゃいない。こう思わないか。重力をゼロにする生物学的な方法が存在するかもしれないとは。もしかしたら、ぼくはある種の突然変異かもしれない。重力を無効にする……なんというか……そう、筋肉を持ってるのかもしれない。少なくとも、それはぼく自身に対する重力の影響は無効にすることができるんだ。それを研究しようじゃないか。なぜ手をこまねいて見ている？　もし反重力があるなら、それが人類にどんな意味を持つか想像するんだ」

「待ってくれ、ロッグ」とサール。「すこしその問題を考えてみよう。そんな能力を持っているのに、なぜきみは幸福でないんだ？　ジェーンに聞くと、始まった最初の日は、気も狂わんばかりだったそうじゃないか。科学がきみを黙殺することも、上司から冷淡に扱われることも、そのときには知らないはずなのに」

「そうだわ」ジェーンがかすかにいった。

「それは、どういうことだろう？　偉大な、新しい力を持ったというのに。致命的な重力の作用から、とつぜん解放されたというのに」

ロジャーはいった。「よしてくれ。こんなことがあるか――こんなおそろしいことが？　どうしても理解できないんだぜ。いまもって、わからない」

「そのとおり、理解できない、だからおそろしいんだ。きみは物理学者だ。宇宙の仕組みを知っている。たとえきみは知らなくても、知っている人間がどこかにいることを、きみは知っている。ある部分に関しては、誰ひとり知らないかもしれないが、いつか誰かが知るだろう、ということは知っている。〝知る〟、それがキー・ワードだ。それは、きみの生活の欠かせない一部なんだ。さて、きみはある現象に直面した。宇宙の基本的な法則に反するような現象だった。科学者はいっている。二つの質量は、ある定まった数学的な法則に従って、たがいに引きつけあう。物質と空間の本質的な属性だ。例外はない。ところが、きみはその例外なんだ」

「そうさ」とロジャーはふてくされていった。

「いいか、ロジャー」サールはつづけた。「絶対的な法則としか思えないものに人類が出会ったのは、つい最近のことなんだぜ。文字どおりの意味の〝絶対〟だ。原始社会では、呪術師が呪文をとなえて雨を呼んだ。かりに失敗しても、それで魔法が否定されるわけではなかった。そうなったのは、シャーマンが呪文の一部をいい忘れたか、タブーを破ったか、神に背《そむ》く行為をしたからだ。近代の神政社会では、神の戒めを破ることはできなかった。かりに戒めを破った男が富み栄えたとしても、その宗教が無効だという証拠にはならない。神の摂理とは推しはかりがたいもので、天罰がその場でくだるとは限らないからだ。しかし現代に住むぼくらは、絶対的な法則を知っている。そのひとつは、重力の存在だ。それを利用する人間が、アール二乗分のエムエムと呪文を唱えるのを忘れても、まちがいなく働くんだ」

ロジャーは歪《ゆが》んだ微笑をうかべた。「ジム、それはきみの考えちがいだ。その絶対的な法則が、いままで何回破られてきたかわからないんだぜ。放射能は、最初に発見されたときには信じられなかったんだ。何もないところからエネルギーが出てくる。それも、たいへんな量だ。空中浮揚と同じように、常軌を逸したことだったんだ」

「放射能は、客観的な現象さ。人に説明することもできるし、再現することもできる。誰がやってみても、ウラニウムの前では写真のフィルムはくもる。クルックス管は誰にでも作れるし、どれでも同じように放電する。きみは――」

「説明しようとしたんだぜ――」

「わかってるさ。しかし空中浮揚のしかたを、ぼくに教えられるか？」

「できっこない」

「実験室で再現することはできないから、観察だけで我慢しなけりゃならないだろう。それで、きみの空中浮揚は、星の進化と同じレベルの問題になってしまうんだ。理論づけることはできても、実験できない」

「それでも科学者は天体物理学によろこんで一生を捧げてる」

「科学者は人間だぜ。星まで行くことができないから、やれる範囲で努力するんだ。しかし、きみのそばへ行くことはできても、空中浮揚の問題には触れることもできない。こんなに腹のたつことはないじゃないか」

「ジム、連中は何ひとつやってはいないんだぜ。いまの話だと、ぼくはまるで検査を受けたみたいだ。ところが、やつらときたら考えようともしない」

「その必要がないからさ。空中浮揚は、考えるにあたらない現象のひとつなんだ。精神感応、透視、予知、そういった超自然的な能力の種類は数えきれないけれど、まともな研究の対象になったことは一度もない。信憑性のある報告がいくつもあるにもかかわらずだ。ラインがやったESPの実験でも、反発した科学者のほうが、関心を持った科学者よりもはるかに多い。研究したくないという気持を確かめるために、わざわざ研究してみるやつはいないよ。前からわかりきってるんだから、そんなことは」

「おもしろがってるのか、ジム？　科学者が事実の調査を拒否している。真実に背を向けている。というのに、きみはそこにかけて、にやにや笑いながら、いいかげんなことをいつまでもしゃべってる」

「ちがうんだ、ロジャー、まじめな話だということはわかってるさ。それに、人間とはそういうものだと、とくとくとしてしゃべってるわけでもない。自分の考えを率直にいってるだけだ。ぼくの本心なんだ。しかし、わからないかなあ。ぼくは、物事をありのままの姿で見ようとしてるんだぜ。人間はそうあらねばならないというような、きみの理想や理論や先入観は、一度忘れたほうがいい。彼らが現在どんなことをしているか、それだけを考えるんだ。幻想からいったん目をそらし、事実を直視すれば、問題はおのずから消えてしまうものだ。そこまでいかなくとも、正しい遠近感で見えるようになり、解決の道が生まれる」

ロジャーは落ち着かなげに身じろぎした。「精神科医のたわ言だね！　人のこめかみに指をあてがって、こういうようなもんだ。〝神を信じなさい。そうすれば病《やま》いはなおります！〟　それでもなおらなかったら、それは信仰が足りなかったせいだ。まじない師は常に正しい」

「そのとおりかもしれん。しかし考えてみろ。きみの問題はなんだ？」

「禅問答はよしてくれ。わかってるじゃないか。まじめにいこう」

「きみが空中浮揚することだ。そうだな？」

「ということだろうな。最初の方程式は、それで解けた」

「茶化したつもりだろうが、ロジャー、そのとおりだぞ、どうやら。いまのは、最初の式の答えなんだ。長いこと、この問題に取り組んでるんだからな。ジェーンから聞いたけれど、いろいろ実験してるそうじゃないか」

「実験だって？　よせやい、ジム、あれが実験であるもんか。ふわふわ浮かんでるだけさ。高性能の頭脳と装置が必要なんだ。たくさんの研究員がほしいのに、誰もいない」

「では、きみの問題はなんだ？　第二の方程式だ」

「いわんとすることはわかるよ。問題は、研究員を集めることだ。しかし、やってみたんだぜ！　何をやっても、けっきょくらちはあかなかった」

「どんなことをした？」

「手紙を出して、調べてほしいと——。おい、やめよう。精神科医にかかってるんじゃないんだからな。何をしたか知ってるだろう」

「きみが連中になんといったかは知ってるよ。〝ある問題をかかえています。助けてください〟だ。ほかに何かやってみたのか？」

「なあ、ジム。相手は、そうそうたる科学者ばかりだぜ」

「わかってるよ。だから、きみは正攻法の手紙だけで用が足りると考えたんだ。ここがまた理論と事実のくいちがう点だ。きみの依頼がいくつもの障害にぶつかることは、いま話したとおりだ。ハイウェイで親指をあげるのは、ヒッチハイクの正攻法だが、車はみんな通り過ぎてしまう。つまり、正攻法は失敗したんだ。すると、きみの問題はなんだ？　第二の方程式だ！」

「失敗のない別のアプローチの方法を見つけることか？　そういわせたいのか？」

「もういってしまってるじゃないか」

「だとすれば、いわれなくたってわかってる」

「そうかね？　きみは大学をやめるつもりでいる。仕事を放りだして、科学とは縁を切るつもりでいる。それでも、いわれなくてもわかってるというのか、ロッグ？　最初の実験に失敗したからといって、あきらめてしまうのか？　思いついた理論がひとつまちがっていたからといって、投げだしてしまうのか？　実験科学の思想は、物体ばかりじゃなく人間にだってあてはまるんだぜ」

「わかった。じゃ、どうしたらいい？　袖の下か？　脅迫か？　泣きおとしか？」

ジェイムズ・サールは立ちあがった。「本当に教えてほしいか？」

「頼む」

「モートン博士の言葉に従うんだ。休暇をとって、空中浮揚のことなんか忘れてしまうんだ。それは、あとで考えりゃいい。充分な睡眠をとる。浮かんだって、そんなことは構やしない。空中浮揚は、黙殺するんだ。笑いとばせ。浮かび心地を楽しんだっていい。何をしたっていいが、深刻に考えるのだけはよすんだ。それは問題じゃないんだからな。肝心なのは、そこだぜ。当面の問題は、別にある。科学者たちは研究したがらないのだが、それをなんとしてでも研究させたい。その気にさせる方法をじっくり考えるんだ。当面の問題は、それだよ。そいつを考えなかったんだな、いままでは」

サールは玄関の戸棚のところへ行き、コートをとりだした。ロジャーもあとを追った。

数分間、沈黙がつづいた。

やがてロジャーは目を伏せていった。「きみのいうとおりかもしれんな、ジム」

「もしかしたらな。とにかくやってみろ。あとで結果を教えてくれ。また来るよ、ロジャー」

ロジャー・トゥーミイは目をあけ、朝の寝室に満ちあふれる光に目をしばたたいた。彼は大声で呼んだ。「おおい、ジェーン、どこにいる？」

ジェーンの声が答えた。「台所よ。どこにいると思って？」

「来ないか、ここへ？」

彼女ははいってきた。「ベーコンはひとりでに焼けるものじゃないのよ」

「なあ、昨夜《ゆうべ》、ぼくは浮かんだかい？」

「知らないわ。眠っていたもの」

「まったく役にたつ奥さんだ」彼はベッドから出ると、つっかけに足をすべりこませた。

「どうも浮かんだような気がしないんだよ」

「浮かびかたを忘れてしまったというの？」その声に、とつぜん期待がこもった。

「忘れるもんか。ほら！」彼は空気のクッションに乗って食堂へとすべっていった。「一度も浮かびあがらなかった、そんなふうな気がするんだ。もう三日ぐらいになるかな」

「いいことじゃない？」とジェーン。彼女は料理用ストーヴにもどった。「ひと月の休養の効果が出たのよ。はじめからジムを呼んでいたら――」

「おい、頼むから、それはやめてくれ。ひと月の休養か。まさかね。こないだの日曜に心を決めたからなんだ、本当は。それから気が休まるようになった。たったそれだけのことだよ」

「何をなさるの？」

「毎年、春になると、ノースウェスタン工大で物理学のセミナーが開かれる。それに出席することにしたんだ」

「というと、行くの、シアトルまで？」

「もちろん」

「みんなはどんな話をするの？」

「何を話そうと知ったことかい。ハリイ・カーリングに会いたいだけさ」

「でもその人は、あなたを奇人呼ばわりした人なんでしょう？」

「うん」ロジャーはスクランブルエッグをフォークいっぱいすくいあげた。「しかし、やっぱり最高の科学者にはちがいないんだ」

彼は食卓塩に手をのばした。体が椅子から数インチ浮かびあがったが、いっこうに気にしなかった。

「うまく扱えると思うんだ、彼を」

ノースウェスタン工大の春季セミナーは、ハリイ・カーリングが教授団に加わって以来、全国的に知られた学会となっていた。常任議長は彼であり、それが議事の進行にも独特の個性を与えていた。講演者の紹介も、質問時間の指定も、午前と午後、二回のセッションの終わりにある総括もすべて彼が行ない、一週間の研究を締めくくる夕食会では、その歓楽の中心なのだった。

　そういったことのすべてを、ロジャー・トゥーミイは報告書で知っていた。いま彼は、この男の活動ぶりをじかに見ることができた。カーリング教授は標準よりやや低い背丈、色は浅黒く、ウェーヴのかかった、豊かな褐色の髪が印象的だった。唇のうすい、大きな口は、活発な話合いにかかりきっていないときは、いまにもいたずらっぽい微笑をうかべそうなかたちを常に保っている。彼はノートも持たず、口早に、流暢《りゅうちょう》にしゃべった。一段も二段も高いところから見下しているような話しかたなのに、聴衆は素直に聞きいっていた。

　セミナー第一日目の午前中は、少なくとも、そのとおりだった。彼の発言がともするととどこおりがちになるのに聴衆が気づいたのは、その日の午後になってからだった。それ以上に、予定された研究報告がつぎつぎと読みあげられるあいだ、ステージに着席している彼の物腰には、落ち着きのなさが見られた。そしてときどき講堂の後部の席をこっそりと盗み見るのだった。

　いちばん後ろの席にすわったロジャー・トゥーミイは、張りつめた気持で、その一部始終を観察していた。解決策はあるかもしれないと最初に考えたとき、つかのま取りもどした精神の均衡も、ふたたび怪しくなりはじめていた。

シアトル行きの寝台車のなかでは、一睡もしなかった。車輌の震動につれて浮かびあがり、いつのまにかカーテンを抜けて通路にただよいだし、ポーターのかすれた叫び声に目をさまして、いたたまれない困惑を味わう、そんな自分の姿が心につきまとって離れなかったからだ。安全ピンでカーテンをとめたのだが、問題は解決しなかった。安らぎは得られず、二、三回疲れきってうとうとした以外、熟睡はとうとうできなかった。

昼間は、座席で仮眠をとった。そのあいだにも山々はつぎつぎと後ろへ去って行き、首筋のしこりと節々《ふしぶし》の痛みと漠とした絶望感を背負いこんでシアトルに着いたのは、その日の夕方だった。

セミナーに出席する決心をした時期が遅かったので、大学の寄宿舎に部屋をとることはできなかった。合い部屋は、むろん問題外だ。ダウンタウンのホテルを見つけると、ドアに鍵をかけ、窓も全部閉めきって錠をおろし、ベッドを壁にぴったり寄せて、開いた片側を衣裳だんすで隠すと、ようやく眠りについた。

夢は何ひとつ憶えていない。翌朝、目をさますと、急ごしらえの囲いのなかにまだ横たわっていた。彼はほっと胸をなでおろした。

大学構内にある物理学ホールには、ちょうどよい時間に着いた。思ったとおり、広い講堂の内部には、小人数の人びとがいるだけだった。セミナーは恒例でイースター休暇に開かれるので、学生は一人も出席していなかった。四百人を収容する講堂の演壇近く、中央通路をはさんで、物理学者ばかりが五十人ほどすわっていた。

ロジャーは最後列に着席した。そこなら、講堂のドアの高い小さな窓からなかをのぞきこむ人間にも、見られる心配はなかった。しかも出席者たちが彼を見るためには、百八十度近く首をねじらねばならないのだ。

もちろん壇上の講演者——すなわち、カーリング教授を除いての話である。

セミナーの内容には、ほとんど耳を貸さなかった。壇上でカーリングがたった一人になる瞬間、彼だけにロジャーが見える瞬間を待ちわびた。

カーリングの心理的動揺が見た目にもはっきりしてくると、ロジャーはいっそう大胆になった。その日最後の概略説明のあいだ、彼はベストをつくした。

カーリング教授は、文法的には間違いだらけ、内容的にはまったく無意味な文章の途中で、とうとう声をつまらせた。それまで座席でもぞもぞしていた聴衆は、身じろぎをやめると、ポカンと彼を見つめた。

カーリングは片手をあげ、あえぎながらいった。「きみ！　そこにいるきみだ！」

ロジャー・トゥーミイが、のんびりと居心地よさそうにすわっているのは、通路のまんなかだった。高さ、二・五フィートの空気からなる椅子にすわり、同じ空気製の椅子の肘かけに長々と足をのばしていた。

カーリングが指さしたとたん、彼は急いで横に移動した。五十の顔がこちらに向くころいた。

には、ロジャーはなんの変哲もない木製の椅子にちゃんと腰をおろしていた。ロジャーは左右を見まわし、カーリングのつきだした指に目をとめると立ちあがった。

「わたしのことでしょうか、カーリング教授？」その声は、怪訝そうで、冷ややかだった。ほんのかすかに震えているが、それが内部の葛藤の唯一の表面的なあらわれだった。

「何をしているんだ、そこで？」午前中からの緊張を一挙に爆発させて、カーリングがきいた。

この情景をよく見ようと、立ちあがっているものも幾人かいた。突発的な騒ぎは、観客が埋まった野球場であろうと、物理学者の集まりであろうと、歓迎されるものである。

「別に何もしていませんよ」とロジャー。「おっしゃることがよくわかりませんが」

「帰りたまえ！　このホールから出ていくんだ！」

さまざまな感情がいっぺんに湧きあがって、思慮をなくしているのだ。でなければ、そんな言いかたはしないだろう。いずれにせよ、ロジャーにとっては待ちに待ったチャンスだった。彼は息をつくと、この機会を最大限に利用することにした。

しだいに高まるひそひそ声のなかでも充分に聞きとれるように、彼ははっきりと大声でいった。「わたしはカースン・カレッジの教授で、ロジャー・トゥーミイといいます。アメリカ物理学協会の会員です。この会に出席するにあたっては、正式に申請を出し、それが許可され、すでに登録金も支払いました。ここにすわるのはわたしの権利であり、今後もその意志は変わりません」

カーリングは、頭ごなしにこうどなっただけだった。「出ていけ！」

「出ません」あくまで演出効果を狙った怒りだったが、彼の体はじっさいにぶるぶると震えていた。「いったいなんの理由で、出ていかねばならないのですか？　わたしが何をしました？」

カーリングは震える手で髪をとかした。返答に窮している。

ロジャーはさらにくいさがった。「正当な理由もなく、わたしをこの会から追放する気なら、わたしとしても大学を告訴せざるをえません」

カーリングは慌てた様子でいった。「これで、現代物理学春季セミナーの第一日を終わります。なお、つぎの集まりは、この同じホールで、明日午前九時から――」

話しつづける彼を尻目に、ロジャーは立ちあがると足早に会場を出た。


その夜、ロジャーの泊まっているホテル・ルームのドアにノックがあった。驚きのあまり、彼は椅子にかけたまま凍りついたようになった。

「どなたですか？」彼は大声でいった。

答える声は低く、いらだっているようだった。「ちょっと会いたいんだがね」

カーリングの声だ。泊まっているホテルの名も、部屋の番号も、もちろんセミナーの事務員が記録している。一縷《いちる》の望みはもっていたが、今日の出来事がこんなにも早く結果を生むとは、予想していなかった。

ドアをあけると、彼はこわばった口調でいった。「今晩は、カーリング教授」

カーリングは部屋にはいり、あたりを見まわした。軽いオーバーを着ていたが、脱ごうとする気配はなかった。帽子は片手に持ったままで、置いてくれとさしだす様子はなかった。

「カースン・カレッジのロジャー・トゥーミイ教授だね？」名前に何か重要な意味があるのか、彼はそこをいやに強調した。

「そうです。かけてください、教授」

カーリングは立ったままだった。「さて、どういうことなんだ？　きみの目的はなんだ？」

「おっしゃる意味がわかりませんが」

「わかってるはずだ。なんの意味もなくて、あんな馬鹿げたイタズラをするわけがない。わたしを愚弄《ぐろう》するつもりなのか、それとも何か悪い企みにわたしを巻きこもうというのか？　いっておくが、そんなことをしても無駄だぞ。暴力に訴えるような真似はしないほうがいいぞ。この瞬間、わたしがどこにいるか、ちゃんと友人たちに知らせてあるんだ。正直に何もかも話したまえ。そして町から出ていくんだ」

「カーリング教授！　ここはわたしの部屋ですよ。わたしをいじめに来たのなら、出ていってほしいのは、あなたのほうだ。行かなければ、無理やりにでも追いだしますよ」

「きみはいつまで、この……この妨害をつづける気なんだ？」

「妨害なんかしていません。あなたを知っているわけではないし」

「空中浮揚の件で、わたしに調査を依頼してきたロジャー・トゥーミイという男は、きみだな？」

　ロジャーは相手を見つめた。「手紙って、何のことでしょうか？」

「否定するのか？」

「そりゃ、否定しますよ。いったい何のお話ですか？　その手紙をお持ちですか？」

　カーリング教授は唇をかたく結んだ。「まあ、それはいい。今日の午後のセッションで、きみが針金にぶらさがったことも否定するかね？」

「針金？　どうも話が通じませんね」

「空中浮揚していたじゃないか、きみは！」

「お引きとり願えませんか、カーリング教授？　どこかお悪いんじゃありませんか？」

　物理学者は声の調子をあげた。「きみは空中浮揚したことを否定するのか？」

「あなたの頭がおかしいとしか思えない。あの講堂で、わたしが奇術を演じたとおっしゃりたいんでしょう？　あそこへはいったのは、今日がはじめてです。わたしが来たときには、あなたはもうおられた。わたしが出ていったあとで、針金とかそのたぐいのものが見つかりましたか？」

「どんなふうにやったか、わたしは知らんし、そんなことはどうでもいい。空中浮揚したことを、きみは否定するのか？」

「ええ、もちろん否定しますよ」

「わたしは見たんだぞ。なぜ嘘をつく？」

「空中浮揚しているのを見た？　カーリング教授、そんなことが可能なら教えてください。真の空中浮揚が、宇宙空間以外では成立しない概念だということは、引力にくわしいあなたなら、いわれなくてもご存じのはずだと思うんですがね。わたしをからかっているんでしょう？」

「いいかげんにしろ」カーリングはかすれた声でいった。「なぜ本当のことを話さんのだ？」

「話してますよ。片手をのばして、何やら得体の知れない仕草をするだけで……ふわりと宙に浮かぶとでも思うんですか？」いいながら、ロジャーは浮かびあがった。頭が天井をかすった。

カーリングの顔がのけぞった。「ああ！　そら……そら——」

微笑しながら、ロジャーは床におり立った。「まさか本気じゃないでしょう」

「またやったじゃないか。いまやったばかりだ」

「わたしが何かしましたか？」

「空中浮揚した。宙に浮かんだ。否定しないだろう」

ロジャーの目が真剣な光を帯びた。「病気なんですよ、あなたは」

「いま見たんだ」

「休息をとったほうがいいんじゃないですか。過労で――」

「いまのは幻覚じゃない」

「何か飲みませんか？」ロジャーはスーツケースのところへ歩いていった。目をぎょろぎょろさせて、カーリングは彼の足元を見守った。ロジャーの靴は床から二インチの宙にとどまったまま、それ以上は決して床に近づかなかった。

カーリングは、ロジャーがあけた椅子にすわりこんだ。

「うん、頼む」彼は弱々しくいった。

ロジャーはウイスキーの壜をわたした。カーリングはそれを飲み、すこしせきこんだ。

「どうです、気分は？」

「おい、きみ」とカーリング。「きみは重力を中和する方法を発見したのか？」

ロジャーは見つめた。「そう結論を急がないで、教授。もしわたしが反重力を発見していれば、あなたをからかうために使ったりはしませんよ。ワシントンに行ってるでしょう。

軍事機密だ。おそらく——。まあ、いずれにしても、こんなところにいるわけがない！

こういったことは、見ればわかるでしょう？」

カーリングがいきなり立ちあがった。「これからのセッションのあいだ、きみはずっといすわりつづけるつもりなのか？」

「もちろんです」

カーリングはうなずくと、帽子を頭に叩きつけ、足早に出ていった。


つづく三日間、セミナーはカーリング教授の司会なしで進んだ。彼が欠席している理由は不明だった。期待と不安の相剋《そうこく》に耐えながら、ロジャー・トゥーミイは聴衆のなかにまぎれこみ、努めて体を小さくしていた。しかし、それもあまり効果はなかった。カーリングの派手な攻撃で、彼の悪名は出席者全員に知れわたっていたからだ。しかも、あの頑固な抗弁のおかげで、彼の人気には、ゴリアテに対するダビデを思わせるものさえあった。

木曜の夜、うまくない夕食をすましてホテルの部屋にもどった彼は、敷居の一歩手前で立ちつくした。カーリング教授がなかから彼を見つめていたのだ。もう一人、グレイの中折帽をひたい深くかぶった男がいて、ロジャーのベッドにすわっている。

声をかけたのは、見知らぬ男のほうだった。「はいってください、トゥーミイ博士」

ロジャーは部屋にはいった。「なんですか、これは？」

見知らぬ男は紙入れをとりだすと、そのセルロイドの窓をロジャーに見せた。「ＦＢＩのキャノンです」

「政府にも顔がきくんですね、カーリング教授」とロジャー。

「すこしはね」とカーリング。

「とすると、わたしは逮捕されるわけですか？　罪状は？」

「まあ、落ち着いて」とキャノン。「あなたに関する資料を集めてるんですよ、トゥーミイ博士。これは、あなたの署名ですか？」

彼は一通の手紙をロジャーに向けてさしだした。筆蹟は見えるが、ひったくるには遠すぎる距離だった。それは、モートンのもとへ送りかえされてきた、カーリング宛てのロジャーの手紙だった。

「そうです」とロジャー。

「では、これは？」連邦警察官は、分厚い手紙の束を持っていた。

破り捨てられたものを除いて、彼が出した手紙は全部回収されたらしい。「みんな、わたしの出したものです」ロジャーは疲れきった声でいった。

カーリングが鼻を鳴らした。

「カーリング教授のお話だと、あなたは浮かぶそうだが？」とキャノン。

「浮かぶ？　浮かぶとは、いったいどういう意味ですか？」

「宙に浮かぶんですよ」キャノンは忍耐強くいった。

「そんな突拍子もない話を、あなたは信じるんですか？」

「信じる信じないは、ここでは関係ないことです、トゥーミイ博士。わたしは合衆国政府のエージェントだ。与えられた任務を遂行しなければならない。わたしがあなたなら、協力しますがね」

「こんなことに、どうして協力できますか？　かりにわたしがあなたのところへ行って、カーリング教授は宙に浮かぶことができるといったとする。あなたはきっと精神科医の長椅子に、わたしを寝かせようとするだろう」

「カーリング教授は、もう精神科医の検診を受けてますよ、自発的に申し出て。しかし政府には、カーリング教授の意見をもう何年も参考にしているという事情がありましてね。それに、また別の証拠もあるわけです」

「というと？」

「あなたのカレッジの一部の学生が、浮かぶのを目撃している。もう一人、学部長の秘書をしていた女性がいる。その全員から供述書をとってあります」

「どんな供述書だか。保存しておいて、議員が来ても堂々と見せられるような、筋の通ったものなんですか？」

　カーリング教授が見かねて割りこんだ。「トゥーミイ博士、空中浮揚の事実を否定してなんの益があるというんだ？　きみのところの学長すら、きみがたしかに何かをやったことは認めてるんだぞ。この学年の終わりに、きみを正式に解任するといっていた。なんにもなくて、そこまでするはずはない」

「どうでもいいでしょう、そんなこと」

「しかしきみはなぜ空中浮揚の事実を認めんのだ？」

「認めるも何も」

「一つだけ、いっておきましょう」とキャノン。「トゥーミイ博士、もしあなたが重力を打ち消す装置を持っておられるとしたら、それは国家にとっても重要な問題となるんですよ」

「これは、驚いた。わたしが国を売る人間かどうか、経歴の調べはもうついていると思っていた」

「現在、調査中です」とエージェントはいった。

「わかった。じゃ、ひとつ仮説をたててみましょう。かりにわたしが空中浮揚できると認めたとする。ところが、なぜできるのか知らないとする。そしてわたしが国家に提供できるものは、自分の体と解答のない問題だけだとする」

「なぜ解答がないとわかる？」カーリングが勢いこんでいった。

「そんな現象を調べてほしいと、以前あなたに依頼したことがある」ロジャーは穏やかにいった。「あなたはことわった」

「それは忘れてくれ。なあ、きみ」カーリングは急《せ》きこんでいる様子で、口早にいった。「いまきみは失業している。わたしの学部に来てくれないか。物理学の准教授の地位を与えよう。講義は実質的には何もしなくていい。空中浮揚の研究にかかりきれるようにする。それでどうだ？」

「魅力的ですな」とロジャー。

「政府はきっといくらでも資金を出すと思う」

「それには何をすればいいんですか？　空中浮揚できることを認めればいいんですか？」

「きみができることは知っている。わたしは見てるんだから。今度は、キャノンさんのために、それをやってほしいんだ」

　ロジャーの両足が上昇をはじめた。彼の体はキャノンの顔の位置で水平になった。彼は寝返りをうつと、空中で右の肘をつき、休息の姿勢をとった。

　キャノンの帽子がうしろへ落ち、ベッドの上にころがった。

「浮かんだ」と彼は叫んだ。

　カーリングは興奮のあまり自制をほとんど失ってしまったようだった。「見ただろう、ほら？」

「たしかになにかを見ましたね」

「じゃ、報告しなさい。レポートに書くんですよ。ここで起こったことを細大もらさず。わたしが正気であることは、あなたの上司がご存じのはずだから。わたし自身、見た瞬間、信じざるをえなくなった」

しかし、その言葉が本音なら、これほど彼は有頂天になれなかっただろう。

「困ったわ、シアトルってどんなふうな気候なのかしら」ジェーンが泣きごとをいった。「何から何まで、やらなければいけないことばかりで大変」

「お手伝いしましょうか?」肘かけ椅子にのんびりとかけたまま、ジム・サールがいった。

「あなたにできそうなことはひとつもないわ。ああ、そうだわ」彼女は飛びたつように、部屋から出ていった。もちろん彼女の夫と違って、それはあくまで〝飛びたつように〟である。

ロジャー・トゥーミイがはいってきた。「ジェーン、本をもう箱に入れたかい? よう、ジム。いつ来たんだ? それからジェーンはどこなんだ?」

「ほんの一分ほど前に来たところさ。ジェーンは隣りの部屋にいるよ。警官に説明して、やっとはいれたんだ。すごい警備じゃないか」

「うん」ロジャーはうわの空でいった。「きみのことは話しておいた」

「そうらしいな。秘密を守るという誓いをたてさせられたぜ。それは医者の義務だから安心しろといってやったよ。どうして荷造りを運送屋にやらせないんだ？ どっちみち政府が払うんだろう？」

「運送屋はていねいにやらないのよ」と声がして、ふいにジェーンがとびこんできた。彼女はソファにころげこんだ。「ちょっとタバコ吸わせて」

「すわれよ、ロジャー」とサール。「話してくれ、どういうことになったんだ」

ロジャーははずかしそうに微笑した。「ジム、きみにいわれたとおり、見当はずれの問題は忘れて、本当の問題に取り組んだのさ。考えてみると、他人がぼくを見る目には二種類あって、それ以外にはありそうもないことがわかった。変人に見えるか、狂人に見えるか、どっちかなんだ。カーリングは、モートンに出した手紙で、それをはっきりといっている。学長はぼくを変人だと思い、モートンは狂人じゃないかと疑った。

だが、本当に空中浮揚ができることを、彼らの前で実演して証明してみせたらどうだろう？ その場合どうなるかは、モートンがちゃんといってくれてる。ぼくが変人で、そんな手品をやってみせたか、でなければ目撃者のほうが気が狂ってるんだ。モートンはそういった……ぼくが飛ぶのを見たって、納得しない。それより自分が発狂したんだと思ったほうが早い、とね。もちろん言葉の綾でいったにすぎないんだ。別の可能性がわずかでも存在するかぎり、自分が発狂したなんて思うやつは誰一人いない。そこのところを考えてみた。

そして戦術を変えることにした。ぼくはカーリングのセミナーに出席した。空中浮揚ができるなんてことは、彼には一言もいわなかった。そのかわり、彼の目の前で実演してみせて、逆にそんなことはしなかったといいはったんだ。選択ははっきりしてる。ぼくが嘘をついているか、あるいは彼のほうが……いいか、ぼくじゃないぜ……彼のほうが気が狂ってるんだ。どっちを取るか？　いったん考えはじめたら、自分の正気を疑うより、空中浮揚を信じるほうが、問題が楽に解決するのはわかりきったことだ。あとは彼が動きまわるだけさ。まずぼくを脅しに来た。それからワシントンへ出かけた。最後には、ぼくに仕事をくれた。ぼくを助けたいんじゃない。自分の正気を証明したいためなんだ」

「別のいいかたをすれば、きみは空中浮揚を自分の問題じゃなく、彼の問題にしちゃったわけだな」とサール。

「あのとき、こんなふうなことを考えていたのか、ジム？」

サールは首をふった。「それほど具体的じゃない。ただ、本人がみずから解決するのでなければ、問題というのはいっこうに解決するものではないと考えてただけさ。空中浮揚の原理は見つかりそうかい？」

「まだだな、ジム。この現象がどうしても客観的なものにならないんだ。しかし、それはいいんだ。肝心なのは、ぼくらがその研究に取り組もうとしているということなんだから」彼は右手でこぶしを作ると、左の手の平に打ちつけた。「しかし、よくやったと思うよ。とうとう連中が力を貸してくれるまでに持ちこんだんだからな」

「そうかな？」とサールが穏やかにいった。「きみが力を貸してやれるまでに持っていったんじゃないのか？　これは、ぜんぜん違う意味なんだぜ」

冷たい方程式

トム・ゴドウィン

The Cold Equations

彼は独《ひと》りではなかった。

その事実を示すものは、正面のパネルにある小さな計器の白い針以外に何もない。コントロール・ルームには、彼のほか誰もいない。かすかな推進音を除いてはなんの物音も聞こえない――しかし、白い針は動いたのだ。この小艇が〈スターダスト〉から発射されたとき、針はゼロの位置にあった。しかし一時間後のいま、いつのまにかそれは上昇しているのだった。部屋のつきあたりの補給物資倉庫に何かがある、針はそう告げていた。熱を放射する、ある種の物体がある、と。

考えられる物体は、ただ一種――生きている人体だ。

彼はシートにもたれると、この先しなければならないことを考えて、深くゆっくりとため息をついた。彼はＥＤＳパイロット――死の光景に臨む訓練を受け、長いあいだそれに対して、また他人の死を感情の欠けた客観的な目で見ることに対して慣れた人間である。しかも自分がこの先しなければならないことに選り好みは許されないのだ。ほかに取るべき道はないのだから――だがＥＤＳパイロットの彼にしても、部屋を横切り、まだ見ぬ男の生命を冷酷に故意に奪うには、やはりしばらくの心構えの時間を必要とした。

もちろん、彼は実行する。それは、星間法規にある非情な項目Ｌ第八節にそっけなくはっきりと述べられている規則なのだ。

ＥＤＳ内で発見された密航者は、発見と同時にただちに艇外に遺棄する。

それは法であり、上への訴えの許されない掟だった。

人間が好んでそうしたわけではない。宇宙の辺境の不可避の状況が、人間にそれを強要したのだ。超空間航法の発達にともなって起こった人類の銀河系進出は、人類が広く辺境にちらばるにつれ、孤立した第一次植民地や探検隊とのコンタクトの問題を生じさせた。巨大な超空間クルーザーは、地球人の頭脳と労力の結晶であり、莫大な経費と長い年月をかけなければ建造できないものだった。小さな植民地が所有するほどの数は、とうてい望めない。船は植民者を新天地に送りとどけては、きっちりつまったスケジュールにしたがってそれらを定期的に訪問する。しかし停止し、方向を変えて、別の機会に訪問を予定されている植民地を訪れる余裕は、それにはなかった。そんなことをすればスケジュールは乱れ、母なる地球と辺境の新天地との複雑な相互依存は、回復のメドのたたない混乱状態におちいってしまうおそれがあったからである。

訪問の予定のない世界に緊急事態が発生したとき、物資や人員を送りとどける手段が必要となり、緊急発進艇《エマージェンシィ・ディスパッチ・シップ》（ＥＤＳ）が生まれた。小型で組み立てが容易なので、それは母船の格納庫のなかでもほとんど場所をとらなかった。軽金属とプラスチック製なので、それは比較的燃料消費の少ない小型の噴射装置で飛ばすことができた。母船はそれぞれ四隻のＥＤＳを持ち、救難信号が入ると、そのいちばん近くにいた母船が正常空間へ出、必要な物資や人員を乗せたＥＤＳを発射するあいだとどまって、ふたたび元のコースへともどるのである。

核変換炉で推進する母船に、液体燃料は必要ない。しかしＥＤＳに備えつけるには、核変換炉は大きすぎ複雑すぎた。母船はかさばる液体燃料を限られた量だけ積載することを余儀なくされ、燃料は厳重に配分されることになった。母船のコンピューターが、ＥＤＳの任務達成に必要な燃料をあらかじめ算定するのである。軌道座標、ＥＤＳの質量、パイロットと積荷の質量、すべてが計算に含まれた。結果は正確で誤まりも計算漏れもなかった。しかし機械には、密航者が加える質量を予測し、それだけ燃料を増す気転も、またないのだった。

〈スターダスト〉の受けた依頼は、惑星ウォードンにいる探検隊の一つからだった。六人の隊員が、緑色カラ蚊の媒介する熱病にやられて倒れ、手持ちの血清はキャンプを襲った竜巻でだめになってしまったというのだ。〈スターダスト〉はいつもの手順を踏んだ。それは正常空間に入ると、熱病の血清を積んだＥＤＳを発射してふたたび超空間に消えた。そして一時間後のいま、補給物資倉庫に血清を入れた小さなカートン以外の何かがある、と計器は告げているのだった。

彼は小部屋へ通じる白い狭いドアに視線をとめた。これを入ったところに、もうひとりの人間が生きて呼吸しており、もういまとなっては見つかったとしても状況は変えられまいと、ホッと息をつこうとしている。確かに、いまとなっては遅すぎる——ドアのむこうにいる男が考えるよりはるかに、ある意味では信じられないくらい遅すぎるのだ。

ほかにとるべき手段はなかった。減速時には、密航者が加えた質量を埋め合わせるため、余分な燃料が使用される。艇が目的地にほとんど完全に到着するまで失われてはならないわずかな量の消費。それが地表からある高さ——一千フィートから数十万フィートまで、その値は艇と積荷の質量、先行した減速の時間によってきまる——で、かけがえのない量の欠損となってあらわれるのだ。ＥＤＳは燃料の最後の一滴を失い、大気を裂いて自由落下にうつる。艇とパイロットと密航者は衝撃でもみくしゃにされ、血と肉片にまみれた金属とプラスチックの残骸と化して地中深く埋まる。密航者に対する死の宣告は、彼が艇内に隠れたときに下されているのだ。ほかの七人を道連れにすることは許されない。

彼は自動表示器の白い針をもう一度見ると、腰をあげた。不快な思いをすることでは、むこうもこちらも変わりはない。それなら早くすませたほうがいい。彼はコントロール・ルームを横ぎると、白いドアのそばに立った。

「出てこい！」その声は荒々しくぶっきらぼうで、低い推進音とはひどくかけはなれて聞こえた。

なかで密航者がこそこそと動いたように思われたが、すぐ何も聞こえなくなった。急に先のことが心配になり、安心感もふきとんで片隅にちぢこまった密航者の姿が見えるようだった。

「出ろといったんだ！」

命令に従う気配。彼はドアを油断なく見つめると、腰のブラスターをすぐ抜けるように身構えて待った。

ドアがあき、密航者が微笑をうかべながら現われた。

「わかったわよ――あきらめたわ。さあ、どうする？」

それは若い娘だった。

彼は言葉もなく見つめていた。手がブラスターから落ち、目の前の現実が不意に強烈なこぶしの一撃のように彼を襲った。密航者は男ではなかった――二十《はたち》にもならない娘だったのだ。小さな白いジプシー・サンダルをはいていても、茶色の巻毛はようやく彼の肩ほどの高さしかない。甘い香水のにおいがほのかにただよってくる。彼と目が合うように、微笑をうかべた顔をこころもち上向きにして、怖れも何も知らぬげに彼の答えを待っている。

さあ、どうする？　もしこれが、低い反抗的な男の声だったら、彼はすばやい効果的な動きでそれにこたえただろう。密航者の認識票を奪って、エアロックへ行けと命じたにちがいない。逆らったら、ブラスターを使っていただろう。長い時間はかからない。一分以内に、その体は宇宙空間へ放り出されていたはずだ――もし男であったなら。

彼はパイロット・シートにもどると、壁ぎわにある箱形の駆動制御装置の上にすわるよう手で示した。彼女は従ったが、微笑はいつのまにか彼の沈黙によって、いたずらを見つけられ、罰を受けることを承知している小犬のような、おとなしい、やましげな表情に変わっていた。

「まだお答え、聞いていないわ」彼女はいった。「わたしは有罪よ、それでどうなるの？　罰金を払うかどうかする？」

「ここで何をしているんだ？　なぜ、ＥＤＳなんかにもぐりこんだ？」

「兄に会いたかったからよ。政府の調査団に加わってウォードンに行って、もう十年も会っていないの。その仕事で地球を発《た》ってからずっと」

「〈スターダスト〉でのきみの目的地は？」

「ミーミア。そこに仕事があるの。兄はもうずっと、わたしたちに――父と母とわたしの三人に――仕送りしてくれているわ。わたしがとった言語学の特別課程も、兄が費用を出してくれたのよ。それが思ったより早く卒業できたところへ、このミーミアの仕事。だけどウォードンでゲリイの仕事が終わってミーミアに来れるのは、あとまだ一年近く先なの。それで、この倉庫にもぐりこんだわけ。広くって居心地よかったわ。罰金ぐらいお払いするわ。わたしたち――ゲリイとわたしは――二人兄妹で、あんまり長く会わなかったものだから、いますぐに会えると思ったら、もう矢も楯もたまらなくなって。何か規則を破ることはわかっていたけど」

何か規則を破ることはわかっていたけど――その規則に無知だったとしても、ある意味では彼女を責めるわけにはいかないかもしれない。地球生まれの彼女には、宇宙の辺境の法律が必要上、それを生みだした環境と同じくらい非情かつ苛酷でなければならないことなどわからないのだ。しかし辺境に対する無知が生む悲劇から、彼女のような人間を保護するために、ＥＤＳを収容してある〈スターダスト〉のその部分のドアには、誰にも理解できる表示がされてあったのだ――

無許可の人員　立入厳禁！

「兄さんは、きみが〈スターダスト〉でミーミアへ行くことを知っていたのか？」

「ええ。もちろん。地球を発つひと月前、卒業したこと、〈スターダスト〉でミーミアへ行くことを宇宙電報《スペースグラム》で知らせたもの。あと一年とすこしすると、兄がミーミアに配置がえされることはわかっているの。そこで昇格してミーミア着任ということになるから、もういまみたいに一年以上現地調査に出かけているということはなくなるのよ」

ウォードンに調査団は二つあった。彼はきいてみた。

「兄さんの名は？」

「クロス——ゲリイ・クロス。第二班——宛先には、そう書いてあるわ。兄をご存じ？」

血清を求めているのは第一班だった。第二班はそこから八千マイル、〈西の大洋〉に隔てられたところにいた。「いや、会ったことはないよ」彼はそういうとコントロール・パネルにむかい、減速を何分の一Gか減らした。それが最終的な死を避けることにならないのはわかっていたが、最終的な死をすこしでものばすにはそれしか方法はないのだった。

それは体には、艇が突然落下したように感じられた。彼女は驚いて、思わず腰をなかば宙にうかした。

「速くしたんでしょ？」彼女はきいた。「どうして？」

彼は本当のところをいった。「すこしのあいだでも燃料を節約しようと思ってね」

「じゃ、それほどないということ？」

すぐにでもいわなければならない回答を、彼はしぶった。

「どうやってもぐりこんだんだ？」

「誰も見ていないとき、ちょっと入りこんだというだけよ。ジェラン人の女の子が補給物資事務所の掃除をしていて、その子からジェラン語を習っていたとき、ウォードンの踏査隊に補給物資を送れという命令を持って人が入ってきたの。艇が飛びたてる用意ができてから、あの倉庫へ隠れたわ、あなたが来るすこし前にね、ひょっと思いついたことなの、ゲリイに会いたくて――でも、あなたのこわい目つきからするとあまり賢い思いつきじゃなかったようね。でも、模範的犯罪人でいるわ――それとも囚人かな？」彼女はまた微笑した。「罰金も払うし、宿泊費だって払う気はあるのよ。料理も縫い物も、そのほかいろいろ役に立つことができるわ。看護だってすこしは」

もう一つの質問があった――

「調査団が何を頼んできたか知っているのかい？」

「ううん、知らない。仕事に必要な道具でしょ」

どうして彼女でなく、何かいうにいわれぬ動機のある男が来なかったのか？　未開の新天地で生きのびようとする逃亡者。金の羊毛をひとり占めにしようと新しい植民地への輸送機関を捜していた日和見《ひよりみ》主義者。使命感にとりつかれた狂人――

一生におそらく一度くらい、ＥＤＳパイロットは艇内にそんな密航者を見つけるものだ。心のひずんだ男、卑劣で利己的な男、狂暴で危険な男を。――だが、兄に会いたいという一心で罰金を払い、泊めてもらう代わりに仕事をしようとニコニコしながらいう、こんな青い目の娘などは、いままでひとりとしていたことはなかった。

彼はパネルにむかうと、〈スターダスト〉を呼び出すスイッチを入れた。連絡は無駄なことだが、最後のわずかな望みが絶たれるまでは、彼女を組みふせて、まるで動物か何かのように――あるいは男の場合のように――エアロックに押しこむことはとてもできなかった。わずかなＧで減速しているいまなら、しばらくの遅れも危険はないのだ。

通信機から声が聞こえた。「こちら〈スターダスト〉。そちらの名前と用件は？」

「こちらはバートン、ＥＤＳ三四Ｇ一一。緊急事態発生。デルハート船長をたのむ」

要請が特定の回路へと伝わるあいだ、かすかなノイズの混信があった。娘は彼を見つめていた。その顔は、もう微笑していなかった。

「わたしを連れもどしに来てくれっていうの？」

通信機がガチャリといって、遠い声が入ってきた。「船長、ＥＤＳからの要請で――」

「わたしを連れもどしに来るの？　けっきょく兄には会えないわけ？」

「バートンか？」通信機から、デルハート船長のぶあいそうなどら声が流れた。「緊急事態とは何だ？」

「密航者です」と彼は答えた。

「密航者？」ききかえすその声には、かすかな驚きがあった。「それは珍しい――だが、なぜ〝緊急〟連絡なのだ？　手遅れにならないうちに見つけたのだから目立つ危険はないわけだし、近親者に通告できるよう船の記録にも情報はいれたのだろう？」

「それで第一にお呼びしたのです。密航者はまだ艇内におります。事情が事情なものですから――」

「事情？」船長はさえぎった。その声にはいらだちがあらわれていた。「どこが異例なのだ？　燃料に限りがあるのはわかっているじゃないか。それに法規のことも、わたし同様きみは知っている。〝EDS内で発見された密航者は、発見と同時にただちに艇外に遺棄する〟だ」

　娘が大きく息を吸いこむ音が聞こえた。「それは、どういう、こと？」

「密航者は若い女なのです」

「な、な、なんだって？」

「兄に会いたくて密航したのです。まだほんの子供で、自分が何をしでかしたのかわかっていません」

「わかった！」船長の声から、ぶあいそうな調子が拭われたように消えた。「それで、わたしに何かできることはないかと呼んだんだな？」答えを待たずに、船長はつづけた。「申しわけないが——わたしには何もできない。この船はスケジュールどおりに進まねばならない。ひとりだけではなく、多くの人びとの生命がこれにかかっている。きみの気持はわかるが、わたしには何もしてあげられない。心を鬼にするんだな。船の記録係につないであげよう」


通信機からの音がかすかなノイズだけになると、彼は娘のほうを向いた。彼女は体をほとんど硬直させて、前かがみに腰かけていた。その目は大きく見開かれ、怯えている。

「どういう意味、心を鬼にするって？　わたしを放り出すこと……心を鬼にして——なんといったの　いうとおりの意味じゃないんでしょ……そんなことまさか。いったい、なんといったの？……本当はどういうこと？」

嘘をついて慰めたとしても、それはすぐにも無慈悲にはぎとられる虚飾でしかない。残りの時間は、あまりにも短いのだ。

「いったとおりの意味なんだよ」

「いや！」彼が殴ったとでもいうように、彼女はあとずさりした。彼から身を守ろうとするように、片手を顔の上になかばあげ、目は真相を拒否しようとする決意をあらわにしている。

「しかたがないんだ」

「いや！　あなたは冗談をいっているんだわ——あなたは気が狂ってるのよ！　そんなこといえやしないわ！」

「すまない」彼はゆっくりとおだやかにいった。「話しておけばよかった——そうしたほうがよかった。だけど、まず最初にできることをしたんだ。〈スターダスト〉に連絡しなければならない。船長のいったことは聞いたね」

「でも、そんなことって——もしこの船を出たら、わたし死ぬのよ」

「知っている」

彼の顔をのぞきこむにつれ、彼女の目から真相を拒否しようとする決意はうすれ、代わりに呆然とした恐怖の表情が忍びこんできた。

「あなた——知っているの？」しびれたように、彼女は二つの言葉のあいだに長い間をおいた。

「知っている。そういうことになるだろうね」

「あなた本気なのね——本気でそういっているのね」彼女はぐったりと壁にもたれた。縫いぐるみ人形のように、その小さな体は生気がなかった。反抗の色も不信の色も、もう消えていた。

「それをあなたがするのね——あなたの手で、わたしは死ぬのね？」

「すまない」彼はもう一度いった。「どれほどすまなく思ってるか、きみにはわかるまい。そういうふうにしかならないんだ、誰だろうとそれを変えることはできない」

「わたしが死ぬ、あなたがそれをする、でもわたしは死ぬようなことはしていないわ——死ぬようなことはなんにも——」

彼は疲れたように深くため息をついた。「きみがなにもしていないことは、わたしも知っているよ。きみはなにもしていない——」

「ＥＤＳ」通信機の声が、きびきびと金属的に響いた。「こちら記録係。密航者の認識票にあるすべての情報を知らせよ」

彼は座席から出ると、彼女の前に立ちはだかった。彼女はシートの端を握りしめていた。上を向いた顔は茶色の髪の下で青白く、口紅だけが血のように赤いキューピッドの弓のようにうきあがって見えた。

「もう行く時間？」

「きみの認識票がほしい」

彼女はシートの端を離すと、震える指でぎごちなく、プラスチックの円盤をつるした鎖をまさぐった。彼は手をのばして留め金をはずしてやり、円盤を持って座席にもどった。

「おたくのデータだ、記録係。認識番号T八三七——」

「ちょっと待った」記録係がさえぎった。「これはグレイのカードにファイルするものだな？」

「そうだ」

「では、執行の時間は？」

「それはあとでいう」

「あとで？　そんな規則はどこにもないぞ。密航者の処刑の時間は何をおいても——」

彼は声にまじる強い調子を意識して抑えた。「では、規則にないやりかたでいくさ——はじめに、認識票に書いてあるとおり読む。密航者は若い娘なんだ、いま話したこともみんな聞いている。それがどういうことかわかるか？」

ぎょっとしたような、短い沈黙があった。やがて、弱々しく記録係はいった。「悪かった。続けてくれ」

彼は円盤の文字を読みはじめた。ゆっくりと——避けられない結末をできるだけ先にのばし、彼女がはじめの恐怖から立ち直り、状況を冷静にあきらめきって受けとめられるようになってほしいと。

「番号T八三七四ダッシュY五四。姓名、マリリン・リー・クロス。性別、女。出生年月日、二一六〇年七月七日」まだ十八だ。「身長、五フィート三インチ。体重、一一〇ポンド」こんなに軽くても、泡みたいなEDSには致命的な質量の増加となる。「髪、ブラウン。目、ブルー。肌、白。血液型、O」非当該データ。「行先、ポート・シティ」無効データ。

彼は読み終え、「あとで呼ぶ」と記録係につげると、ふたたび娘に向いた。彼女は壁ぎわにちぢこまり、呆然と魅入られたように彼を見つめていた。

「あなたがわたしを殺すのを、みんな待っているのね？　わたしに死んでほしいんでしょう？　あなたも、クルーザーに乗っている人も、みんなわたしが死んだらいいと思っているんでしょう？」呆然とした表情が破れ、彼女の声は怯えて混乱した子供のそれに変わった。「みんな、わたしが死ぬのを待っているんだわ、なんにもしていないのに。誰も傷つけたりはしなかったわ——兄に会いたいと思っただけなのよ」

「きみにはそう思えるかもしれないが、そうじゃないんだ——ちがうんだ、ぜんぜん」彼はいった。「誰だってこんなことはしたくない。もし人間の力で変えることができるんだったら、誰もこんなふうにはしておかなかっただろう」

「じゃ、どうしてなの？　わからないわ。どうして？」

「この船は、カラ熱の血清をウォードンの第一班にとどけに行く途中なんだ。竜巻で、あちらの手持が使えなくなってしまってね。第二班——つまり、きみのお兄さんのいる隊——は、〈西の大洋〉を越えた八千マイル離れたところにいる。だが、そこのヘリコプターでは海を越えて第一班の救助に行くことはできない。熱病は、血清がまにあわないと例外なく命取りになる。第一班の六人の隊員は、船が予定どおり到着しなければ死んでしまうんだ。こういう小さな船では、燃料は目的地に着くだけのぎりぎりの量しか与えられない。だから、もしきみが船内にとどまれば、きみの重みが加算されて船は着地する前に燃料を使い果たしてしまう。そして墜落だ。きみもわたしも死んでしまう。それから、熱病の血清を待っている六人の隊員も」

彼女が口を開くまでにたっぷり一分かかった。彼の説明を考えているあいだに、麻痺したような表情は彼女のまなざしから消えた。

「それね？」やがて彼女はいった。「充分な燃料がないということね？」

「うん」

「わたしだけで行くか、ほかの七人を道連れにするか――そういうことでしょ？」

「そういうことだ」

「それに、わたしが死ねばいいと思っている人なんかいないのね？」

「いない」

「でも、もしかしたら――どうすることもできないというのは確かなの？　もしできても、助けに来てくれない？」

「誰だってきみを助けたい、だけど、誰にもできないんだ。〈スターダスト〉を呼び出すだけで、わたしにできることはもうない」

「もどってこないのね――でもほかのクルーザーがどこかにいないの？　誰か、どこかに、わたしを助けられる人がいる可能性はない？」

答えを期待するあまり、彼女はすこし体をのりだしていた。

「ない」

その言葉は冷たい石を落としたような効果を与え、彼女はふたたび、希望も熱意も消え失せて壁にもたれた。「それは確か――確かだとわかっているの？」

「確かだ。四十光年内にほかのクルーザーはいない。これをどうにかできる人間や事態はない」

彼女は視線を膝におとすと、スカートのプリーツを指でもみはじめた。冷酷な知識に精神が適応しはじめたのか、それ以上何もいわなかった。

そのほうがいい。希望がなくなれば、恐怖もなくなるのだ。時間が必要なのに、彼女にはそれはあまりにも少ない。だが、まだどれくらいあるのだろう？

ＥＤＳに外殻冷却装置はない。だから、大気圏に入るまでに、その速度は適当なところまでおちていなくてはならない。現在、艇は〇・一〇Ｇで減速している。つまり、コンピューターが算定した値よりはるかに速く目的地に接近しているわけである。ＥＤＳを発射したとき、〈スターダスト〉はウォードンに非常に近い位置にあった。それがこの速度で、なお刻一刻と二人を近づけている。やがてまもなく艇は臨界点に達し、減速を再開しなければならない事態が起こる。そのとき、彼女の体重は減速の大きさによって増大し、突然にもっとも重要な因子となるのだ。コンピューターがEDSに必要な燃料の量を決定したとき、考慮されなかった因子として。減速の前に、彼女はここから出て行かなくてはならない。ほかに方法はない。それは、いつだろう——ここには、どれくらいいられるだろう？

「わたし、どれくらいいられるの？」

自分の思考のこだまにも似た問いに、彼は思わずたじろいだ。どれくらい？　彼は知らなかった。母船のコンピューターにたずねなければならない。EDSには、大気圏内での悪条件を補正する余分な燃料は、ほんのすこししか与えられない。だから、それまでの時間に消費する量はごくわずかでなければならない。コンピューターのメモリには、このEDSの軌道に関するすべてのデータが蓄えられているだろう。そのデータは、EDSが目的地に着くまで消去されてはならないからだ。彼は新しいデータを入れるだけでよかった。娘の体重と、彼が減速を〇・一〇Gにさげた正確な時刻とを。

「バートン」デルハート船長の声が流れたのは、〈スターダスト〉を呼ぼうとして口をひらきかけたときだった。「記録にきいてみたが、まだ報告を終えていないそうだ。減速率をさげたのか？」

船長は、彼がしようとしていることに気づいている。

「コンマ一〇で減速中です」彼は答えた。「減速の切り換え時間は一七時五〇分、重量は一一〇です。コンピューターが可能だという時間まで、コンマ一〇にしておきたいのですが、質問を入れていただけませんか？」

ＥＤＳパイロットが、コンピューターの定めた値以外に軌道や減速率を変更したりすることは、規則では許されていなかった。しかし船長は違反のことに触れようともしなければ、理由を問いただそうともしなかった。それは、彼には必要のないことだった。知性、そして人間性の理解、この両方を持ちあわせていなければ、星間クルーザーの船長たる資格はないのである。彼はただこういった。「よし、コンピューターに入れよう」

通信機が沈黙した。二人は、言葉を交わすこともなく待った。それほど長く待つ必要はない。コンピューターは、質問が与えられるとほとんど間をおかず回答を出すのだ。新しい因子が第一メモリバンクのはがねの口に入ると、電気インパルスが複雑な回路を行きかう。あちこちでリレーがクリックし、小さな歯車が回転する。しかし回答を見つけるのは、本来、電気インパルスなのだ。形も、思考も持たない、目に見えぬ電気インパルスが、圧倒的な正確さで、彼のそばにいるこの青ざめた娘の余命を決定するのだ。すると第二メモリバンクにあった五つの金属片がインクをしみこませたリボンを叩き、第二のはがねの口が回答を打った紙片を吐きだす。

船長の声がふたたび入ったとき、計器パネルの時計は一八時一〇分を示していた。

「一九時一〇分に減速を再開する」

彼女は時計を見たが、すぐそれから目を離した。「それがわたしの……わたしの行く時間？」彼女はきいた。彼がうなずくのを見て、彼女はまた膝に目をおとした。

「軌道修正値を伝える」船長がいった。「ふつうこういうことは許さないが、きみの立場はわかる。いましたこと以外に、わたしにできることはない。しかし、この指示にあまえないように。一九時一〇分には報告を完了せよ。それで――これが軌道修正値だ」

誰とも知らぬ技術者がデータを読みあげた。彼はコントロール・パネルの端にとめられたメモに書きこんだ。大気圏に近づいたとき、減速が五Gになる状態があることを、彼は知った――そして五Gでは、一一〇ポンドは五五〇ポンドになる。

技術者が読み終えると、彼は了解した旨《むね》を短くいってコンタクトを終えた。そして、ちょっとのあいだためらってから、手を伸ばし、通信機を切った。いまは一八時一三分。一九時一〇分まで、報告することはない。それまでのあいだ、彼女が口走る言葉にほかの人間が耳を傾けているのは、なぜか不謹慎なように思われた。

彼は計器の示数の読みを始め、不必要なのろさでそれを繰りかえした。彼女はこの事態を認めなければならない。しかし、その手助けは彼にはできないのだ。同情の言葉は、ただそれを遅らすことにしかならない。

　彼女が身じろぎもせぬ状態から我にかえって、口をひらいたのは、一八時二〇分だった。

「こういうふうにしかならないのね？」

　彼はふりかえって、娘を見た。「そろそろわかってきたかね。もし変えられるんだったら、誰だってこんなふうにはしておかなかったさ」

「わかるわ」と彼女はいった。顔には血色もいくらかもどって、口紅も以前ほど鮮やかにうきあがっては見えなかった。「わたしがいられるほど燃料はないのね。船に入ったとき、気がつかなかった過ちをしていて、そのお返しをこれからしなければならないということね」

　彼女は、**立入厳禁**という、人間の作った規則を破りはした。しかしその刑罰は、人間が作ったものでも、そう望んだものでもない。それは、人間の手を超えた刑罰なのだ。物理的法則が規定している。燃料の量hは、質量mのＥＤＳを安全に目的地に運ぶ推力を与える。第二の物理的法則が規定している。燃料の量hは、質量mプラスxのＥＤＳを安全に目的地に運ぶ推力を与えることができない。

　ＥＤＳは物理的法則だけに従う。彼女に対して人間的同情をいくら与えようと、第二法則を変えることはできないのだ。

「でも、わたし、こわい。死にたくないわ――ここでは。生きたくってしかたがないのに、誰も助けに来てくれない。みんなでわたしを死なせて、なんともなかったような顔をするんだわ。わたしが死んでいくのに、誰も知らん顔」

「みんな気にかけているんだ。わたしだって、船長だって、船の記録係だって。みんな気にかけているからこそ、足りない力でできるかぎりのことをしたんだ。それでも充分じゃなかった――なんの役にもたたなかった――だけど、それでできる精一杯なんだ」

「燃料が足りない――それはわかるわ」彼女は、彼の言葉を聞いていなかったようにいった。「でも、そのために死ななければならないなんて。わたしひとりだけ――」

その事実を認めるのが、彼女にとってどれほどむつかしいことかわかる。いままで、死の危険など知らずに過ごしてきて、人間の生命が、岩だらけの海岸に打ち寄せる波の泡のようにはかなく消えてしまうような環境など経験してはいない。彼女は温和な地球育ちなのだ。その堅固で平和な社会、人間の生命が貴重で充分に保護され、明日は必ず来るという保証がいつもある社会で、若く、陽気に、仲間たちと笑いあって暮らしていけたのだ。彼女は、そよ風と暖かい日光、音楽と月光と上品な作法の世界の人間で、厳しい荒涼とした辺境の人間ではないのだ。

「なにもかも早すぎるわ。一時間前には、〈スターダスト〉でミーミアへ行くはずだった。でも、いま〈スターダスト〉にわたしは乗っていない。わたしは、ここで死んでいくんだわ。ゲリイにもママにもダディにも会えなくて――なんにも見られなくて」

彼はためらった。この事態を彼女が本当に理解し、しかも理由もなく残酷なこの不正行為の犠牲者だと思わないようにするには、どう説明したらいいだろう？　彼女は辺境がどんなものか知らない。堅固で安全な地球を規準にしてしか考えられないのだ。地球では、かわいい娘が空間に遺棄されることはない。それを禁じる法律がある。地球では、彼女の窮境がニュース放送で派手に伝わると、黒い高速パトロール船が救出にとんでくるという仕組みができている。どこでも誰でも、マリリン・リー・クロスを知っていて、彼女の生命を救うためにはどのような努力もおしまない。しかし、ここは地球でもなく、パトロール船もいるわけではない。ただ〈スターダスト〉だけ、それも光速の何十倍という速度で、二人から遠ざかりつつある。彼女を助けられる人間はいないのだ。明日《あした》、ニュースの画面から笑いかけるマリリン・リー・クロスという娘はいない。マリリン・リー・クロスは、ひとりのＥＤＳパイロットの痛切な思い出と、船の記録のグレイのカードに書かれた一つの名前にすぎなくなるのだ。

「ここでは、事情はちがうんだよ。地球のようにはいかない。だけど、これは誰も気にかけていないということじゃなくて、助けようにも手がつけられないということなんだ。辺境星域はものすごく大きなものだし、周辺部のこのあたりでは、植民地や探検隊はてんでんばらばらにちらばって、あいだの距離は遠い。たとえばウォードンには、人間は十六人しかいない——全惑星に十六人なんだよ。探検隊、調査団、小さな第一次植民団——みんな、異星の自然と闘いながら、あとに続くものたちのために道をきりひらこうと努力している。自然はそれを拒み、最初に行く人びとは、たった一度の失敗で生命を落としてしまう。辺境の周辺に、安全というものはないんだ。あとに続くもののために道がひらかれるまで、新天地が征服されて安定するまではね。そのときまで人間は、なんの助けも得られないまま、自分の犯した過ちの刑罰を受けなければならない。助けられる人間はいないんだから」

「わたしの行先はミーミアだったわ。辺境のことなんか知らなかった。行くところはミーミアで、そこは安全なんですもの」

「ミーミアは安全だ。だけど、きみはそこへ行くクルーザーから脱けだして、この船に乗った」

彼女はすこしのあいだ沈黙した。「はじめはすてきだったわ。ここは広くて居心地がいいし、ゲリイにもうすぐ会える嬉しさで……燃料のことなんか、わたし、知らなかったわ。わたしがどうなるのかなんて、思ってもいなかった――」

声はとぎれた。彼は観測スクリーンに注意を集中し、彼女が黒い恐怖を抜けて穏やかな灰色の容認へと道をきりひらいていく姿から顔をそむけた。

ウォードンはボールほどの大きさになり、大気の青い靄《もや》につつまれて、星をちりばめた死の暗黒を背景に虚空を泳いでいた。〈東の大洋〉のなかに、〈マニングの大陸〉の広大な陸地が途方もない砂時計のようにひろがり、そのわきに〈東の大陸〉の西半分がまだ見えている。天体の右側の縁には細長い影があり、〈東の大陸〉は惑星の自転につれて、そのなかに消えていこうとしている。一時間前までは、その大陸全体が視界に入っていたのだ。いまでは、一千マイルの範囲が細い影の地帯に消え、反対側にある夜の世界をまわっている。ロータス湖である暗青色のしみが、影へと近づいていた。その湖の南端に近いところに、第二班がキャンプを設営しているのだ。まもなく、そこにも夜が訪れる。そして夜の到来に続いて、ウォードンの自転運動は、第二班を小艇の無線のとどかないところへ連れていってしまうのだ。

いまのうちに兄と話をしないと手遅れになることを、彼女にいっておいたほうがいい。ある意味では、そうしないほうがおたがいのためなのかもしれない。しかし、それを決定するのは、彼ではないのだ。おたがいにとってその最後の言葉は、思い切ることのできない悲しみ、身を切り裂かれるような苦痛となるだろう。しかしまた同時にそれは、何にも換えることのできない貴重な思い出となるのだ。彼女にとっては、あとわずかな時間のあいだ、兄にとっては、残りの一生のあいだ。

彼は観測スクリーンに格子目盛を入れるボタンを押すと、すでに知られている惑星の直径を用いて、ロータス湖の南端が送受信域の外に出るまでに移動する距離を計算した。答えは、およそ五百マイルだった。五百マイル、三十分――いま時計は一八時三〇分。概算の誤差を見積もっても、ウォードンの自転運動が彼女の兄の声を切るのは、一九時〇五分以後ではありえない。

〈西の大陸〉の最初の縁が、この世界の左側にすでに姿をあらわしている。その四千マイルむこうの、〈西の大洋〉の岸に、第一班のキャンプがあるのだ。竜巻は〈西の大洋〉に発生し、そのまますさまじい勢いでキャンプを襲い、医療品を置いてあった建物を含む、全プレハブ建築の半分を倒壊させたのだ。その二日前には、竜巻は生まれていなかった。それはまだ、静穏な〈西の大洋〉上にある巨大な静かないくつかの気塊にすぎなかった。いつもの調査の仕事に没頭していた第一班は、海上で起こっていた気塊の衝突に、その結合が生みだす力に、まったく気づいていなかった。それはなんの前触れもなくキャンプを襲った。行く手にあるものすべてを殺戮しようと、轟音をあげ、たけり狂って進む自然の力。それは通りすぎた跡に、残骸を残した。それは、何ヵ月もの仕事の成果を無にし、六人の人間を死の危険にさらし、やっと仕事がすんだとでもいうように、いまふたたびいくつかの穏やかな気塊に分解しようとしていた。しかし、その猛威がどのようなものであれ、それには悪意も目的もない。それは、自然の法則にそった、盲目的な、思考を持たない力なのだ。たとえ人びとがそこにいなかったとしても、それは同じコースを同じ勢いで通過したことだろう。

存在は秩序を必要とする。そして秩序はあった。やりなおすことのできない、変えることのできない自然の法則というものが。人間はそれを利用することを覚える、しかし、変えることはできない。円周の長さは常にπ《パイ》掛ける直径であり、いかなる人間の科学をもってしても、それをほかのものにすることはできないのだ。物質Aと物質Bが、Cなる条件のもとに化合するときには、常にDなる反応を起こす。引力の法則は厳密な等式であり、一枚の葉の落下と、連星系の荘重な公転のあいだにはなんの差異もない。核変換は、人を星々へ運ぶクルーザーの推力となる。新星《ノヴァ》となって起こる同じプロセスは、相等しい効率で世界を破滅させる。法則は存在し、宇宙はそれに従って動いているのだ。辺境には、ありとあらゆる自然の力がそろっている。そしてときたま、それらは、地球から外への道を求めて闘っているものたちを滅ぼす。辺境の人間は遠いむかしに、自分たちを滅ぼそうとする力を呪うことの無益さを悟った。なぜなら、それらの力は盲目で聞く耳を持たないからだ。そしてまた、彼らは天にむかって慈悲を請うことの無益さを悟った。なぜなら銀河系の星でさえ、憎しみも哀れみもない法則によって冷酷に支配され、二億年という長い長い周期でその軌道を運行しているにすぎなかったからだ。

　辺境の人間は知っている——しかし地球から来た娘に、それがどれだけ理解できよう？燃料の量hは、質量mプラスxのEDSを安全に目的地に運ぶ推力を与えることができない。彼や彼女の兄や両親にとっては、彼女はあいくるしい十代の娘である。しかし自然の法則にとっては、彼女は、冷たい方程式のなかの余分な因数にすぎないのだ。

すわったまま、彼女はまた身じろぎした。

「手紙を書いていい？　ママとダディに書いておきたいの。それから、ゲリイと話したいわ。その通話器で兄にとりついでくださる？」

「やってみよう」

彼は正常空間通話器のスイッチを入れ、信号ボタンを押した。ほとんど間をおかず応答があった。

「ヘロー。どうだい、そっちは——EDSはもう来るころかな？」

「第一班じゃない。こちらEDSだ」彼はいった。「ゲリイ・クロスはそこにいるか？」

「ゲリイ？　ゲリイは二人の仲間と今朝《けさ》ヘリコプターで発って、まだもどっていない。もう日暮れに近い、そろそろもどっていいはずだよ——遅くても一時間以内にはな」

「彼のいるコプターに無線でとりついでくれないか？」

「それがだな、つぶれて二カ月になる。——プリント回路がどこか変になって、つぎのクルーザーが来るまで補充がないんだ。大事なことなのか——悪いニュースとか？」

「そう——非常に重大なことだ。もどったら、すぐ通話器に出してくれ」

「わかった。トラックでひとり発着場に待たせておく。ほかにやることは？」

「ない、それだけでいいと思う。できるだけ早く連れてきて、わたしを呼びだしてくれ」

彼は呼出しブザーの機能が妨げられない程度に、ボリュームを最小までしぼった。そしてコントロール・パネルから計算用紙を外し、航行指示を書きこんだページをちぎって残りを鉛筆といっしょにわたした。

「ゲリイにも書いておいたほうがよさそうね」受けとって、彼女はいった。「間にあわないときのために」

彼女は書きはじめた。鉛筆を握るその指は、まだ思うように動かずおぼつかなげだった。言葉につまるたびに、鉛筆の頭がかすかに震える。彼は観測スクリーンに目をうつすと、見るともなくそれに見入った。

彼女は、最後のお別れをいおうとしている、ひとりぼっちの小さな子供だ。彼女は、肉親にむかって心のうちを明かす。どれほどみんなを愛しているか、彼女は書くだろう。そして、このことを悲しまないようにと書くだろう。誰にでもいつかは起こることなのだから、自分は何もこわくない、と。最後の一行は嘘だ。それは、震える不揃いな行のあいだにはっきりと読める。それだけにいっそう彼らを悲しませる、けなげな小さな嘘。

辺境の人間である彼女の兄は、理解してくれるだろう。彼女の死に対して何もしなかったＥＤＳパイロットを憎みはすまい。パイロットにできることは何もないということを、彼は知っている。それで、妹の死を知ったときの衝撃や苦痛はやわらぎはしないだろうが、とにかく理解してはくれるだろう。しかし、ほかの人びと、彼女の父親や母親には——それはわかりはすまい。彼らは地球の人間で、生命の安全度が非常に小さい——ときとしては、まったくない——世界に住む人びとのように考えることなどできはしないのだ。娘を死へと追いやった、顔も名も知らないパイロットのことを、彼らはどう考えるだろう？

彼らは、冷たく激しく彼を憎むだろう。しかしそれは問題ではない。彼らに会うことも、彼らを知ることも、けっしてないのだから。ただ記憶があとに甦えるだけ。ジプシー・サンダルをはいた青い目の娘が、彼の夢のなかに現われてふたたび死んでいく恐ろしい夜があるだけだ——


彼は観測スクリーンを見ながら顔をしかめ、感情的には考えまいと努力した。彼女を救う手だてはない。彼女は知らずに、無邪気さも若さも美しさも認めず、同情も慈悲も許さない法律を犯したがため、その罰を受けることになったのだ。後悔はここにはあてはまらない——しかし、それがわかっていれば、後悔しないでいられるだろうか？

彼女はときどき、彼らに知ってほしいことを伝える適切な言葉を捜しているかのように、手を休めた。そしてまたしばらくすると、紙の上に鉛筆の音をさらさらとたてはじめるのだった。彼女が手紙を四つに折り、その上にあて名を書いたとき、時刻は一八時三七分になっていた。彼女はもう一通を書きはじめ、そのあいだに二度、まるで書き終えないうちに黒い針がその目的地に着いてしまうのを恐れるかのように、時計を見あげた。最初の手紙と同じように四つにたたんで、その上に名前を書き終えたとき、時刻は一八時四五分だった。

彼女は手紙をさしだした。「これ、きっと封筒に入れて郵送してくださる？」

「もちろんだ」彼はそれをうけとると、灰色のユニフォーム・シャツのポケットに入れた。

「つぎのクルーザーが来なければ送れないのね。でも、そのころには〈スターダスト〉が、わたしのことを伝えているんでしょう？」彼がうなずくと、彼女は続けた。「そうだと、ある意味で、この手紙はあまり大切ではなくなるんだけど、でも別の意味で、やはり大切になるんだわ——わたしにとっても、みんなにとっても」

「知っている。その意味はわかる。大事にするよ」

彼女はちらっと時計を見、また彼に向いた。「だんだん回るのが早くなるようだわ」

返す言葉もなく、彼は黙っていた。すると彼女はきいた。

「ゲリイは間にあうようにキャンプに帰ると思う？」

「思うよ。帰ってきてもいいころだといっていた」

彼女は手の平の上で、前後に鉛筆をころがしはじめた。

「そうだといいわ。こわいの。ゲリイの声をもう一度聞きたい。聞けたら、こんなに寂しくなくなるかもしれないわ。わたしって臆病ね、でもどうしようもないのよ」

「いや、きみは臆病者じゃない。こわがってはいるけど、臆病者じゃないよ」

「違いがあるの？」

彼はうなずいた。「大きな違いさ」

「すごく寂しいわ。こんなふうな気持はじめて。わたしひとりだけで、ほかの人はわたしがどうなろうと気にしていないみたい。前はいつもママとダディがいたし、友だちもいたわ。友だちはたくさんいるの。わたしが行く前の晩、みんなでお別れパーティをしてくれたわ」

彼女の記憶に残る友だち、音楽、笑い声――そして観測スクリーンの上では、ロータス湖が影のなかに入ろうとしていた。

「ゲリイも同じ？」彼女はきいた。「つまり、もしゲリイが間違いをしたら、そのために死ななければならない？　たったひとりで、誰にも助けてもらえずに」

「辺境の人間はみな同じだよ。辺境があるかぎり、いつだってそうさ」

「ゲリイはいってくれなかった。給料がいいといって、いつもお金を送ってきたわ。ダディの小さなお店だけでは、やっと暮らしていけるくらいだったから。でも、こんなふうだと書いてきたことはなかったわ」

「仕事が危険なものだとはいってなかったかい？」

「そうね――いってたけれど、わたしたちにはわからなかった。わたしなんか、辺境の危険はおもしろいもので、立体ショウみたいにスリルのある大冒険だと思っていたから」つかのま、彼女の顔に弱々しい微笑がうかんだ。「でも、そうじゃないんでしょ？ ぜんぜん違うのね。本物のほうでは、ショウが終わっても家へ帰れるわけじゃないんだもの」

「そう。帰れないね」

彼女の視線は時計からエアロックのドアへむかい、それから下にさがって、まだ手のなかにある計算用紙と鉛筆の上におちた。彼女は片足を少し前に出すと、すわっている場所から体をずらして、それらをわきの台の上に置いた。そのときはじめて彼は、彼女のはいているのがヴェガ製のジプシー・サンダルではなく、ただの安物の模造品であることを知った。高価なヴェガ産の皮のかわりに、表面をざらざらにしたプラスチック。銀のバックルはメッキした鉄。宝石は着色ガラスなのだ。ダディの小さなお店では、やっと暮らしていけるくらいだったから——彼女はカレッジを二年でやめ、ひとりでやっていける道をつくる言語学の講座をとったにちがいない。そして講義が終わったあと、パートタイムの仕事をしながら、兄の仕送りの助けをしていたにちがいない。〈スターダスト〉にある彼女の持物は、両親のもとに送り返される——それらは高価なものでもないし、帰路につく船のなかでそれほど場所をとるものでもない。

「ここ——」彼女は口ごもった。彼は問いただすように見つめた。「ここ寒くない？」ほとんど詫びているような調子で、彼女はきいた。「あなたは寒いとは思わない？」

「うん、寒いね」主温度計を見たが、それは部屋がまさしく正常の温度であることを示していた。「ふつうより寒いよ」

「遅くなりすぎないうちに、ゲリイが帰ってくるといいけど。ほんとうに間にあうと思う？　わたしを慰めようとして、そういってるの？」

「間にあうと思うよ——もうすぐ帰ると、むこうでもいっていた」観測スクリーンの上では、ロータス湖が西側の細い青い線を残して、すべて影のなかに入っていた。彼女が兄と話す時間を長く見積もりすぎていたことは明らかだった。彼は重い口でいった。「キャンプはあと数分で送受信域から出る。兄さんは、ウォードンのあの影のなかの土地にいるんだよ」——彼は観測スクリーンを指で示した——「ウォードンの自転のおかげで、キャンプはコンタクトの外に出てしまう。もどってきてもあまり時間はないかもしれない——たいして話をしないうちに聞きとれなくなってしまうはずだ。わたしに何かできるといいんだけどね——できるんだったら、いますぐにでも呼びだしてあげたい」

「わたしがここにいられる時間ほどもない？」

「うん」

「じゃ——」彼女は体を起こすと、青ざめた顔に決意をうかべてエアロックのほうに目をやった。「じゃ、ゲリイが受信域の外に出たら行くわ。もうそれ以上待つようなこともないんだし」

ふたたび彼にはいうべき言葉がなかった。

「もしかしたら、待っているのはいけないのかもしれないわ。きっと、わたし利己的なのね——あとであなたから話を聞いたほうが、ゲリイのためにはいいのかもしれないわ」

そのいいかたには、無意識のうちに、それを否定してくれと嘆願している調子があった。彼はいった。「そんなことをしたら、兄さんは喜ばないよ」

「ゲリイのいるところは、もう暗いんでしょう？　ゲリイにはこれから長い夜が来るんだわ。ママやダディは、まだわたしが約束どおり帰ってくると思ってる。愛している人を、みんな、わたし傷つけてしまうのね。そんなことしたくないのに——思ってもいなかったのに」

「きみのせいじゃない。きみのせいなんかじゃないんだ。みんなにもそれはわかる。わかってくれるよ」

「はじめ死ぬのがこわくてしかたがなかったのは、わたしが臆病者で、自分のことしか考えていなかったからだわ。でも、もう違う、自分がどんなに利己的だったかわかったもの。こんな死にかたしたくないのはいまでも同じだけど、それは、わたしがなくなってしまうからじゃないの。二度とみんなに会えなくなるのが、つらいの。みんながしてくれることをあたりまえのように見ていたけど、ほんとうは違うんだって、ママやダディやゲリイにいうことも、もうこれでできないんだわ。わたしの人生をもっと幸福にするために、みんながどれだけ犠牲をはらってくれていたか、知らないふりをしていたけれど、ほんとうはちゃんと知っていて、口ではいえないくらい感謝していたことも、もうこれでいえないのね。

こんなこと、わたし、一度もいったことはなかったわ。若くて、長い人生が目の前に開けているときには、人間ってみんなそうなのね——愚にもつかないオセンチをいってる、と笑われやしないかと心配している。でも死ぬとわかったときは違うわ——いえるときにいっておけばよかったなあと思うの。いままでにいったりやったりした、つまらないことと悪いことに、みんなごめんなさいといえたらなあと思うわ。いままで何度もみんなの気持を傷つけたけど、本気でしたことなんか一度もなかったっていいたくなる。そして、いつも、おもてに見せた以上にみんなを心から愛していたんだと、そんなふうに憶えていてほしいと思うようになるわ」

「そんなことはいう必要ない」彼はいった。「わかってくれるさ——いままでずっとわかってくれていたんだもの」

「本当？」彼女はきいた。「どうしてわかる？　わたしの家族なんか知らないのに」

「きみがどこへ行こうと、人間性や人情に変わりはないんだよ」

「わたしが知ってほしかったことが、みんなにわかる——わたしがみんなを愛していたということが？」

「わかっていたさ、みんなには。ある意味では、きみが口でいったよりも、もっとよくわかっていたかもしれないよ」

「みんながしてくれたことを思いかえしてみると、いまのわたしにとって、何よりも大切なことのように思えるのは、小さなことばかりだわ。ゲリイはね――わたしの十六の誕生日に、まっ赤なルビーの腕輪を送ってくれたわ。きれいだったわ――きっと一カ月分の給料くらいはしたと思うの。でも、こんなことより、もっとはっきり憶えているのは、わたしの子猫がある晩、通りで轢《ひ》かれたとき、ゲリイがしてくれたこと。まだ六つだったわたしをゲリイは抱きしめて、涙をふいてくれて泣いちゃだめだというの。フロッシーはちょっと他所《よそ》へ行っただけだから、そして新しい毛皮のコートに着換えて、明日《あした》の朝にはおまえのベッドの足元にいるよ、というの。わたしはゲリイのいうことを聞いて泣きやんだわ。そしてその晩は、子猫がもどってくる夢を見て眠ったわ、そして朝起きたら、ゲリイのいったとおり、新しい毛皮のコートに着換えたばかりのフロッシーがベッドの足元にちゃんといたのよ。ずっとあとになってママが話してくれたわ。ゲリイは明け方の四時に、ペットショップの主人を起こして、その人がおこると、出て来て白い子猫を売るか、売らないならぼくが行ってあんたの首をへし折ってやるといったんですって」

「きみは小さなことで人を憶えている。小さなことだけど、それはみんな、人がきみにしてあげたいと思ってしたことなんだ。きみだって、ゲリイに、またおとうさんやおかあさんに、そういうことをしているんだよ。きみはすっかり忘れているかもしれないが、みんなは決して忘れやしない」

「そうだといい。そんなふうに、わたしを憶えていてもらいたいわ」

「そうにきまってるさ」

「わたし――」彼女は言葉を呑みこんだ。「わたしの死に方――みんなにそれを考えてもらいたくないわ。宇宙空間で死ぬ人がどんなふうになるか、前に本で読んだことがあるけど――お腹のなかがみんな破裂して、肺が歯のあいだからはみだして、それから二、三秒するとカラカラに乾いて形のつぶれた、恐ろしいくらい醜いものになるのね。わたしのことを、そんなふうに死んだ恐ろしいものだと考えてもらいたくないわ」

「きみは、きみの家族にとっては、子供であり、妹なんだよ。きみが望んだようにしか、みんなは考えないさ。最後にきみを見たときの姿でしか」

「わたし、まだこわい。どうしようもないのよ。でも、ゲリイに知られるのはいやだわ。もしゲリイが間にあったら、こわがってなんかいないように、わたし、ふるまうつもり――」

ふいに命令するように、呼出しブザーがさえぎった。

「ゲリイ！」彼女は立ちあがった。「ゲリイだわ！」

彼はボリューム調節つまみをひねると、たずねた。「ゲリイ・クロスか？」

「そうだ」彼女の兄は答えた。その声には、緊張している様子がうかがわれる。「悪いニュースか――なんだ？」

すぐうしろで、通話器のほうに体を傾け、彼の肩に小さな冷たい手を置いていた彼女が答えた。

「ヘロー、ゲリイ」声はかすかに震えているが、計算されたなにげなさを裏切るほどではなかった。

「兄さんに会いたくて――」

「マリリン！」彼女に伝わってくるその声に、突然ゾッとするような不安な響きが入った。

「EDSでいったい何をしている？」

「兄さんに会いたかったの」彼女はもう一度いった。「会いたかったから、この船に隠れて――」

「隠れた？」

「わたしは密航者よ……それがどんなことなのか知らなかったの――」

「マリリン！」それは、すでに彼の手から永遠に去ってしまった人を求める、男の悲痛と絶望の叫びだった。「いったい、なんてことをしたんだ！」

「わたし……それほど――」そこで、彼女の自制は崩れ、冷たい小さな手が彼の肩を発作的につかんだ。「お願い、ゲリイ――ただ会いたかったのよ。兄さんを傷つけるつもりはなかったわ。お願い、ゲリイ、そんなふうに思わないで――」

こらえようとするすすり泣きが彼女の声をつまらせたとき、兄がいった。「泣いちゃだめだ、マリリン」その声は苦痛をすべて内に押し殺し、突然、かぎりなく優しくなった。「泣くんじゃないよ、いけない子だな。だいじょうぶだ、――心配するな」

「わたし――」下唇が震えた。彼女はそれを歯で噛んで止めた。「そんなふうに思ってもらいたくなかったわ――わたし、ただ、さよならをいいたかったの。もうすこしで行かなければならないから」

「うん――うん。そうなんだね。ぼくだって、そんなふうに思っていったんじゃないんだ」それから彼の声は、さしせまった詰問の調子に変わった。「EDS――きみは〈スターダスト〉を呼びだしたのか？　コンピューターであらためたのか？」

「一時間近く前に〈スターダスト〉を呼んだ。引き返せないという。この四十光年内に、ほかのクルーザーはいないし、燃料はぎりぎりしかない」

「コンピューターに正しいデータが入ったと確信できるか――手ぬかりはないのか？」

「ない――このままで放っておいたと思うか？　できることはみんなやったんだ。いまできることがあれば、それをやっている」

「この人は助けようと努力してくれたわ、ゲリイ」下唇はもう震えていなかった。ブラウスの短い袖がしめっているのは、それで涙をふいたからだろう。「助けられる人はいないのよ。わたしはもう泣かないわ。それで、兄さんもダディもママもいいんでしょ？」

「うん――そうだとも。けっこうなんとかやっていくさ」

彼女の兄の声は以前よりもかすかになってきていた。彼はボリューム調節を最大にした。

「受信域から出る」彼はいった。「すぐにも消えるかもしれない」

「だんだん聞こえなくなってくるわ、ゲリイ。電波のとどかないとこへ行ってしまうの。話したいことがあったけど――でも、もういえないわね。こんなに早く、さよならをいわなければならないなんて――でも、また会えると思うわ。兄さんの見る夢のなかで髪をおさげにして泣いているのよ、子猫が死んじゃったって。兄さんの耳にささやいていくそよ風が、わたしかもしれないわね。それとも、もしかしたら、むかしお話を聞いたことのある、兄さんにむかって歌をうたった――金色の羽根をしたヒバリかな。もしかしたらときどきは、目に見えはしないけど黙って兄さんのそばにいるのかもしれないわね。そういうふうに思っていてね、ゲリイ。いつでも、そういうふうに、そして――ほかのふうに思っては、いや」

ウォードンの自転とともにしだいにささやきに変わっていく声で、返事がもどってきた。

「いつもそう思っているよ、マリリン――いつもそういうふうに。けっしてほかのふうになんか思わない」

「もう時間がないわ、ゲリイ――行かなければ、もう。さよう――」彼女の声は言葉のなかばで途切れ、口はいまにも泣きだしそうに歪んだ。彼女は片手で力いっぱい口を抑えた。ふたたび口を開いたときには、その声ははっきりした正確なものだった。

「さようなら、ゲリィ」

かすかに、いいつくせないほど痛切に、優しく、最後の声が通話器の冷たい金属から響いた。

「さようなら、かわいい妹……」


ついでやって来た静寂のなかで、彼女はいまの言葉の最後のこだまに聞きいっているかのように、長いあいだ身じろぎもせずにすわっていた。やがて彼女は通話器に背を向けると、エアロックへむかった。彼は手元の黒いレバーをさげた。エアロックの内側のドアがするするとあき、彼女を待っているガランとした小部屋があらわれた。彼女はそこへ歩《ほ》を進めた。

彼女は顔をあげて歩いた。茶色の巻毛が肩の上でゆれ、白いサンダルは軽い重力が許すかぎりに力強く着実に床を踏んだ。メッキのバックルが、青、赤、すきとおった白と、色とりどりにキラキラとかすかな光を放っていた。彼女はひとりで歩いた。彼はあえて助けようとはしなかった。そういうことを彼女が好まないのは、わかっていた。彼女はエアロックに入り、こちらを向いた。喉元の震えが、狂ったような心臓の動悸を隠そうとする努力を裏切っていた。

「用意できたわ」

彼はレバーを上げた。ドアがするすると閉じて、二人のあいだをさえぎり、人生の最後の瞬間にある彼女を圧倒的な暗闇のなかに閉じこめた。それが小さな音をたてて元の位置にしっかりとおさまると、彼は赤いレバーを押しさげた。エアロックから空気がとびだすさい、船はかすかにゆらいだ。通り抜けるとき外部のドアにぶつかったらしく、震動が壁を伝わってきた。やがてすべてがおさまり、船は安定した。彼は赤いレバーを元にもどし、からっぽのエアロックを閉じるときびすを返し、疲れ、年老いた男のゆっくりした足どりでパイロット・シートへともどった。

シートにつくと、彼は正常空間通話器の呼出しボタンを押した。返事はなかった。予期してもいないことだった。彼女の兄は、ウォードンの自転が第一班を経由しての通話を可能にするまで、長い夜を待たなければならない。

まだ減速を再開する時間でもないので、彼はやわらかく響く推進音に聞きいりながら、間断なく落下する艇のなかで待ちつづけた。補給物資倉庫の常温を示す白い針は、いまはゼロになっていた。冷たい方程式は満足され、彼は艇のなかでたったひとりになったのだ。何か形のつぶれた醜いものが前方を飛んでいた。それは、兄の待つウォードンへ艇とともにむかっているのだ。しかしガランとしたこの艇の内部にも、自分を殺した、憎しみも悪意もない力をついに理解できなかったひとりの娘の存在がまだ息づいていた。まるでいまなお、彼女が怯え、当惑し、小さくなって、その金属の箱の上にすわり、声のこだまを空虚のなかにいつまでもはっきりと響かせているかのようだった――

わ、た、し、は、死、ぬ、よ、う、な、こ、と、は、し、て、い、な、い、わ――死、ぬ、よ、う、な、こ、と、は、な、ん、に、も――

みにくい妹

ジャン・ストラザー

Ugly Sister

姉のソフォニスバもわたくしも、余命いくばくもない老女でございます。もとから良いとはいえなかった姉の視力は衰える一方ですし、またわたくしも、なさけないほど耳が遠くなってまいりました。けれども神のご加護により、姉もわたくしも溌剌《はつらつ》とした心と確かな記憶力を保っておりますので、このしあわせな状態にいるうちに、二人の身に起こった悲しむべき出来事について、そのありのままを書き記しておくのが、わたくしのせめてもの務めだと思うのでございます。これについては、なんと多くの誤解や偏見が世の中にまかりとおっていることか。

問題がわたくしだけのことならば、紙とインクの無駄づかいをしてまで、汚名をそそぐ必要もありますまい。けれども、わたくしはソフォニスバのことを思うのです。あのりりしい、ユーモアに富んだ、愛すべき女性が、意地悪な、かんしゃく持ちのかたき役として歴史に刻まれるのは、妹のわたくしには耐えられないことなのでございます。そしてもし姉の人となりを明かすことで、わたくし自身への誤解をいくらかでも解くことができますれば、なおさらけっこう。

弁明することは己れを責めることである、と諺《ことわざ》にも申しますが、わたくしたちへの非難はいまや社会の共有財産なのですから、その当人が弁明に立ったとしても、いっこうに差支えありますまい。だれしも認めるように、物語には表と裏、二つの面があるものでございます。けれども不幸なことに、聞く人の心にとどまるのは、その人が最初に耳にしたいずれかの面なのです。それがかわいい口から話されたとなれば、なおさらでございましょう。加えて、恋におちた男性にはこの世は薔薇色に見えるものですし、国民の四分の三はプリンセスにもうくびったけなのですから、これがわたくしたちにどれほど分のない勝負であったかは、おわかりいただけることと思います。

母が再婚するまで、わたくしたちの暮らしはそれはしあわせなものでございました。父が生前カレッジの学生監をしていたため、住まいはある小さな大学町にありました。母は亡き父の交友関係を大切にいたしましたので、夕方になると、古い友人のかたがたが足繁く立ち寄ってくださったものです。ソフィーとわたくしは父から多くの優れた資質をうけついでおり、母は教養ゆたかとはいえないまでも、機知に富んだ、陽気な話し手でございました。そのような次第で、洗練された会話と刺激的な意見の交換は、わたくしたちになくてはならないものとなっておりました。自慢して申しあげるわけではありませんけれど、楽しいうえにも、ことのほか難しいというたぐいのペーパー・ゲームにかけては、わたくしたち姉妹はほとんど人にひけをとったことはございません。

　そのころ二人とも、年は三十代のはじめ。わたくしたちが会う男性のおおかたは、父と同年輩か、さもなければ知的交際を楽しむにふさわしい若い大学生ばかりでございました。正直な話、結婚のことなど夢にも思いうかびませんでした。わたくしたちが少女のころから、母は、このような顔だちの女に良い伴侶を見つけるのがいかに至難のことか、すでに見抜いていたのでしょう。母はそこで賢明にも、わたくしたちの関心が結婚以外の方向にむかうように全霊を傾けたのです。そのとおり、わたくしたちは奇形とまではいえないにしても、およそ不細工な姉妹でございました。ソフォニスバは背が高く、やせて骨ばっております。砂色の髪は薄く、小さな近視の目ととがった鼻を持ち、薄い唇は皮肉にめくれかえっております。一方のわたくし、オーガスタは、背の低い太っちょ。濃い眉毛は鼻梁の上でつながり、鼻はあぐらをかき（悲しい哉《かな》、獅子鼻は当時の流行ではございませんでした）、髪は濃いとはいえ艶はなく、肌は青白く、歩く姿はぶざまというほかありません。

　いまふりかえってみると、世間の人びとがわたくしたち姉妹を不憫《ふびん》に思っていたであろうことは疑いもありません。けれども醜さにも、それを償うものがあるものでございます。美しい女性が、男性とのあいだに――ここは女性におきかえてもかまいませんが――真に深い、心からの友情を育てられるものでしょうか。わたくしにはそのようには思えません。また醜い女性は、年老いてからも、幻滅なしに落ち着いて鏡と向かいあうことができます。なぜなら、肩越しにあざ笑う失われた美の亡霊は、醜い女性においてはそもそも存在しえないのですから。

ソフォニスバとわたくしは母の再婚には反対でした。義父となった人は、学生監とともにときおり来宅していた実業家で、粗削りな美男ではあるものの、ひらめきに欠ける横柄な都会人でございました。母がその人のどこに魅力を感じたのか、わたくしには想像もつきません。住みなれた町を離れるのは身を切られる思いでした。その小さな町では、わたくしたちはみなに知られておりましたし、ほとんどの人たちから好意を持たれていたようにも思います。ロンドンは見知らぬ他人ばかりの都会でございました。ロンドンの住まいを訪れる客は義父の仕事関係の知りあいが多く、客の会話にのぼるのは食物とワインと株式市況のことばかり。わたくしたちがほかの話題を持ちだそうものなら、きまって指が左右にふられ、「それはミス・オーガスタ、そちらのお嬢さんがたは学問がお好きだから」ということばが返されます。そして客たちはあらためて好意的なまなざしを、義理の妹シンデレラに向けるのです。これに対してシンデレラは、輝くばかりのすばやい微笑を返します——その微笑が、きれいな歯とからっぽの心が生みだす純粋に自動的な反応であることを、まもなくわたくしたちは見てとるのですが。

といってシンデレラは、ふつうの意味であさはかな女性であったわけではございません。シンデレラは鏡の前でおしろいをたたいたり、めかしこんだりはいたしませんし、金と暇にあかせて新しい服を買いこむようなこともしませんでした。けれども化粧や流行へのシンデレラの見かけの無関心は、ほんとうは捉えがたい根深い傲慢のあらわれなのです。自分のたぐいまれな美を傷つけるものは何もない。それを彼女は知っているのです。シンデレラが髪をとかさないままに姿を見せれば、客はその精妙な色あいときめの細かさに目を奪われてしまいます。「熟した玉蜀黍《とうもろこし》」とか「乱れほうだいの葡萄《ぶどう》の蔓」といった形容が、客の心に形をとるのが手にとるように見えるのでございます。古い地味なぼろドレスを着ていても、それは彼女の肢体の優美さをいっそうひきたてるばかりで、「なんと美しいのだろう――あのような身なりでさえ！」といった人びとの思いが伝わってまいります。そして裸足でいるときには、そういうことがシンデレラにはよくあるのでしたが、彼女はかろやかに笑い、すべてを倹約のせいにしてしまうのです（「ほら、あたくしの足って小さいでしょう。いつも注文で作らせなければならないの――お金がかかって仕方がないから」）。けれども客の視線が、例外なく彼女の足の甲の小さなアーチに釘付けにされるのが見えますので、わたくしたちはだまされませんでした。それればかりではございません。口紅やおしろいが大流行という時代にあっても、彼女はそうしたものをいっさい使おうとせず、考えが古風だからと言いわけするのでございます。けれど神の名にかけて、雪の上にちらした野薔薇の花びらのような顔に、化粧品の必要があるものでしょうか。見ばえのしない女がいるからこそ、仕立屋のポケットがふくらみ、化粧品屋の子弟が学校に通えるのでございます。

生涯ではじめて、ソフォニスバとわたくしはおのれの醜さを心の底から意識するようになりました。これは決して知って嬉しい知識とは申せません。けれどシンデレラの美しさをうらやむことがなかったのは、それがまったくといってよいほどの知性の欠如によって相殺されていたからでございます。当世風の言いかたに従えば、首から上は死人も同然ということになりましょうか。ときおりロマンチックな小説を読むほか、シンデレラには読書の習慣はございません。天候の挨拶やうちわの噂話の受け売りを別にすれば、気のきいたことばひとつ口にできません。それに輪をかけるように、ペーパー・ゲームのなかで一番やさしいものをさせても、シンデレラの頭のはたらきは絶望的なのです。たとえば、Bで始まる動物をあげよといわれますと、彼女が書くのは「鳥《バード》」なのでございます。副詞とは大ざっぱにいって「ly」で終わる単語だと、辛抱強く教えたのち、さてどんな返事が返ってくるかといえば、「ああそうね、知ってるわ——〝ばかな《シリー》〟とか〝サリー〟（これは女性の名前）というあれね」と、この有様なのです。そうした誤りをわたくしたちがからかいますと（やんわりとであったことは申しあげるまでもございません。はじめのうちは彼女が好きでしたから）、シンデレラはとつぜんゲームを投げだして、ぷいと顔をそむけ、その夜はベッドに入るまで子供のようにふくれ面をしたまま、これ見よがしに父の靴下の縫いつくろいを続けるのです。

時がたつにつれ、シンデレラはますます下女の演技にのめりこむようになりました。ひとつには、自分にも何かができることを証明したかったのでございましょう。またひとつには、それが習い性となったのかもしれません。ランプの下で縫いものをする女性のうなじに、また棚の蜘蛛の巣をはらうため女性が腕をあげるとき、その胸にかけての流れるような曲線に、心を奪われない男性はございますまい。もちろん、シンデレラがそのような仕事にうちこんだところでなんの差支えもありません――わたくしの目から見れば、この世には家事のほかにも興味深いことがたくさんあり、食器棚のほかにもおもしろいところはたくさんあるような気がするのですが、それはよいことにいたしましょう。とはいえ、しまいには召使いのやることがなくなってしまう有様でございました。

ただ何よりもわたくしたちを憤慨させましたのは、みずから殉教者の役を買ってでて、わたくしたちを悪者に仕立てあげるシンデレラのやり口でございました。芝居や演奏会に誘いますと、彼女はこう答えるのでございます。「いいえ、お姉様たち行ってらして。わたくし、繕いものを山ほど抱えてるんですもの――それに、お母様やお父様をほってはおけないわ」（お母様とお父様、ですって！）そして毛糸を巻くとか、花をいけるとか、小包みをつくるとか、犬を散歩にだすとか、そういったちょっとした用を人にいいつけなければならないときには、すかさずシンデレラの天使のような声がひびきます。「あたくしがやるわ――いいえ、かまわないの」わたくしたちが口をはさむ隙もなく、しかも十中八、九それは、だれがやってもかまわないようなものなのです。また家族のだれかが病いで床につこうものなら、シンデレラは機会を逃さず自己犠牲を買ってでるのでございます。「今夜はあたくしがついていてあげるわ、お母様。ソフィーとガッシーは、ゆうべオペラの帰りがおそくなって、まだ疲れがとれていないと思うのよ」このようなマゾヒズムの天才を前にしては、ソフィーとわたくしはあっけにとられて立ちつくすばかりでございました。

シンデレラといっしょに住むようになったばかりのころ、わたくしたちは彼女が未婚と聞いて驚いたものでした。けれども理由はまもなくわかりました。なるほど若者たちはひと目で彼女に心を奪われてしまいます。ただ、そこから立ちなおるのには、彼女の会話を聞くだけでよいのです。わたくしたちがそのような場に立ちあったことは数知れません。賛美に輝いていた若者の目がしだいに光を失い、驚きと熱意にひらかれたままになっていた口が、あくびをかみ殺すためにかたく結ばれるのです。若者はそれきり顔を見せなくなることもあれば、ソフィーとわたくしを不思議な年長の友として選ぶこともございました。若者はみなわたくしたち姉妹をたいへん年嵩《としかさ》に見るようなのですが、話していてけっこう楽しげなのです。ときにはシンデレラが話題になることもありました。

「ミス・ソフィー、シンダーズって可哀そうですね」と、そのような若者のひとりはいうのです。「つまり、あれほど美しくて非の打ちどころがないのに――そのう、つまり、彼女は低能《ダム》なんですよね」するとソフィーは（当世風の言いまわしに、わたくしほどは通じていないので）そのことばを真正直に受けとって（ダムはもともと唖の意）、こう答えるのです。「いえいえ、そんなことはありませんよ。でも、それだけに残念だわね」

　これに続く物語は、不正確ながら、世間に知れわたっているとおりでございます。詳しい話はいちいち繰りかえしますまい。重要な誤りをひとつふたつ訂正するだけにとどめます。シンデレラが宮中の舞踏会に招かれなかったという俗説には何の根拠もありません。わたくしたちは三人とも招待され、三人とも喜んでこれを受けました。舞踏会に胸おどらせていることでは、シンデレラも、ソフィーやわたくしと同様でございました。ただし新しいドレスを買う段になると、父にこれ以上お金の負担はかけたくないし、古い茶色のリンゼイウールゼイで充分に間にあうからという理由をつけて、きっぱりとこれをはねつけました。ソフィーもわたくしも、ひとりよがりはいい加減になさいといいたい気持でしたが、もちろん、口に出せるはずもありません。ソフィーはこの機会に黄のターラタンを、わたくしは真紅のパデュアソイを買っておりましたが、シンデレラのそのようなことばを聞かされると、かえってわたくしたちが、客の目をそむけさせる醜女であることを思い知らされるばかりでございました。それでも、わたくしたちにとって舞踏会は大きな楽しみでした。ソフィーは元来はなやかな催しをながめるのが好きですし、わたくしはちょうどそのとき小説を書いていて、何もかもが取材の対象であったからでございます。

　ところが舞踏会の当日になって、義父がとつぜん激しい痛風の発作に見舞われました。日ごろの贅沢を考えれば、これは予想外のことでもなく、また発作は三ヵ月ごとにぶりかえしますので、さほどの大事とも思われません。けれどもシンデレラは、殉教精神を発揮するこの黄金の機会を決して見逃しませんでした。舞踏会へは行かない、家に残って父の看病にあたると言いだしたのでございます。だれかが残るのなら、残らなければいけないのは妻のわたしだ、と母が抗議しました。あなたが家で待っていると思うと舞踏会も楽しくなくなってしまう、とわたくしたちも主張しました。義父も怒り狂い、こういう発作ははじめてではないし、おまえがいても痛みは和らぎはしないと指摘しました。けれどもシンデレラは傷ついた鹿のような目で父を見ただけで、裁縫箱をとりあげると、断固とした態度で炉ばたにすわりこんでしまったのです。もう何を話しても無駄なことでした。義父は痛む足をひきずって二階の寝室にひきとり、わたくしたちは重い心で舞踏会のひらかれる宮殿へとむかったのでございます。

　このあとの出来事は、シンデレラの名づけ親となった婦人から聞いたものでございます。いくらか魔女めいたところがあるとはいえ、感受性と機知に富んだ婦人で、ソフィーとわたくしは、のちにはたいへん親しく交際させていただいたものです。ことの起こりは、その婦人がたまたま夕刻わたくしたちの家に立ち寄ったことにありました。家に入って見わたすと、シンデレラが暖炉のかたわらにうずくまり、裁縫箱の上に自己憐憫の涙をこぼしていたというわけでございます。名づけ親の婦人はわずか二分で事情を察し、五分で準備にかかりました。

「さあ、舞踏会へ行ってくるのよ！」と彼女はいいました。「家にいて温かいミルク酒をつくってあげるより、将来の良人を見つけに行くほうが、どれほどお父様孝行であることか。ミルク酒などは、そんなにおいしくなくとも、召使いがつくるので充分」

するとシンデレラは、乗ってゆく馬車がないと愚痴をこぼしました。名づけ親の婦人は、流し場の下女を近くの居酒屋にさしむけました。そこはまた貸し馬車屋を兼業しておりましたので、手に入る最高級の馬車がたちまち用意されたわけでございます。シンデレラの馬車に黒魔術が使われたとかいう、根強い、ばかげた噂が聞かれますが、これは居酒屋が「鼠とかぼちゃ」亭という少々風変わりな名前を持っていたためでございましょう。

馬を馬車につなぐあいだ、名づけ親の婦人はシンデレラに着せる衣装の問題に取り組みました。

「そんなおんぼろドレスでは行けませんよ」彼女はてきぱきと言いわたしました。

「これしかないんですもの」薔薇色の唇をかすかに震わせて（その場面が目にうかぶようです）シンデレラは答えました。あとはお決まりの、父親によけいな出費はさせたくないという名台詞《ぜりふ》。けれども、これは情け容赦なく一蹴《いっしゅう》されました。

「ばかな話はおやめなさい、シンダーズ！　お父様は、今後一生あなたの面倒を見るより、亭主を見つけてやったほうがずっと安上がりだといって、新しいガウンをお買いになりますよ」ここまで言われては、シンデレラもほんとうの理由を話さないわけにはいきません。「こういうドレスのほうが、わたくしの美しさがひきたつんですもの」と、すねて言いました。「それはそうでしょうね」と答える名づけ親の婦人は、魔女めいたところはあるものの、王室に対してはまごうかたない敬意を払っておりました。「でも、こちらのほうがもっと貴婦人らしく見えてよ」

そのことばとともに、彼女は自分の着ていた花柄のシルクのガウンをするりと脱ぐと——若々しい体の線をいまだに保ち、そのガウンが着られることを誇りにしている女性でしたので——シンデレラにそれを着せたのでございます。そのガウンがシンデレラにみごとに似合っていたことは、わたくしも否定いたしません。つぎに靴の問題が持ちあがりました——これについては、名づけ親の婦人もさすがにぴったりの小さな靴をあつらえることはできませんでした。そこで彼女はシンデレラに、いちばん新しい履き物を用意するように命じました。それがたまたま、毛皮で縁どりをしたハイヒールの寝室スリッパであったわけでございます。この物語のフランス語版において、vair（毛皮）とverre（ガラス）が混同して使われている事実は、多くの学者の指摘をまつまでもありますまい。

「それから、ひとつ気をつけること」と名づけ親の婦人は、馬車に乗りこむシンデレラにむかっていいました。「もしこの舞踏会であなたが求婚されたとしたら、時計が十二時を打つ前にお帰りなさい——晩餐が告げられる前に。あなたは美しいし、踊りがまあまあのことも知っているけれど、あなたにどんなにくびったけの男だって、三十分あなたの会話を聞いたあとでは、それでも結婚する気になるかどうかはわかりませんよ。わたしのことばを信用なさい——もし晩餐まで居残るようなら、あなたは負け。それから」と彼女はきびしくつけ加えました。「そのような失敗をしないように、わたしがひとつ手を打っておきます」というと同時に彼女は姿を消し、輝くばかりに美しいながらも心は沈みがちのシンデレラは、舞踏会へかけつけたわけでございます。

あとはとんとん拍子。王子のひと目惚れ、シンデレラの時間感覚のルーズさ、ちょうど真夜中シンデレラのドレスに起こった驚くべき変化（名づけ親の婦人が集団催眠でもかけたにちがいありません）、宮廷からの逃走、ぬげ落ちたスリッパ、王室からの布令、などなど——語り尽くされてきた物語に、もはやつけ加えることはございません。とにかく、ようやく彼女を見つけたとき、王子は有頂天のあまり特別の結婚許可証をとり、その日のうちに式を挙げてしまったほどでございます。のちにシンデレラの会話が退屈千万、その性格が憤懣やるかたないものであることがわかったにしても、そのときには、もはや取り返しはつきませんでした。当時にあっては、こと王室にかんしては、結婚はあくまで結婚であったからでございます。

以上が真実の物語でございます。義父はその後まもなく肝硬変を患って世を去り、母とソフィーとわたくしは、待ちかねたように懐しい大学町にもどりました。気の合った昔の友人たちに温かく迎えられたことは申しあげるまでもございません。そして母が亡くなってのち、ソフォニスバとわたくしは文芸協会の活動的な会員として、また限りなく生みだされる大学院生たちの（こう申してもよいかと思いますが）仲間や腹心の友として、この地でしあわせに暮らしております。いまではわたくしたちは、世間でいうところの「名士」なのかもしれません。もっと悲惨な人生もほかにはあるのです。

シンデレラとはその後ほとんど会ってはおりません。ほんのときたま、慈善会や定礎式のために（杖にすがり、老いさらばえた白髪頭で）当地を訪れるとき、挨拶をかわす程度でございます。死は偉大な平等主義者であると申します。けれど、死以上の平等主義者はほんとうは年齢であって、死があとから追いついたとき、それが行なうべき仕事はもはやほとんど残っていないのではないか。そう思うこのごろでございます。

オッディとイド

アルフレッド・ベスター

Oddy and Id

これはモンスターの物語である。

彼の名前はオディッセウス・ゴール。パパの大好きなヒーローにちなみ、ママの猛反対を押しきって命名された。だが愛称は、一歳のときからオッディだった。

人生の最初の年は、温もりと身の安全を自己本位に追い求める一年だった。オッディは生まれたとき、その両方を得られそうな立場にはいなかった。というのも、パパの不動産ビジネスは破産し、ママは離婚を考えていたからだ。だがユナイテッド放射線が方針を急転換して、町に工場を建てる決定を下したため、パパは金持ちになり、ママはあらためて彼に惚れなおした。こうしてオッディは温もりと安全を手に入れた。

人生の二年めはおそるおそるの外界探検だった。オッディは這いはいし、探検した。彼が非客体暖炉のなかにある真紅のコイルに手をのばしたときには、回路が思いがけないショートを起こし、やけどを負わずにすんだ。三階の窓から転落したとき、下には草をいっぱい積んだ機械庭師のホッパーがあった。フィーバス猫をからかったときには、猫はオッディの顔にかみつこうとして足をすべらし、まばゆい牙はこともなく彼の耳元でがちりと閉じた。

「動物たちはオッディが好きなのよ」とママ。「噛みつくふりをするだけ」

オッディは愛されることを望み、そんなわけで誰もがオッディを愛した。就学の年ごろまで、彼は甘やかされ、ちやほやされ、スポイルされた。商店にはいればご褒美がもらえ、知りあいからのプレゼントは引きも切らなかった。ソーダ水、キャンディ、タルト、クリストン、ボブルトラック、フリージー、その他いろんな嗜好品については、幼稚園がひとつ賄《まかな》えるくらいの量を平らげた。具合を悪くしたことは一度もなかった。

「父親似だな」とパパ。「丈夫にできてる」

オッディの運のよさを伝える家族伝説は増えていった……電子サーカスにふらふらとはいりかけたとき、見ず知らずの他人がオッディをわが子と勘違いし、引き止められたおかげで、九八年のあの大爆発をまぬがれたこと……図書館の本を一冊忘れたために、九九年のロケット墜落事故に遭わずにすんだこと……いろいろ不思議なできごとが起こり、そのたびにいろいろの災難から救われていること。誰ひとり彼がモンスターであるとは気づいていなかった……その時期には。

十八の年には、彼はりりしい若者に成長した。アザラシ色の髪、温かい茶色の目、大きくほほえむと、白いきれいな歯並みがのぞいた。彼はたくましく、健康で、知性に恵まれていた。心理的抑制はまったく効いていないが、性格は静かでおっとりしていた。彼には人を魅惑するものがあった。彼は幸福だった。いまのところその怪物的悪の及ぶ範囲は、彼の生まれ育った小さなタウン・ユニットのなかだけに限られていた。

彼は進歩主義のハイスクールからハーバード大学に進学したので、ある日、新しい友人が寮室にとびこんできて、「おいオッディ、中庭へ出てボールでも蹴ろうぜ」と声をかけると、オッディはこう答えた。「蹴り方を知らないよ、ベン」

「知らないって？」ベンはフットボールを小脇にかかえ、オッディを引っぱっていった。

「おまえどこで暇をつぶしてたんだよ、ぼうや？」

「うちの田舎じゃ、フットボールの人気がなくてね」オッディはにこりとした。「古くさいというんだ。うちはみんなハクスリ輪投げだったから」

「ハクスリ輪投げだって？　あれはインテリのものだぜ」とベン。「フットボールはあいかわらず大人気だよ。おまえ有名になりたいだろ？　毎週土曜はテレビに映るあのフィールドにいなきゃ」

「そう思っていたんだ、ベン。教えてくれ」

ベンは手取り足取り辛抱強くオッディに教えた。オッディはまじめに勤勉にこれを吸収した。彼の三度めのパントキックは気まぐれな突風にあおられて、七十ヤードも空を飛び、学生監のグレイヴィー＝トレイン（ぼろ儲け）ことチャーリー・スチュアートの三階の窓ガラスをぶち破った。スチュアートは窓から一度おもてをのぞいただけで、三十分後にはオッディをソルジャー・スタジアムに連れだしていた。三週めの土曜日、新聞の見出しにはこうあった。オッディ・ゴール・チーム57――陸軍0。

「くらまれ、げっしょんめ！」コーチのヒグ・クレイトンは悪たいをついた。「あいつはどういう手をつかってるんだ？　あの若者にセンセーショナルなところは何もない。ただの並みの学生だ。ところがあいつが走りだすと、追いかける連中がみんなコケてしまう。あいつがキックすると、みんなファンブルする。みんながファンブルしたとたん、リカバーする」

「彼はマイナスのプレイヤーなんだよ」グレイヴィー＝トレインは答えた。「敵の失敗を誘って、うまく点をとるわけさ」

二人はまちがっていた。オッディ・ゴールはモンスターだったのである。

意中の若い女性を見つけるにあたって、オッディ・ゴールはひとりで天文台のダンスパーティに出向くと、暗室のドアをうっかり開け、スモック姿の若い女が毒々しいグリーンの安全灯の下で、トレイにかがみこんでいるのを見つけた。短く詰めた黒髪、氷のようなブルーの瞳、彫りの深い顔立ち、肉感的な少年めいたボディライン。女は出ていけと命じ、オッディはその場で恋に落ちた……かりそめに。

友人たちにこの話を打ち明けると、彼らは笑いころげた。「ピグマリオンふたたびときたぜ、オッディ、彼女のことを知らないのか？　あの女は冷感症だ。彫像だ。男が大嫌いなんだ。おまえ時間を無駄にしているだけだよ」

だが精神分析医の妙技によって、彼女の神経症は曲がり角をむかえ、彼女はオッディ・ゴールに身も世もなく惚れこんだ。だしぬけであり、破壊的であり、歓喜のきわみであり、恋愛はまる二カ月つづいた。そしてオッディの熱がさめはじめると、女の病気はぶりかえし、二人の仲はあとぐされのない友人関係で終わった。

これまでのところ、オッディの幸運に対する人びとの反応は、小さなできごとだけにとどまっていた。だが衝撃波は広がりつつあった。二年生になった九月、オッディは政治経済メダルを賭けたコンテストに「反乱の諸原因」という題の論文を応募した。論文の内容は、それを提出した日に起こったアストリーアの反乱とそっくりで、彼はみごとに賞を射止めた。

十月になってオッディは、クラスメートの奇人が組織した共同資金に二十ドルを出資した。〝株式市場の動向〟をもとに――古い迷信だが――為替相場の思惑買いをしようというのである。予言者の計算はめちゃくちゃだったが、ものすごい株式恐慌が起こって為替相場は崩壊寸前となり、資金は五倍に増えた。オッディは百ドルを手に入れた。

ことはつづいた……悪い方向へ、悪い方向へ。なにしろモンスターなのだ。

さて、モンスターが運命を出し抜こうとするなら、思弁哲学を学ぶに越したことはない。なぜなら因果律は歴史に根を下ろし、〈現在〉は〈過去〉の統計学的分析にもっぱら捧げられているからだ。だが生きている科学は、いま、この瞬間起こりつつある現象にがっきと歯を食いこませたブルドッグである。というわけで、モンスターを最初に捕えたのは、生理学者にしてスペクトル物理学者のジェシー・ミグであり……そのとき彼は天使を見つけたと思った。

われらのミグは、大学の〝名物男〟だった。第一に、彼は若かった……四十にもなっていない。剣呑なナイフのような男だった。アルビノであり、目はピンクで、はげ頭、鼻はとんがり、すばらしい学者だった。愛用するのは二十世紀の服、お好みは二十世紀の悪癖……すなわち、喫煙およびC_2H_5OHの摂取である。彼が〝話した〟というのは正しくない……彼は吐きちらした。彼が〝歩いた〟というのは正しくない……ちょこまかした。そしてテック1（空間力学概論――一般人文学生は必修）の実験室の通路を行きつもどりつちょこまかしているとき、モンスターをつつきだしたのである。

この教科で最初に学ぶのはEMF電解。初歩的な実験である。水のはいった一本のU字管を標準的なルモザン磁石の両極のあいだに通す。コイルを通じて充分な電気が流れると、U字管の両腕に水素と酸素が二対一の割合で分離され、その説明を電圧と磁場との関係においておこなうのだ。

オッディは熱心に実験し、所定の結果を得て、研究ノートに書きこむと、正式な評価を待った。小柄なミグはすっとんでくると、オッディに飛びつき、吐きちらした。「済んだか？」

「はい」

ミグはノートの書きこみに目を走らせ、管の両端の表示器を一瞥し、冷笑をうかべて及第点をつけた。オッディが立ち去ったのち、ミグはルモザン磁石が明らかにショートしているのに気づいた。コイルが溶けていた。水を電解する場はそもそも存在しなかったのだ。「くたばれ、ちくしょうめ！」とミグはつぶやき（彼はまた二十世紀の罵詈雑言がお好みだった）、無器用にタバコを巻いた。

ミグは高速電算機的頭脳をふりしぼり、可能性をひとつひとつ消去していった。1・ゴールがズルをした。2・もしそうなら、やつはいったい何の器具を使って、H_2とO_2をふりわけたのか？　3・どこから純粋ガスは出てきたのか？　4・やつはなぜこんな行為に出たのか？　正直に答えたと見たほうが自然だ。5・やつはズルをしていない。6・なぜ正しい結果を得たのか？　7・正しいも何も、なぜ結果が得られたのか？

われらのミグはU字管の中身をあけると、あらためて水を入れ、みずから実験してみた。磁石もないのに、こんどもまた正しい結果が出た。

「この野郎！」と悪たいをついたが、奇跡に感嘆したのではなく、謎に腹を立てたのだ。腹をすかしたコウモリのようにミグは飛びまわり、のぞきこんだ。四時間後、原因がわかった。スチール椅子の脚が、地下にあるグリーソン・コイルの電気を取りこみ、ちょうど良い結果が出るくらいの場をこしらえていたのだ。

「偶然だ」とミグは吐きちらした。だが納得したわけではなかった。

二週間後、オッディは初等核分裂解析のクラスで、得られた同位体をセレンからランタンまできちんとリストアップし、午後の科目を終えた。ただし問題がひとつ——ミグが見るところ、オッディに配られた教材には手違いがあった。オッディはニュートロン衝撃をおこなうU288を受け取っていなかった。彼の標本は、シュテファン＝ボルツマン黒体放射の公開授業の残りものだったのだ。

「くそったれ！」とミグは悪たいをつき、再検査した。そして三たび検査した。見えてきた真相をまえに——器具をきちんと洗っていなかったうえに霧箱に欠陥があり、それがとんでもない偶然によって結びついたのだ——さらに悪たいをついた。また彼は集中的に思索にふけった。

「世の中にはやたらに事故にあう手合いがいる」ミグは自己分析鏡に映るおのれの顔に向かって歯をむきだした。「事故につきまとわれるようなやつ、事故誘引体質だ。では幸運誘引体質というのはどうだろう？　そんなアホな！」

しかしミグは現象をくわえて放さないブルドッグだった。彼はオッディ・ゴールをテストにかけた。実験室のオッディのまわりをひらひら舞い、怒りの歓喜にわめきちらしながら、欠陥器具を使って実験に次ぐ実験をおこなわせた。オッディがラザフォード・クラシック――窒素にアルファ線を照射して$^{17}_{8}O$を得るというものだが、ここでは窒素もアルファ線も使用していない――をみごとに成功させたときには、すなおに喜んで彼の背中をたたいたほどである。つぎにこの小男は調査に乗りだし、すべての鍵となるロジカルかつ奇想天外な偶然の連鎖を見いだした。

ミグはあまった時間を全部つかって、オッディのハーバードでの学生生活を追跡調査した。ある女性天文学者の学内分析医と二時間の話しあいを持ち、ヒグ・クレイトン並びにグレイヴィー＝トレイン・スチュアートから十分ほど事情を聞いた。為替投機クラブ、政治経済メダルほか、片手の指にあまる事件を調べるうち、どす黒い喜びがミグのうちにふくらんでいった。つぎには二十世紀趣味をかなぐり捨てると、ぱりっとしたレオタード姿に正装し、今年になってはじめて教職員クラブを訪れた。

ジアテルミー区画では、透明トロイド盤のまえで四人チェスがつづいていた。このゲームはミグがここで教職についたときから進行中で、おそらく今世紀中に終わることはあるまい。事実、赤の駒を持つヨハンセンは、投了まえに寿命が来たときのために、息子を身代わりとして訓練中である。

例のごとくだしぬけに、ミグは光る盤のところへやってくると、きらめく多彩な駒をまえにぶちまけた。「おい、事故《アクシデント》について何か知っているか？」

「はあ？」とベランビー。彼はここの大学付き哲学者だ。「今晩は、ミグ。きみのいうのは材質の偶有性《アクシデント》か、本質の偶有性《アクシデント》か？ そうではなくて、きみの質問が——」

「ちがうちがう」ミグはさえぎった。「これは申しわけない、ベランビー。別のいい方をしよう。蓋然性強迫なんてものは存在するのか？」

フルゝドニキッシュが自分の指し手を終え、ヨハンセン、ベランビーとともに全神経をミグに向けた。ウィルスンは盤面をにらみつづけている。つぎの手まで持ち時間は一時間あり、じっさいそれくらいはかかるので、ミグはたっぷり議論ができることを知っていた。

「蓋然性強迫《きやうはく》だと？」フルゝドニキッシュがいった。「さして新奇な概念とは言へんな、ミグ。そのテーマの概括《がいくわつ》を《インテグラフ》誌第LVIII巻《くわん》第9号《がう》で見た記憶がある。計算法《はふ》は、もし某《それがし》が誤解してをらなければ——」

「いや」ミグはふたたびさえぎった。「これは失礼、シニョイド。おれが興味を持っているのは、蓋然性の数学とか蓋然性の哲学じゃない。こういおうか。事故を招き寄せる体質というのは、すでに精神分析学の体系のなかに組み込まれているな。ペイトンの最小神経症基準の定理がこれに決着をつけてしまった。だが、おれはその換質命題《オブヴァース》を見つけた。幸運を招き寄せる体質を見つけたのだ」

「ほう？」ヨハンセンがくすくす笑いをした。「われわれに一杯食わせようという魂胆か。そうは行きませんぜ、シニョイド」

「ちがう」とミグ。「おれはまったく本気だよ。正真正銘ツイてる男を見つけた」

「カードで勝つのかね？」

「何をやっても勝つ。とりあえずその仮説だけを頭においてくれ……証拠書類はあとで見せる……とにかく、ここにツイてる男がいる。こいつは幸運誘引体質者だ。ほしいものがあると、それが手にはいる。手に入れる能力のある無しにかかわらず、手にはいるのだ。もし実力をはるかに超えたものをほしがったとすると、幸運、偶然、障害、事故……何やかやが寄ってたかって、要求された結果をつくりだす」

「ばかな」ベランビーがかぶりを振った。「突拍子もなさすぎる」

「経験的に理論を組み立ててみた」ミグはつづけた。「こういうことだ。未来というのは、たがいに相容れない可能事の選択から成っている。いずれかひとつの未来が、できごとの起きやすさとできごとの数のなかから選択される……」

「そう、そう」ヨハンセンが割りこんだ。「起きやすい可能事の数が増えれば、煮詰まってくるできごとの蓋然性は強くなる。初歩的なことだよ、ミグ。つづけろ」

「つづけるぞ」ミグは憤然と吐きちらした。「たとえば、サイコロ投げで蓋然性を論じる場合、予想というか見込みは簡単につく。どのサイコロでも、おたがいに相容れない可能事が六種類あるだけだ。起きやすさは楽に計算できる。どの目が出るかは単純な確率の問題だからな。だが宇宙全体のなかでの蓋然性となると、予想しようにもデータを取り込めたものじゃない。因子が多すぎるのだ。起きやすさを確定できない」

「まさにそのとほりだが」とフルヽドニキッシュ。「あんたのいふ幸運誘引体質者については如何《どう》なんだ？」

「やつがどうやっているかはわからん……だが欲求を強く持つ、というか欲求があるというだけで、起きやすさを変動させられることはたしかだ。ほしがるだけで、この男は可能性を蓋然性に、蓋然性を確実性にまで高められるのだ」

「ばかげている」ベランビーがにべもなくいった。「それができるくらいの先見性と包容力を持った男がいるというのか？」

「全然ちがう。自分のやっていることに気づいていない。何か考えているとすれば、ツイていると考えてるくらいのものだ。そうだな、やつがほしいものとして……うん……何でもいってみろ」

「ヘロイン」とベランビー。

「何だね、それは？」とヨハンセンがたずねた。

「モルヒネの誘導体《いうだう》だよ」フルヽドニキッシュが説明した。「遠《とほ》い昔に生産され、麻薬中毒者向けに売られてゐた」

「ヘロインか」とミグ。「けっこう。さて、ご所望はヘロイン――いまでは入手不能の昔の麻薬がほしいんだな。よろしい。彼がほしがったおかげで、可能ではあるけれど突拍子もないできごと連鎖が引き起こされることになる。まずオーストラリアで化学者がひとり、新しい有機化合物をやみくもに探していて、ふとしたはずみに六オンスのヘロインをこしらえてしまう。そのうち四オンスは捨てるが、理屈に合った手違いで残りの二オンスが保存されてしまう。これにまた別の偶然が加わって、ヘロインはプラスチック・ボウルの砂糖にまぎれこみ、この国のこの都市に運ばれる。そして最後の椿事《ちんじ》として、それがわれらの男のまえに出てくるわけだ。はじめて何の気なしに立ち寄ったレストランで……」

「ラッ、ラッ、ラッ！」とフルヽドニキッシュ。「なんたる因果《いんぐわ》のシャッフル。物事と可能性の斯様《かやう》な揺らぎが……！　これをひとりの男《をとこ》が、本人も気づかず、ただ欲のおもむくままにやってゐるといふのかね？」

「そう。そこが肝心なところさ」ミグはうなり声をあげた。「どういうふうにやっているかは知らんが、可能性を確実性に変えてしまうのだ。しかも、たいていのことは現実に起こりうるから、やつはたいていのことはなし遂げてしまう。神みたいだが、神じゃない。意識してやってるわけじゃないからだ。天使なのさ」

「その天使とは誰だね？」とヨハンセン。

そこでミグは洗いざらいオッディ・ゴールのことをぶちまけた。

「しかし、どういう手を使っているんだ？」ベランビーはなおも食い下がった。「仕掛けは？」

「さあね」とミグはくりかえした。「エスパー連中がどういう手を使っているのか教えてくれ」

「何だと？」とベランビーが叫んだ。「思念のテレパシー・パターンを否定するつもりなのか？　あんたは――」

「そんな気はないよ。ひとつ考えられる解釈をいおう。人間はできごとをつくる。いまさささやかれている資源戦争は、地球資源の自然な枯渇が原因という説もある。だが、そうじゃないことは自明だ。人類が何百年にもわたって浪費してきたからさ。自然現象のうち、自然が起こしているのは案外少なくて、人間が起こしているもののほうがはるかに多いんだ」

「で？」

「わからんってことさ。ゴールはどんどん現象を起こしている。もしかしたら無意識にテレパシー波長で放送しているのかもしれん。放送して、結果を出しているのだ。ヘロインがほしい。放送がはじまる――」

「しかしエスパーは地平線より向こうのテレパシー・パターンは受信できない。直接波だからな。大きな物体も障害になる。たとえばビルとか、あるいは――」

「エスパー・レベルだとはいってないぜ」ミグはどなった。「おれはもっとでかいものを想像しようとしてるんだ。とてつもないことだ。やつはヘロインをほしがる。世界じゅうに放送が広まる。誰もかれもが知らぬ間に、ヘロイン作りの行動パターンにはまりこんで、できるだけ早く作ろうとするんだ。いまのオーストリアの化学者だって——」

「いや。オーストラリアだ」

「そのオーストラリアの化学者だって、半ダースもの合成法のどれを取ろうか迷ってたのかもしれん。そのうちの五種類では、ヘロインはまず作れない。ところがゴールからの一押しで、彼は六番目のものを選んでしまうのだ」

「もし選ばなかったら？」

「そりゃあ、並行的なできごと連鎖がどこで起こっていてもおかしくない。モントリオールでロビン・フッドごっこをやってた子供が、ふっと無人の小屋を探検したくなって、何世紀もむかしに泥棒が隠した薬物を見つける。カリフォルニアの女が趣味で薬ビンを集めていたところ、ヘロインを一ポンドも見つける。ベルリンに住む子供が、欠陥のあるレーダー化学セットで遊んでいたところ、ヘロインをこしらえてしまう。何でもいい、めちゃくちゃなできごと連鎖を想像してみろ。そいつをゴールはロジカルかつ確実に実現してしまうのだ。断言していい、あのぼうずは天使だ！」

そしてミグは書類にまとめた証拠を持ちだし、彼らを納得させた。

このときから、四人の多彩だがまぎれもない知性に恵まれた学者は、運命実現委員会を発足させ、オッディ・ゴールを手中におさめた。彼らがいったい何を目論《もくろ》んだのか、それを知るにはまず、この時代の宇宙情勢に目を向けなければならない。

あらゆる戦争が経済対立に根ざしているというのは周知の事実である。あるいは別のいい方をすれば、兵器によるぶつかりあいは、経済戦争のたんに最後の一戦というにすぎない。紀元前のポエニ戦争は、ローマとカルタゴが地中海における経済的覇権をめぐって起こした金銭トラブルの最後の産物だった。それから三千年後、いつ起こるともしれない資源戦争の影は、経済宇宙のおおかたを牛耳る二つの福祉連邦のいがみあいのフィナーレとして重くのしかかっていた。

二十世紀の石油に相当するものは、三十世紀においてはＦＯ（核分裂性鉱石《フィッショナブル・オア》のニックネーム）であり、その時期の宇宙情勢は、一千年まえ、国際連合の崩壊を招いた小アジア危機にたいへんよく似ていた。トライトンは後進的な半野蛮衛星であり、いままでは見向きもされずにいたが、そこに莫大な量のＦＯが埋蔵されていることがわかったのである。自力で開発するには財力も技術も足りないので、トライトンはその両陣営に採掘権の行商にやってきた。

福祉国家と慈悲深い専制国家との違いはあまりない。危機におちいると、どちらも誠実きわまりない動機から、唾棄すべき行動に出るといったことが起こる。ザ・コメティ・オブ・ネーションズ（礼譲国家連邦、別名〝ぺてん師ども《コン・メン》〟と蔑みをこめて名付けたのはデア・レアルポリティク・アウス・テラ側）と、デア・レアルポリティク・アウス・テラ（脱地球現実政治同盟、または〝ネズミども《ザ・ラッツ》〟と皮肉たっぷりに呼んだのはザ・コメティ・オブ・ネーションズ側）は、どちらも天然資源、すなわちFOを喉から手が出るほど欲しがっていた。両陣営はおたがいヒステリックに値を釣り上げ、前哨基地では激しい小競りあいをくりかえした。どちらも自国民の保護しか眼中になかった。その最善の動機に基づいて、彼らはおたがいに相手の喉くびをかっ切ろうとしていたのである。

　これが両陣営の市民にとっての争点であったなら、なんらかの妥協点は見いだせたかもしれない。だがトライトンは、名声と権力の味をはじめて知った小学生みたいにのぼせあがり、宗教的な争点を持ちだして問題を混乱させ、太陽系ファミリーがとうに忘れていた〈聖戦〉を復活させた。その〈聖戦〉の支援（ここには無害で、たいして重要でもないクエイカーという名の小宗派の根絶も含まれる）が、採掘権にともなう条件のひとつであった。ザ・コメティ・オブ・ネーションズもデア・レアルポリティク・アウス・テラも、ともに無条件でこれを呑む用意ができていたが、市民に向けて公表する勇気はなかった。

　こうして〈少数派セクトの権利〉〈開拓の優先性〉〈信教の自由〉〈現実の占有に対するトライトンの歴史的権利〉等々の火急の争点に名を借りて、太陽系ファミリーの二つの陣営は、試合場《ピスト》上の二人の剣士さながらにフェイントし、パリーし、リポステし、ゆっくりと剣をおさめた。両者の破滅となる最後の決戦に向かって。

こうしたことを四人の学者たちは、三つの会合を通じてだらだらと論議した。「いいか」ミグが不満をぶつけたのは、三回めの会議の終わりに近いころである。「きみら理論家どもは、愚劣な意見割れにとらわれて、すでに九人時《マンアワー》を過酸化してしまった……」

ベランビーはうなずき、ほほえんだ。「それはわたしが常々いっていたとおりだよ、ミグ。人間は誰しも自分が神なら仕事をもっとちゃんとできるのに、という隠れた信念を持っているものなんだ。それがどんなにむずかしいか、いま学んでいるところさ」

「否、神ではない」とフル丶ドニキッシュ。「その配下の総理大臣どもだ。神となるのはゴールだ」

ヨハンセンがたじろぐようすを見せた。「その話は気に入らんな。わたしは宗教心が篤《あつ》い人間でね」

「おたくがか？」ベランビーが驚いて叫んだ。「コロイド・セラピストのおたくが？」

「宗教心篤い人間なのさ」ヨハンセンは強情にくりかえした。

「しかしこの若者には奇跡を起こす力があるのだぞ」フル丶ドニキッシュが反論した。

「おのれの力が如何なるものか教《をし》へられれば、彼は神になる」

「こんなことをしていても無意味だ」ミグはがなりたてた。「つまらん議論のために会合を三つもつぶしてしまった。ミスター・オディッセウス・ゴールについては三種類の対立する意見が出ている。彼を道具として使うべきだという点では誰もが賛成だが、いかなる作業にその道具を向けるかという点では、意見はまったく一致していない。ベランビーは〃理想の知的アナーキー〃をまくしたてるばかり。ヨハンセンは〃神の評議会《ソヴィエト》〃を説き、フル丶ドニキッシュは二時間かけてみずからの理論をうちたてては壊してる……」

「実をいへばな、ミグ……」フル丶ドニキッシュが口をひらいた。ミグは手をふってしりぞけた。

「申しわけないが」ミグは邪悪につづけた。「この議論をいったん幼稚園レベルに下げさせてくれ。やるべきことをやってしまおう、諸君。銀河的合意への到達をめざすまえに、まずわれわれには意見を一致させる宇宙が残されていることを確認すべきだ。おれがいうのは、さしせまった戦争のことだ……」

おれの目から見て、われわれの業務は単純かつ直接的であらねばならない。つまり、神の教育、というかヨハンセンに異議があるなら、天使の教育だ。幸いなことに、ゴールは立派な若者で、気立てもよく正直でもある。彼が生来邪悪な性格であったら何をしていたかと思うと、戦慄をおぼえる」

「あるいは、自分に何ができるか気づいたときだな」とベランビーがつぶやいた。

「そのとおり。まずこの若者に丁寧かつ厳格な倫理教育をほどこさねばならないが、われわれにはあまり時間がない。最初に教育して、心配がなくなってから真実を打ち明けるという方法は使えない。戦争を阻止しなければならないからだ。近道が必要だ」

「なるほど」とヨハンセン。「どういう考えがある？」

「眩惑させる」とミグは吐いた。「魔術をかける」

「魔術だと？」フル・ドニキッシュがくすくす笑いした。「新しい科学《くわがく》かね、ミグ？」

「おれがどういうつもりできみら三人に秘密を打ち明けたと思う？」ミグは鼻を鳴らした。

「きみらの知性か？　くだらん！　知能比べすれば、きみらなどはいちころだぞ。そうではなく、おれが注目したのは、諸君、きみらの魅力だ」

「それは侮辱だ」ベランビーがにこにこした。「しかし、まんざらでもないね」

「ゴールは十九歳だ」ミグはつづけた。「学生が英雄崇拝にいちばん傾きやすい時期にいる。きみら紳士諸兄の魅力を彼に感染させてほしいのだ。きみらは当大学の第一級の頭脳ではないが、第一級のヒーローではある」

「それがしも侮辱されたが、まんざらでもないよ」とフル・ドニキッシュ。

「きみらの魅力で彼を呪縛してくれ、眩惑してくれ、鼓舞してくれ、愛情と畏怖のありったけで……いままで数知れぬ学生たちにやってきたみたいに」

「アハッ！」とヨハンセン。「錠剤をチョコレートでくるむわけだ」

「正解。きみらの魔術が効いてきたら、彼に戦争を終わらせたい気にさせる……つぎに、終わらせる方法があるということを教える。そうしたらこっちにも息抜きの余裕ができ、彼の教育をつづけられる。やがて、きみらへの単純な尊敬に飽きるころには、彼のなかに堅固な倫理的基盤が生まれ、優れた人格をその上に築けるようになる。そうなれば安心だ」

「で、あんたは、ミグ？」とベランビー。「あんたはどういう役まわりなんだ？」

「いまか？　何もない」ミグはうなった。「おれは魅力ゼロだからな、諸君。登場はもっとあとだ。きみらを尊敬することに飽きたら、おれに敬意を払うようになるだろう」

恐ろしいばかりの自惚《うぬぼ》れだが、それはまさに真実だった。

こうして、ことがゆっくりと最後の危機へと動きだすにつれ、オッディ・ゴールは慎重かつ速やかに呪縛にかけられた。ベランビーは彼を自宅屋上にある直径二十フィートの水晶球に招待した……一握りのお気に入りしか招待されない有名な隠れがである。オッディ・ゴールはここで日光浴を楽しみながら、七十三歳にして弛《たる》みひとつない哲学者の肉体美に感嘆する機会を持った。ベランビーの筋肉に崇拝の念がわけば、ベランビーの思想をも崇拝するようになるのは自然の成行きである。オッディはたびたび日光浴に訪れ、この大人物を賛美し、倫理観を吸収した。

その間、オッディの夕べの時間はフルヽドニキッシュが受け持った。パイプをくゆらす、この古めかしい数学者は、まるでラブレーの書から抜け出してきた華麗な人物のようで、オッディは彼の力を借りて高級フランス料理《オート・キュイジーヌ》と完璧な快楽生活のめくるめく高みへ引き上げられた。二人はぜいたくな食事と酒に舌つづみを打ち、ぜいたくな女たちを追いかけ、オッディは五感の魔術と、大フルヽドニキッシュのきらめく観念が生みだす華やかな色彩に酔いしれて、毎夜自分の部屋にもどった。

そして折にふれ……しょっちゅうではないが、帰りつく彼をパパ・ヨハンセンが待っていて、夜更け——若者たちが人生の協和音や存在の意味をさがし求める時間、二人のあいだで長い静かな対話が持たれた。ヨハンセンはまた、オッディが人生を見習う手本でもあった……霊的な善の輝くような化身……信仰と倫理的正気の生きた見本。

クライマックスは三月十五日に到来した……奇《く》しくもジュリアス・シーザーの暗殺された日とあれば、彼らはこれを凶兆と受け取るべきであったろう。教職員クラブで三人のヒーローたちと夕食がすむと、オッディは彼らにうながされてフォト・ライブラリーに向かい、さりげなくジェシー・ミグに合流した。気まずい緊張した空気がすこしのあいだ流れたが、やがてミグが合図を送り、ベランビーが口をひらいた。

「オッディ、きみはこういう妄想をいだいたことはないか？　いつか目が覚めて、自分がほんとうは王様であったとわかるといいな、なんて」

オッディは顔を赤らめた。

「あるようだな。いや、こういう夢は誰でも見るんだよ。ミニョン・コンプレックスというやつだ（ゲーテ『ヴィルヘルム・マイスターの修業時代』に登場する神秘的な少女にちなむ）。よくあるパターンというのは、たとえば——きみの両親はただの育ての親で、きみはほんとうは王家の血筋をひいているとかな。隠れもないあの王国……あの、ええと……」

「ルリタニア」とフルヽドニキッシュ。彼は石器時代文学の研究家でもある（英国の作家アンソニー・ホープの大衆小説『ゼンダ城の虜』の舞台となったヨーロッパの架空の王国）。

「はい、先生」とオッディは小声で。「見ていました、そういう夢を」

「実はね」ベランビーは静かにいった。「それがほんとうになった。きみは王なのだ」

オッディはぽかんと見つめ、三人は寄ってたかって説明し、説明し、説明した。オッディは最初、大学生の目から悪ふざけを警戒し、疑っていた。つぎには崇拝者として、この世でいちばん尊敬する三人に九割がた説得された。最後には生身の人間として、身の安全という名の歓喜の渦に呑みこまれた。権力でも栄光でも富でもない、身の安全だけが彼の胸をおどらせたのだ。あとになれば添え物も楽しむようになるだろう、だが、いまの彼にあるのは恐怖から解放された喜びだけだった。もう二度とくよくよと思い悩む必要はないのだ。

「そうだ」とオッディは叫んだ。「そうだ、そうだ、そうだ！　わかる、わかります、先生方がぼくに何を望んでいるか」彼は感きわまって椅子から立ちあがると、喜びにふるえながら、照明の明るい壁づたいに歩いた。そして足を止め、ふりむいた。

「ありがたいと思っています。先生方のご苦労を考えると、感謝に耐えません。これで身勝手な……卑劣な……自分のことしか考えないとしたら、自分が情けないです。しかし先生方のおかげで進む道がわかりました。この力を善《よ》いことだけに使います。将来もずっと！」

ヨハンセンは満足げにうなずいた。

「先生方のお話はこれからも聞きます」オッディはつづけた。「過ちは犯したくありませんからね。絶対に！」一息つくと、顔を赤らめた。「その、王だったという夢のことですが……子供のころはたしかにそうでした。しかし大学生のいまはもっとスケールが大きいですよ。世界を統治する力があったらどうするだろうと考えるんです。どういう優しい寛大な政策をとるだろうかと……」

「うん」とベランビー。「わかるよ、オッディ。われわれもそういう夢を抱いたものだ。みんなそうさ」

「しかし、もう夢じゃない」オッディは笑った。「現実なんだ。ぼくにはできる。考えたことが現実になる」

「戦争から手をつけよう」ミグは苦々しげにいった。

「もちろん」とオッディ。「最初は戦争。しかし、そこからどんどん計画を進めるんでしょう？　戦争が勃発しないようにします。それから大きなことをはじめるんだ……大事業を。こっそりと、ぼくら五人だけで。ぼくらのことは誰も知らない。見かけはふつうの人間だけれど、ぼくらはみんなの暮らしを豊かにするんだ。もしぼくが天使なら……皆さんがいうようにね……周囲に天国をつくりますよ。ぼくの力の及ぶかぎりの世界に」

「しかし、まず戦争からだ」とミグはくりかえした。

「戦争は、われわれが回避しなければならない第一の惨禍なんだよ、オッディ」とベランビー。「きみがこの惨禍を起こしたくないと思うなら、それは決して起こらない」

「きみだってこの悲劇を防ぎたいだろう、どうだ?」とヨハンセン。

「そうです」とオッディは答えた。「防ぎたいです」

三月二十日、戦争がはじまった。ザ・コメティ・オブ・ネーションズとデア・レアルポリティク・アウス・テラは、戦時体制にはいり、激突した。すさまじい攻撃と反攻が相次ぐなかで、オッディ・ゴールは下級将校として前線の連隊に合流したが、五月三日付けで情報部行きが官報にのった。六月二十四日、彼は統合軍事会議の伝令将校に任ぜられ、かつてオーストラリアの名があった焦土で開かれる会議に向かった。七月十一日には、ずたずたの宇宙軍の指揮官へと名誉進級したが、これは正規将校を一七八九人とびこえての大抜擢だった。九月十九日には、パーセクの戦いで総指揮を取り、勝利をおさめるとともに、太陽系を呑みこんだ大惨禍――〈六カ月戦争〉に終止符を打った。

九月二十三日、オッディ・ゴールは意表をついた和平の申し入れをおこない、生き残った二大福祉連邦の成れの果てはともにこれを受け入れた。これにはたがいに反目する経済理論の解体が必要であり、ついにはすべての経済理論が実質的に放棄され、両陣営の融合による〈太陽社会〉が誕生した。一月一日、オッディ・ゴールは満場の喝采のもと、〈太陽社会〉の永代ソロンに選出された。

そして今日……あいかわらず若々しく元気いっぱいでハンサム、あいかわらず誠実、理想家肌、慈悲深く、心優しく、思いやりあるオッディは、いま太陽宮に住んでいる。独身だが、無敵の恋人。抑制に欠けるが、魅力あるホストにして献身的な友人。民主的だが、偉大な封建君主であり、彼の治下にある太陽系ファミリーの形骸は、いま悪政と圧制と貧困と混乱にあえぎながら、晴れやかな喜びに満ちあふれ、オッディ・ゴールの栄光を称える「ホサナ」のみを歌いつづけている。

意識の澄みわたった最後のひととき、ジェシー・ミグはこの荒涼たる状況を教職員クラブの友人たちに総括した。これよりすこし後には、彼らはオッディの大切な私的アドバイザーとして宮殿へ旅立つ予定となっていた。

「われわれは馬鹿だった」とミグは苦々しくいった。「あいつを殺してしまうべきだった。やつは天使じゃない。モンスターだ。文明と文化……哲学と倫理……そんなのはオッディがかぶっている仮面だったのだ。無意識の心にひそむ原初の衝動をおおい隠す仮面だったのだ」

「あんたはオッディが誠実ではないというのか？」ヨハンセンが陰気にいった。「この残骸……この廃墟……これを彼が欲していたというのか？」

「いや、やつは誠実だよ……意識の表面ではな。いまでもそうだ。やつは自分では、最大多数の最大幸福以外には何も望まないと思っている。やつは正直で親切で寛大だ……しかし意識の表面では、ということだ」

「そうだ！　イドだ！」とフル丶ドニキッシュ。腹にパンチを食らったように、どっと息を吐きだした。

「わかるかね、シニョイド？　そうだ、わかっているな。諸君、われわれは低能だった。われわれはオッディが力を意識的にコントロールすると思いこんでいた。ちがうんだ。コントロールは、思考のレベル、理性のレベルより下の部分でおこなわれるんだ。コントロールはオッディのイドでおこなわれるんだよ……万人の心の奥底にひそむ原初的な利己主義の大貯蔵庫だ」

――だから彼は戦争を欲した」とベランビー。

「彼のイドが戦争を欲したんだ、ベランビー。イドの欲するものに到達するいちばんの近道が戦争だったのだ……宇宙の支配者となり、宇宙に愛されるという……そして彼の〈力〉はイドがコントロールしている。われわれはみんな、自分のうちにあの身勝手で自己中心的なイドを持っている。飽きることなく満足を求め、時を超え、死を超え、ロジックも知らず、価値も知らず、善悪も知らず、道徳も知らない——そいつがオッディのなかにひそむ力をコントロールしているんだ。これからもやつが勝ち取るのは、教養が欲しているものより、イドが欲しているものになるはずだ。こののっぴきならない葛藤のおかげで、太陽系はおそらく破滅だろう」

「だが助言役のわれわれがいるじゃないか……相談役の……ガイド役の」ベランビーが異議をとなえた。「来てくれと彼が要請した」

「そりゃ、われわれのアドバイスを聞くだろうさ——もともと良い子なんだから」とミグは答えた。「こっちの意見にうなずき、万人のための天国を現出させようと努力する。そのかげで、やつのイドは万人のための地獄づくりに精を出すわけだ。オッディはユニークなんじゃない。われわれはみんなおなじ葛藤をうちにかかえている……だがオッディには力があるんだ」

「どうしたらいい？」ベランビーはうめいた。「どうする？」

「わからん」ミグは唇をかんだ。つぎにパパ・ヨハンセンに向くと、詫びるように頭をぺこぺこさせた。「ヨハンセン、あんたは正しかった。神はきっと存在するにちがいない。少なくともオッディ・ゴールに対立する何かがいなきゃいけないはずだ。あいつが悪魔の発明であることは絶対たしかな事実なんだから」

だがジェシー・ミグの口から出た正気の発言はそれが最後だった。いまではもちろんミグは、剛勇者ゴール、護民者ゴール、極上無窮の神ゴールを賛美している。われわれみんなが誕生のときから無意識にいだく憧れ――野蛮にして利己的な満足を勝ち取った唯一のひと、オッディ・ゴールを。

危険！　幼児逃亡中

C・L・コットレル

Danger! Child at Large

1

ジルは影のなかにさがり、車の速い流れをやりすごした。遠くでサイレンの音、それは目の前をビュンビュン走りすぎる車の合間あいまに聞こえた。どの車にも人がたくさん乗っている。みんな、ひどく急いでいるようだった。どこへ行くのだろう、とジルはちょっとのあいだ思った。

そろそろ夜で、疲れ、おなかもすきはじめている。森やそのあたりをさんざん探検し、遊んできたが、もう興味はなかった。この道を行けば町があることをジルは知っていた。プラン先生が何回も話すのを聞いていたからだ。ジル自身、一度行ったおぼえがあるような気がした。町なら人がいっぱいいて、食べものや寝るところも見つかるだろう。それに、学校から逃げるのももう楽しくなっていた。帰ったほうがいいかとも思ったが、どの道を行くのか見きわめがつかなかった。町へ行って何か食べよう、いまはその考えのほうが先だった。

車の流れにむかいあって、ジルはハイウェイの外側を歩きだした。車はまだやってくる。ただ、数が前より多くないだけだ。すごい音を出すオートバイに乗った警官も、めったに通りかからない。道路ぎわに乗用車やトラックがたくさん停められている。それらは、まるで何かを待っているようだった。ジルは怪しむように道路からはずれ、木々のかげを歩いた。ときおり空に目を上げ、太陽が木々のなかにおりたかどうか確かめる。日は暮れかけていた。ジルは、道を通る人びとに見られたり声をかけられたりしたくなかった。とにかくいまは。

木の下を歩くのっておもしろい、とジルは思った。ちょっと時間がかかるけれど。それに暗くなってきている。ジルは暗闇が好きではなかった。木の上はもっと明るい。

ジルは木々のすこし上まで浮かびあがり、やがて町のはずれに着いた。大気をクッションのように踏みながら立ちどまり、音もなく、大木の枝のなかにあとじさる。行く手の道路に、たくさんのトラックが見えたのだ。どれも動いていない。まわりには、おとなや子供がいっぱい群がっている。ほかにも、小さなグループに分かれてひっそりと立つ男たち。ゆったりと一列に散開しているグループもある。男たちの手には銃があった。

ジルは銃がこわかった。大きな音をたてるし、怪我をするからだ。町にはいって何か食べたかったが、銃を持った男たちがこわかった。町にはいる道を行けば、きっと人に見つかるだろう。町にはどうしてもはいりたい。けれど道がない、ただ……ただ……

……そして、ジルは町にはいった。

町中にみちる明かりに、ジルの胸はおどった。これほどさまざまな色やまたたく光をいままで見たことはなかった。だが、ひどく静かだった。人間社会のノーマルな騒音の欠如を、ジルは知識で、というより、感覚的に知ったようだった。通りを歩き、人をさがした。犬を見つけ、追いかけたが、犬は怪しみ、おびえたようにこそこそと逃げだした。首をめぐらすと商店のウィンドウが目にとまり、うれしさに金切り声をあげた。新しい発見の前に、さびしさは吹きとんだ。お人形！　おもちゃ！　ごらんなさい！

ウィンドウに顔を押しつけ、うっとりと見つめる。いままで見たこともないほど大きく美しい人形のながめを心ゆくまで楽しんだ。急にその人形がほしくなった。あれをもらおう。

ジルはドアのところへ行き、ラッチに手をかけた。ひっかかっているんだ、小さなこぶしに力をこめてジルは思った。思いきり取っ手をひねったが、か弱い力では外れなかった。がっかりし、泣きそうな顔でドアから離れる。ウィンドウのなかの人形にふたたび目をやるうち、かすかな怒りの波が押しよせた。あの人形がほしい！

ジルはもう一度ドアに挑むと、取っ手をつかんで思った。あきなさい、さもないと……

いきなりドアがあき、勢いでなかにひきこまれそうになった。急いでかけこみ、ふいに立ちどまる。わあ！　おもちゃがいっぱい！　外の人たちが持っているような銃まで！　それから、熊さん人形《テディベア》、ゲーム――何もかも。

目を輝かせて歩きまわる。空腹も眠気も、すばらしい発見にすっかり消えうせていた。

熊さん人形をひとつ抱きかかえる。それはキューキューと鳴き、ジルは笑った。つぎに小さな赤い乳母車に乗りこむと、おもちゃに囲まれた通路を思いきり走らせた。乳母車は揺り木馬をひっくりかえして止まった。ジルはおもちゃの飛行機を宙にとばした。飛行機は天井に舞いあがり、おりてきてガラスのカウンターの上を横切ると、その翼で小さなぬいぐるみをはじきとばした。

「あたしだって飛べるのよ、もっ、と、う、ま、く」

また空腹を感じはじめ、ジルは思った。食べもののある店を見つけたほうがいい。何か食べよう。

ジルは人形を三つかかえて店を出た。ウィンドウにある大きな美しい人形のことは忘れていた。

ジルはたったひとり通りを歩き、食べものをおいてある店をさがした。なぜこんなに静かなのか、なぜ人がいないのか、それがかすかに気にかかった。ちょっとおびえてもいた。不安げに周囲を見まわしながら、ジルは歩きつづけた。

まだ八つの少女であった。

2

町の手前に来て、非常線の警備にあたる隊の前で車が停まると、ゴードンのなかにふたたび疑惑が頭をもたげた。今度もとりたてて変わったところはなかった。担当の少佐が、一行ひとりひとりのパスを多少念入りに調べただけ。やがて少佐が「けっこうです」と、大佐にいった。二台の車は、あけわたされた町をめざした。町の入口、橋をわたったところで車が停まったのは、夕闇が深まりはじめるころだった。隊長のバティン大佐が先におりた。大佐は、全員におりるよう合図した。

みなが集合すると、大佐はいった、「ジョリー中尉とあと二人は、トレーラー・トラックを爆弾の落下地点にさしむける」そして中尉にむかうと、「慎重にトレーラーに積んで、できるだけ早く町のそとに運びだせ。わたしは指令車で町を巡回する。まだこちらに情報のはいっていない略奪者がいるかもしれん。わたしを待たなくていい。爆弾を積みおえたら、まっすぐ砂漠へむかうんだ。そこですることはわかっているな。おちついてやれ。危ない荷物をしょいこむんだ。それから、わたしの命令があるまで、非常線警備の指揮官に、町に人をいれる許可を与えるな！　無線受信機はつけっぱなしにしておけ。何か異常を見たり聞いたりしたら、すぐこちらに知らせるように」大佐はゴードンに目をやった。「ゴードンさん、あなたはジョリー中尉に同行してください」そして一同をふりかえり、「それだけだ」といった。

それが第三の不思議だった。ゴードンには合点がいかなかった。なぜ大佐は重要な仕事を部下にまかせ、いるかどうかもわからない略奪者をさがそうとするのか？　また、なぜ大佐が連れてゆくなかに民間の「専門家」が二人もおり、それに対し航空兵は二人しかいないのか？　どちらも空軍憲兵でさえない。さらに二人の民間人、プランとフォーブズというのは、そもそも何者なのか？　帰ったらすぐ彼らの前歴を洗ってみよう、ゴードンはそう心に決めた。

ゴードンはトラックのうしろにとびのり、伍長と並んだ。伍長はにやりと笑うとタバコをさしだし、「専門家かね？」といった。

ゴードンはタバコを辞退した。「落ちた爆弾とは関係ない。というより、別に何の専門家でもないよ」

「あと二つきいていいかい？」と伍長。

「こっちも隠しごとは好きじゃない。ぼくは記者だ」

「大佐は、あんたをあまり歓迎してないようだったね」

「それは気がついた。それも謎なんだ」

「この仕事が相対的にあんまり重要じゃないことを考えると、そう見てもいいな」

「重要じゃない？　放射性のちりをまきちらす爆弾の回収作業を、重要じゃないというのか？」

「相対的に、といったんだ」伍長はすいかけのタバコを靴底で踏み消すと、通りに投げ捨てた。「飛行大隊を指揮する大佐がこんな仕事をするってのが、ちょっとおかしい。おれは不思議な気がしてたんだ。はじめは名前を売りたいのかと思ってた。ところが、あんたの扱いを見ていると、そうじゃないらしい」

大佐はゴードンにあからさまな敵意を見せていた。事件を特別取材する許可を得て、知事からじきじきに交付されたパスをさしだしたとき、大佐はこういったものである、「歓迎はできませんな、ゴードンさん。それだけは、まず知っておいてください。今後は直接わたしの命令に従うこと。違反があった場合には、連邦政府の扱いになります——州知事なんぞ、くそくらえだ！」

ゴードンにとって、それは充分に威圧的だった。しかし命令にそむきたくなるほど重要な任務だとは、どうしても思えなかった。疑惑第一号は、大佐にこういった直後に訪れた、「この程度の事件にですか、大佐？」すると大佐はゴードンをにらみつけ、葉巻を口につっこむと、ぷいと行ってしまったのだ。

これは本当に小さな事件なのだろうか？　ゴードンは首をかしげたものである。半減期の短い放射性のちりを内蔵した遅発爆弾が、不慮の事故で町に投下された。六時間後には、町は完全にあけわたされ、州軍の非常線が周辺にはりめぐらされた。町の住民が早まって帰らないよう、また略奪が行なわれないように警戒するためである――もちろん、いつ放射性のちりをかぶるかもしれない町で、略奪をはたらくような酔狂なものがいればの話だが……。それに、爆弾は午後に投下され、空軍は真夜中までに撤去すると約束した。

たしかに軍部にとって、これは厄介な問題だろう。爆弾を誤って町に落とした責任はある。軍部の困惑は想像できる。大佐がぴりぴりしているのは、爆弾を落とした飛行機が、彼の指揮する大隊の機であったせいかもしれない。マスコミの注視が、彼の軍務に有利なはずはない。

トラックは街なかを走りつづけた。何回も角をまがり、すべての交通信号を無視した。すれちがう車はない。自動車のたぐいは、まったくといっていいほど町から姿を消していた。ときおり、タイヤがぺしゃんこの車や、ボンネットがあがったままの車が目にとまる。車の持主が、町から避難するもっと確かで速い方法を見つけたのだろうか、ドアがあけっぱなしになっているものもあった。

だが町の外では、何百台という乗用車やバスやトラックが道路ぎわにずらりと行列しているのだ。そして人びとは、空軍が不快と不便の原因を取り除いてくれるのを苛だちながら待っている。犬や猫が自動車のまわりで騒々しい追いかけっこを演じ、混乱をいっそう広げる。なかには、まごつく親をそばに立たせ、車のうしろにしゃがみこむ子供もいる。近くに停まったアイスクリーム屋の車からは、運転手がうらめしげに群衆をながめ、からっぽの車に目をもどしている。ピーナッツ売りは最後のピーナッツ袋を売りおえたところ。パン屋のトラックの運転手は、口笛を吹きながら金勘定にいそがしい。この事態を歓迎しているものもいるのだ。

トレーラー・トラックはとある十字路に近づき、停止した。ゴードンが乗りだすと、爆弾が目にとまった。それは、ガソリン・スタンドの敷地に半分がたはいって横たわっていた。特大のパラシュートが、取り外されもせず、微風に弱々しくはためいている。警備兵がひとり、目立たぬように片足をのばし、火の消えていないタバコを踏むのが見えた。中尉はこの規則違反については何もいわなかった。「楽にしろ、軍曹。荷物をひきとりに来たんだ」と警備兵にいった。

軍曹は敬礼し、にっこりした。「さびしくて、ちょっと参りました、中尉。街がこんなに死んだようになるとは思わなかった」

「ライフルをトラックに入れて、手を貸してくれ、軍曹」

中尉と軍曹がトレーラーの連結をはずす一方、伍長がウインチを都合のよい位置にまわした。ゴードンは手伝おうと進みでたが、中尉から、さがるようにと合図がとんだ。彼がぼんやりとたたずむうちに、伍長はトラックをバックさせ、巻上げ機のチェーンを爆弾のすぐ上におろした。伍長はついで、爆弾の胴体の前と後ろに重い帯金をまわすと、フックをおろし、帯金につないだチェーンの下に入れた。その間、中尉と軍曹はトレーラーを移動させ、巻上げ機で吊りあげられた爆弾がぐるりとまわって、まちがいなく支持架におさまる位置に停めていた。爆弾をトレーラーにみちびく作業は、軍曹と伍長が受けもち、中尉は巻上げ機を手で操作した。ようやく支持架におさまると、伍長が残りの帯金で、それを振動吸収装置のあるトレーラーの床に固定した。はためくパラシュートは、軍曹ができるだけ小さな玉に丸めこみ、帆布の袋に入れてトラックのうしろに投げこんだ。つぎに中尉の運転でトラックは向きを変え、トレーラーとトラックの連結部が重なる位置に移動した。伍長がピンをさしこみ、安全チェーンをとりつけた。全過程は二十分足らずで終わった。

万端ととのうと、中尉はゴードンにトラックに乗るように合図した。ゴードンがすわると中尉がいった。「なんでこんな騒ぎになるのかわからん。安全装置はかかったままだ」

「それから、妨害阻止メカニズムがどうとかいうでたらめ」伍長がいった。「あれは、じっさいの戦闘のとき使われるだけなんだ！　いまこのあたりでは作戦行動は行なわれていない」

「空軍基地の指揮官が、この二つの事実を知らないということはありうるのかな？」ゴードンはいった。

「まあね」と、軍曹。「大隊の装備担当将校に確認をとらなきゃ、大佐だってはっきりとはわからない」

中尉がいった、「爆弾の安全装置は、投下の直前にパイロットが外す」彼はためらっていた。「どっちにしても、安全装置を外したってどうにもならん。爆弾はからっぽだ」

「ということは？」と、ゴードン。わけのわからぬ発言だったのだ。

「爆発物がはいっているにしては軽すぎるんだ」

大佐はそれを知られたくなかったのだろうか？　ゴードンは思った。もしそうなら、なぜ大佐は彼を同行させず、ひとりでここに来させて欺瞞がわかるようにしたのか？　大佐は、これが欺瞞であることを知っているのだろうか？　また、こんな手まで使って、いったい何を隠そうというのか？

「出かける前に、中尉」爆弾を警備していた軍曹がいった、「これは話しておいたほうがいいと思うのですが、略奪者を見たような気がします」

「なんだって？」中尉が大声をあげた。

「はい。奇妙な物音はたしかに聞こえました。そのひとりは目撃しました。ほかにも何人かいるようです」

「なぜそう思う、軍曹？」

「見えたのは子供でした、中尉」

「子供？」

「はい。小さな子です。八つか十、せいぜいそれくらいでしょう。たしかなことはいえませんが、少女だったように思います」

「人のいない町で小さな女の子が何をしてるんですって？」伍長がちゃかした。

「どこで子供を見た？」中尉がきいた。

「四ブロックばかり先を、逆方向に歩いていくところでした。暗くなってきたところです。細かいところまではわかりません」軍曹は西の通りを指さした、「日ざしがまぶしくて」

中尉はちょっと考えたのち、手をのばしてマイクをとると、送信機のボタンをひねった。

「バティン大佐」

ほとんど間をおかず、スピーカーから大佐の声が答えた。「ジョリーか？」

「こちらジョリー中尉です。警備の軍曹が略奪する音を聞いたと報告しました。ひとりは目撃したようです」

「どこで？」

中尉はおおよその位置を教え、つけ加えた、「軍曹の話では、小さな少女だったということですが」

スピーカーから驚き、あわてたような声。「軍曹を出せ、、、！」

軍曹がマイクをとった。彼は中尉にした話をくりかえした。終わると、大佐の要請で、マイクは中尉のところにもどった。

「ジョリー中尉、爆弾を砂漠に運べ。それから、非常線担当の少佐に、わたしから直接許可がおりるまで町にだれも入れるなと念を押しておけ」

「わかりました。それだけですか、大佐？　送信終わり」中尉はマイクを切って言った。

「よし、大佐の話は聞いたな。行こう」

ゴードンはためらい、やがて言った。「中尉、ぼくは残る」

中尉はゴードンを穴のあくほど見つめたが、民間人に命令する権利はないと考えたのだろう、こう言った。「べつに止めはしない。大佐は気にいらんだろう――しかし、首をかけるのはあんただ」

ゴードンがおりると、中尉たちは出発した。彼は消えてゆくトラックを見送った。走行をなめらかにするジャイロ安定機があるので、爆弾輸送トレーラーは流れるようにそのうしろに従っていた。

3

ジルは、ウィンドウにあるお菓子に目をとめた。なんてきれいでおいしそうだこと！

ナッツやロリポップ、ペパーミント・キャンディやマシュマロ。それから、あのチョコレート、見ただけでもおいしそう！

決断が心にかたちをとった。あのお菓子をもらおう――全部。でなくとも、手に持てるだけ。両脇に三つの人形をたくしこむと、片手をのばし、ラッチをひねった。人形をかかえたままのジルには、ドアは大きすぎ、重すぎた。ちょっとのあいだ考えたが、人形をたくさん持ちすぎていることに気づき、一つを歩道においた。するとラッチはあけやすくなった。ドアがかすかにきしみ、奥にひらいた。なかにはいったジルは、その店も、いままで見た全部の店と同じように、人がいないことを知った。とすれば、自分でやらなければならない。

ウィンドウに歩みよると、中に手を入れ、陳列してあるお菓子をいくつかとった。チョコレートのなかには、持っているうちに融けだすものもあった。ドレスで手をふいたが、すこしやましい気がした。プラン先生はきっとこわい顔をするだろう。口いっぱいにほおばったため、口のはしからよだれが溢れ、あごを伝った。数分後には、ジルは自分が必要としていた以上にお菓子を食べすぎ、食べるのはますます苦しくなってきた。まもなくジルはあきらめた。だが、明日のことを考える先見の明はあったので、ドレスの小さなポケットにできるだけたくさん詰めこんだ。ためらったのち、これだけでは足りないと考えなおした。前に商店の人たちを見たときのことを思いだし、ジルはカウンターから紙袋をとると、カウンターのなかのトレイからいちばんきれいなお菓子を選んで、紙袋にいれた。おなかがへったら、これを食べよう。

いままでは眠くなっていた。一日中、歩き、飛びまわって疲れてしまったのだ。横になってすこし眠ったほうがいいと思ったが、ベッドがなかった。もしかしたら、店の奥にあるかもしれない。もう一度カウンターをまわると、うしろのドアをあけた。お菓子の箱をおいた長い棚が見えた。棚は何段もあって、その上にきちんと紙につつまれたお菓子の箱がたくさん並んでいる。狭い部屋を見まわしたが、ベッドどころか寝椅子さえなかった。がっかりして、ジルは店の入口にむかった。おもてに出て、歩道の人形をとろうとしたところ、人形とお菓子を全部は運べないことがわかった。そこで、お菓子の袋のほか、いちばんきれいで大きな人形を二つ持っていくことに決め、もうひとつはそのまま歩道に残した。

通りを歩くうち、ウィンドウのなかにベッドが並んでいる店を見つけた。通りを横切り、ドアをあけようとした。お菓子と人形をおき、両手を使ったのに、ドアはあかなかった。もう一度もっと力をこめてやってみたが、それでもあかない。だんだん腹がたってきた。三度めが失敗すると、怒りがたちまちふくれあがった。ドアに対して、また、それをあけられない自分の無力さに対して、ジルは子供らしい悪たいをついた。そしてうしろにさがると、ありったけの力を出すため身構えた。サイ能力。ジルにはわからないが、プラン先生はそう呼んでいた。

学んだとおりに、心のうちに力が集まるのを感じながら、ジルはそのエネルギーを高めていった。そして、いっぺんに解きはなった。

「あっ、たいへん！」思わず独り言がもれ、ジルはすこしまごついた。ちょっとばかりやりすぎたのだ。プラン先生が見たら、またこわい顔をするだろう。はじめの考えでは、ドアはたんにちぎれ、吹きとぶはずだった。ところが、ドアはずたずたに裂け、内部にとびこむと、その勢いで周囲の壁と天井の一部を引きずりこみ、同時に大きなウィンドウを割ってしまったのである。残骸は家具をいためつけて道を切りひらき、つきあたりの壁に激突した。ベルがけたたましく鳴りはじめ、ジルはとつぜんの音におびえてとびあがった。

プラン先生が自分を叱るためかけつけてくるような気がして、ジルはあたりを見まわした。近くに人影はなかった。サイ能力をこんなことに使ったと知ったら、プラン先生はおこるにちがいない。考えや力をコントロールするように、というのが先生の口癖だからだ。

さあ、どうしよう、とジルは思った。ドアはあいた。けれども、ベッドはウィンドウにある。ウィンドウのなかのベッドに眠る気はしない――たとえ人がどこにもいなくても。

とつぜんジルは、店内にもベッドがあるのに気づいた。ずたずたの入口を抜け、大きな部屋にはいる。かすかな喜びの声が喉からもれた。こんなにたくさんのベッドルーム！　壁にそって、小さなベッドルームがいっぱい！　ジルは嬉々として部屋から部屋へと走り、ベッドやカバーのきれいさ、何もかものすばらしさにいちいち感嘆の声をあげた。やがて最後のベッドにたどりつくと、そこで寝ることに決めた。いちばんきれいなベッドだ。それに疲れきっていた。

お菓子の袋を注意深くたんすにのせると、ジルは靴をぬいだ。そしてベッドカバーをおろしたのち、人形を枕の両側におき、毛布にもぐりこんだ。ベッドにはシーツがなく、すこし失望した。服を着たまま寝るので、ちょっとやましい気もあった。

だが、ベルの音にも子供らしい悩みにもわずらわされることなく、たちまち眠りにおちていた。

ゴードンは、軍曹が最後に子供を見たという方角にむかって歩いていた。町にはすっかり夜のとばりがおりている。明かりはほとんどなかった。街灯——その一部——が自動的に灯った以外は、町の住民が避難するとき消し忘れた明かりがいくつかあるばかり。なぜか建物に身を押しつけるようにして、彼はゆっくりと注意深く通りを歩いた。遠くで車の音が聞こえたような気もしたが、確信はなかった。だが、はるかな列車の汽笛はたしかに聞こえ、音はいっしょに煙のにおいも運んできた。鼻をくんくんさせると、においは消えた。想像だ、とゴードンは思った。こんなところでは想像力は無限にひろがる。

どこかの建物から、電話のベルが聞こえてくる。ベルの音は、ゴードンが通りを進むにつれて小さくなったが、やがて不意にとぎれた。エア・コンディショナーのはたらきだす音が聞こえた。避難騒ぎでだれかが料理用ストーブの火を消し忘れたのだろう、じゃがいものこげるにおいがただよっている。とある路地を通りすぎるとき、静けさを破ってとつぜん悲鳴がひびきわたり、ゴードンは肝をつぶしてとびあがった。悲鳴と思ったのは、すぐに、発情した二ひきの猫のギャーギャー声とわかり、彼は声にだして自分をのろった。

通りの先にある建物から、音が聞こえてくる。立ちどまると耳をすまし、音の正体をつきとめようとした。そして油断なく前進した。人の声だ。ゴードンは、声が流れてくる店にむかって影のように忍びよった。ドアに手をかける。錠はおりていない。人の姿はない。ドアをそっとあけ、中にすべりこむ。静かにドアをしめると、見まわし、「なんだ、くそっ！」と乱暴な声をあげた。

棚の上にテレビがあり、アナウンサーがニュースを伝えているのだ。店の主人が、逃げるとき、あわててスイッチを切りそこねたのだろう。

「……以上が、現在までにはいった国際ニュースです、地方のニュースとしては、今日の午後シルヴァートンの町に落下した爆弾にかんする件で、先ほどもお伝えしましたとおり、軍の回収班が住民の避難した町にはいりました。爆弾は、空軍爆撃機が定例の訓練飛行のさい誤って投下したもので、近くの空軍基地当局の発表では、投下されたのは、放射性のちりを内蔵した演習用爆弾であるということです。飛散式のこの爆弾には、真夜中までに爆発するようにセットされた遅発ヒューズがとりつけられています。また、それには、妨害阻止装置と攪乱遮蔽機構がそなえられているということです。これらの回路は絶対に故障がおきないとされ、撤去にあたって空軍がどのような方法をとるものか注目されています。ともあれ、回収班が運びだせない場合には、爆弾はその場に残され、回収班は町からの撤退をよぎなくされることになります。爆発のさいには、半減期の短い放射性のちりが周囲一帯にとびちりますが、風がある場合、汚染が町の他の区域にひろがる可能性も残されています。ただし、放射性のちりの寿命はこの特殊な爆弾の場合、わずか六時間なので、町の人びとは、おそくとも明朝までには日常活動に復帰できる見込みです。人びとの避難は、附近の空軍基地から出動したトラックと州軍の協力によって、すみやかに整然と行なわれました。現在は州軍に町の警備が委ねられており、町に通じる鉄道はすべて一時的にストップしています。病院はさいわい郊外にあったため、患者と職員を避難させる必要はありませんでした」

ニュースは続いた。だがゴードンは聞いていなかった。彼はすでに建物から出て、歩道にたたずみ、この不可解な事態について思いめぐらしていた。そのとき、車のエンジンの轟音が耳にはいった。目をあげる。指令車は彼のいる歩道のそばにすべりこんできた。まばゆいサーチライトが彼の顔をまともに照らした。

車のドアがばたんとあき、大佐のどなり声がとんだ、「ゴードン！　こんなところで何をしている！　ジョリー中尉といっしょにいろと言ったはずだぞ！」

「ぼくは記事をとりに来たんですよ、大佐。役立たずの爆弾の撤去よりは、略奪者を追いつめるほうがおもしろい記事になりますからね」

大佐は目を細めた。その声に敵意がこもった。「ゴードン、この町にいるあいだ、きみはわたしの指揮下にある。騒ぎがかたづいたら、きみを処罰するようにじきじきに取り計らってやる。いまは拘禁中だと思え。どんな理由があろうと、このグループから離れるな！」

そうか、とゴードンは思った。大佐は爆弾がインチキであることを知っているのだ。きびしい態度のまま、いかにも腹だたしげに、大佐は車にもどった。うしろのドアがあいたので、ゴードンは声もなく乗りこんだ。となりには二人の民間人がいた。二人とも無言で、こまったようにそっぽを向いた。車は歩道ぎわからガタンととびだすと、ゆっくりと通りを走りだした。

民間人のひとりをふりかえって大佐がたずねた、「あとどれくらいだと思う？」

「はっきりしません」長身の男が答えた。プラン博士だ。出発のとき簡単な紹介があり、ゴードンはおぼえていた。「無指向性ですから」

「何が無指向性なんですか？」ゴードンはきいた。たとえ相手を脅迫してでも何か探りだす覚悟はついていた。

答えはなかった。やがて、もうひとりの民間人——フォーブズ——が「とまれ！」といった。

車はとまった。フォーブズがおり、一軒の店に走ると、立ちどまり、遠くを見ながら耳をすませた。そして向きを変え、何かを拾いあげた。人形だ。大佐、プラン、ゴードンの三人が車からとびおり、フォーブズにかけよった。彼らもフォーブズと同じように足をとめ、耳をすませた。遠くで非常ベルが鳴っている。大佐が懐中電灯をつけ、フォーブズといっしょに人形を調べた。人形のおもて側にしみのようなものがあるのはゴードンにも見えたが、それが何かはわからなかった。ややあって、フォーブズが「チョコレートだ！」といった。

目をあげると、彼らのいるのは菓子屋の前で、ドアがあきっぱなしになっている。

「あの子はどこかこの近くにいる」大佐は店にむかって歩きかけた。

「気をつけて！」プランが叫んだ。「わたしが行きます――あの子のことはくわしい」だが大佐はすでに店内にはいり、フォーブズがあとに従っていた。

ゴードンは、考えをきめかねるように立ちつくしているプランをふりかえった。「プラン博士、どういうことなんですか？　大佐のいった〝あの子〟とは何です？」

「いや――それは――フォーブズ博士にきいたほうがいい」プランはしどろもどろにいった。

大佐とフォーブズが人形を持ってもどった。大佐がプランにいった、「中にはいったらしい。お菓子が床にちらばっていて、持っていった形跡もある。人形にチョコレートがなすりつけられている。これは小さな手のあとだ」

以上を関連づける考えがゴードンの頭にひらめいた。「少女が町を荒す危険があるということですか、大佐？」

大佐はゴードンをにらみつけた。「きみに説明しても始まらんよ、ゴードン。自分のことを心配していろ」彼はプラン に向いた。「何か手がかりは？」

プラン博士は首をふった。そして、ためらいがちに、「たぶん。いま彼女は眠っています。しかしベッドルームのように見える残存記憶がある。ただ一方の壁がなくて、ちゃんとした部屋ではありませんな。同じような部屋がならんでいる」

「ホテルかな？」と、大佐。

「考えられないですね」と、プラン。「壁が三つだけなんて」

「家具店というのは？」フォーブズが口をはさんだ。

「あの非常ベル――」バティン大佐がいいかけた。

4

ジルの眠りは浅かった。慣れない環境がおちつかなくさせたのだ。夢を見、寝返りをうちながらも、この長い年月ではじめて自分のではないベッドに寝ているのに気づいていた。眠りにおちたのは、ひとえに疲労のせいだった。ジルは、ねじれた道を歩く夢を見ていた。両側には、大木と丈の高い茂みが続き、茂みからは見知らぬけものの声が聞こえてくる。ジルはこわくなった。とつぜん、まっ黒な夜がおりた。けものの鳴き声がますます大きく、恐ろしいものになるにつれ、恐怖も高まった。死にものぐるいに走るが、鳴き声はぴたりと歩調をあわせてついてくる。不意に光がもどった。出たところは空地で、ジルは足をとめた。空地のまんなかに、火を吐く竜がいて、口から煙をたちのぼらせている。悲鳴をあげようとするが、声が出てこない。暗い道に引き返そうとするが、足が動かない。サイ能力を集中しようとするが、力がわいてこない。火を吐く竜はだんだん近づいてくる。そして――

ジルはめざめた。

ベッドからはねおき、人形をかきよせる。その一瞬、夢のなか以上に、めざめた環境のほうにおびえていた。目をあげると、近づいてくる怪物が見えた。口から煙を吹いている。それは一本のかぎ爪をむくと、そのかけらをジルに投げつけた。怪物は、ジルをむさぼり食おうと口をあけた。

今度はサイ能力をうまく高められた。怪物は消えた。ジルはふと、自分がそれまで夢を見ていたことに気づいた。あの怪物は、何をしに夢のなかから出てきたのだろう？　そんな疑問が心をかすめた。竜をどこかへとばしたことをプラン先生が知ったら、きっとおこるにちがいない。あの竜も、びちょびちょどろどろしたボールになって、どこかからとびだすのだろうか――前にスティンキーがそうなったみたいに？　あのときにはプラン先生はものすごくこわい顔をして、もう二度と物をどこかへとばしてはいけない、してよいと言うまでするな、と叱ったものだった。ジルはもうすこし考えを続けたが、やがて枕に頭をうずめた。やっぱり、してはいけなかったんだ。

　夢の世界にもどると、恐怖がよみがえった。ただ今度は、そこはひどく混みあった部屋で、まわりにはいろんな人びとがいた。その中でジルをじっと見つめている男がひとり。おかしな格好の男で、いつもジルに従うように動くことから、あとをつけているのだとわかった。ジルはゆっくりとサイ能力を集中した。今度こそ、怪物がもどってこれないようにしてやろう。ジルは怪物がふたたび現われるのを待ちうけた。一分ほどして目がさめたが、それでも待ちつづけた。

　ようやく壁の横から、それが出てくる気配がした。

　防犯ベルのけたたましい音にみちびかれて、彼らは建物をさがしあてた。店の正面が破壊されているので、薄暗い光の中でも見つけるのは簡単だった。指令車はすこし距離をおいて停まり、男たちは忍び足で入口に近づいた。真相はいったいどういうことなのか、ゴードンの疑惑は増すばかりだった。

店の前に来たところで、大佐がフォーブズ博士にいった、「わたしが先にはいろう。話しかけてみる」

「それはまずい、大佐」プランがとめた。「フォーブズ博士のほうがいい。あの子を知っています」

フォーブズ博士がどうして知っているのか？　ゴードンは思った。

大佐はプランの忠告を聞き流した。彼は新しい葉巻に火をつけ、深々と煙をすいこむと、用心深く建物にはいった。

ゴードンはこわれた店内をうかがった。少女がこの破壊に関わりあっているのか？　そんな疑問が心をかすめたが、ばかげている、と即座に打ち消した。

「どうなんだ？」何分かしたころ、フォーブズがいらだたしげにプランにいった。

プランは青ざめた顔で立っている。やがて身をこわばらせ、そのまま車にもたれかかった。ゴードン、フォーブズ、運転手の三人は、けげんな顔で見つめた。

「どうした、プラン？」フォーブズがはりつめた声でいった。

プランが答える間もなく、闇をぬけて何かが近くのコンクリートの上にズシンと落ちた。三人はいっせいに目をおとした。血と肉とずたずたに裂けた青い軍服の混合物、その正体に最初に気づいたのは運転手だった。運転手は、血の気のうせた顔で膝をついた。

「大佐だ！」どもりがちに言った。そして、ゲーゲーと吐きはじめた。

ゴードンとフォーブズは、プランに目をやった。プランは力なく車にもたれたまま、どろどろのかたまりを食いいるように見つめている。

「何がおこった、プ、プ、プラン？」フォーブズがささやき声でいった。「たのむ、教えてくれ！」

「バティン大佐だよ」疲れきった声だった。プランはようやく姿勢を正した。そしてコンクリートの上の、形も定かでない血まみれの物体から目をそむけた。「あの子は目をさましたんだ。こわい夢を見ておびえていた。大佐の顔は知らないし、薄闇のなかでは――」

それ以上の説明はなかった。

「何がどうなっているんだ、フォーブズ？　ど、どういうこと、なんだ？」ゴードンは乱暴に問いかけ、フォーブズの腕をつかんだ。

運転手は大佐の遺骸にコートをかけている。夜気はひえびえとしていたが、男たちは汗をかいていた。

「プランにきけ」フォーブズがいった。「彼には遠感能力《テレパシー》がある」

ゴードンは男の腕から手をはなし、プランを見つめた。「テレパシー？　しかし――」

プランがフォーブズに歩みよった。「あの子はねぼけ半分にやったんだ。いままでは夢だと思いこんでいる。また眠ってしまった。どうする？」

「最初の計画を実行しよう」と、フォーブズ。「二人ではいるんだ。五、六歩あとについて、隠れていてくれ。あの子の反応を見るんだ。チャンスがあったら何かしろ——あの子の注意をひくことなら何でもいい」

プランはうなずいたが、自信はまったくなさそうだった。二人とも少女のことはよく知っている。問題はおきないだろう。しかし、これは異常な環境のなかでの異常な事態なのだ。彼女がどう反応するか予測はできない。

フォーブズは指令車に行くと、バックシートから何やら包みをとりだした。彼は包みを小脇にかかえ、ゆっくりと建物にむかった。プランがその数歩あとに続いた。ゴードンはプランの動きに従った。

建物にはいると、そこは広々とした展示室の中央通路で、プランが散乱するこわれた家具のあいだを注意深く歩いてゆくのが見えた。何か強大な破壊力が通りすぎたのだろう、あらゆる家具が両側にはねとばされている。照明器具や鏡が割れている。だが全部ではない。まだ切れていない電灯もあり、あたりに弱い光を投げかけている。つかのまゴードンは呆然と立ちつくしていた。見るも無残な破壊のあと！　原因は何だろう、と彼は思った。プランが立ちどまった。ゴードンは追いつき、前方に目をやった。フォーブズが、音をたてないよう、慎重に残骸をよけて歩いてゆくのが見える。部屋のつきあたり近くで立ちどまると、そろそろと後退し、かかえていた包みを解いた。

「何をしてるんだ？」ゴードンはかがんで、プランの耳にささやいた。

「静かに」プランはいい、ゴードンの耳元に顔を寄せた。「ピエロの衣装だ——あの子が好きなテレビ番組で、あれに似たのを使ったことがある。あれを見せればおちつくだろうとフォーブズは考えている。多少聞きわけもよくなるかもしれない」

フォーブズはピエロの衣装を着おわり、最後のモデル・ベッドルームにむかってゆっくりと歩きだした。

「きっとあそこだ」プランがゴードンに耳うちした。「行こう」

ゴードンはプランに続いて、陶器をしまう高い飾り棚のかげに隠れた。それは破壊の跡からすこし外れたところにあり、二人を隠す余地は充分にあった。しわくちゃのベッドに横たわる少女に、フォーブズが近づいてゆくのが見える。顔にかぶったピエロの面は、包みから出したばかりなので、しわが寄り、ゆがんでいる。

ベッドのはしに着くと、フォーブズは小声で呼びはじめた、「ジル、ジル——」

プランが悲しげなうなり声をあげ、ひっそりと舌うちした。ゴードンはふりむき、男のようすを見た。プランの目はうつろだった。顔からはすっかり血の気がうせている。また も、ひどい状態におちいりそうな気配だった。

何かがおこった。

飾り棚のかげからふたたび顔をだしたゴードンは、そこで息をとめた。ジルはベッドの上で立ちあがっていた。圧倒的な恐怖が、その幼い顔だちをゆがめている。両脇にかかえこんだ二つの人形。ピエロ姿のフォーブズは、両腕を高くあげた不自然な姿勢で、硬直したように立っている。ピエロの面が顔から落ちた。その瞬間、体がわずかにまわり、彼の顔がゴードンの視界にはいった。それは異様にひきつっていた。すべての静脈が、はちきれそうに浮きあがっている。目はむきだしている。鼻の穴から何かが出てきた――煙だ！そして――戦慄を催す情況とはうらはらに滑稽にも――煙は耳からもわきでると、フォーブズの体はくるりと一回転して倒れた。

フォーブズが死んだことはまもなく明らかになった。大量の煙と蒸気をたちのぼらせて、死体が燃えたからだ。一瞬ののち、そこにあるのは、もはや人体とは見分けのつかぬ黒い燃えかすだけだった。

ゴードンの視線は、フォーブズの遺体から少女に移った。そして彼は悲鳴をあげた。悲鳴で居場所を悟られるであろうことは、わかりすぎるほどわかっていた――フォーブズを抹殺した力が何であるにせよ、それはゴードンをも見逃さないだろう。だが、そんなことにかまっていられなかった。やがて人心地ついて目をあげると、少女は気を失っていた。プランが飾り棚のかげからとびだし、少女を抱きあげた。

「ゴードン！」プランがどなった。

ゴードンは服のそでで口をぬぐうと、力ない足どりでプランのところに行った。死体は見ないように努めた。だが息をとめることまでは考えつかなかったため、近づいた瞬間、吐き気におそわれ、がくがくする足が許すかぎりの速さで走りぬけた。彼は言葉もなくプランを見つめた。

「ゴードン！　たのむ、この子を眠らせるものを取ってきてくれ。気を失ったままにしておくことができれば――」

プランの言葉はとぎれた。少女の頭をなぐって気絶させるのはどうか、ゴードンはぼんやりと思った。だが彼には、そうするだけの気力もなかった。頭も満足に回転しない。おそらくプランはそんなつもりで言ったのではないだろう。ゴードンはよろめく足で店を出ると、指令車に近づいた。車にもたれて体を支え、店の入口を指さす。二人の航空兵はけげんな顔で彼を見つめた。

「あの子を眠らせるものがほしいとプランが言ってる」かろうじて言葉が出た。

二人の航空兵は顔を見あわせ、車を運転していた男が建物へと歩きだした。だが道を半分も行かぬうちに、プランが青ざめた顔でとびだしてきた。

「逃げた！　行ってしまった――おびえている！」

「どこへ行きました？」航空兵のひとりがたずねた。

「わたしが知るか！　問題はそれじゃない。あの子はこわがってる――闇をこわがっているんだ」

ゴードンは当惑し、首をふった。プランの顔は汗でぐっしょり濡れていた。「何をするかわからん！」

「あの子は闇がこわいんだ」

プランの言葉を裏書きするように、半ブロック先の低い建物が鳴動をはじめた。そしてスローモーションの映画を見るように、爆発した——家のなかに巨大なこぶしがあり、それが天井や周囲の壁を押しひろげたかのように。木材や金属の裂ける音、それにまじって痛めつけられたレンガの、腹の底にひびく咆哮《ほうこう》。四つの壁はそれぞれ外側にむかってはりさけ、隣接する建物にめりこみ、正面では通りに散乱した。屋根は崩れ落ちようとするが、落下できない。逆に、常軌を逸した力に押しあげられると、梁や漆喰《しっくい》やタイルを、下以外のあらゆる方向にとびちらせた。

プランとゴードンは車のうしろに避難した。二人の航空兵は車のなかにとびこんだ。ほどなく最後のレンガが地上に落ち、プランとゴードンは車のかげから出ると、破壊された建物をながめた。明かりが少ないので、あたりは薄暗い。断ち切られた送電線から、火花が電柱めざしてのぼってゆく。建物の前にあった消火栓は折れ、水をふきあげている。水音はゴードンの耳にも聞こえた。

車のなかにいたひとりが、うかつにもサーチライトをつけた。男は建物のあった場所にライトを向けた。一瞬——だれもが息をとめた。完全な沈黙がおりた。

サーチライトのまばゆい光のなかにうかびあがったのは、ひとりの少女の姿だった。少女は押し黙っている。遠すぎて、はっきりした顔だちはわからない。だが、その幼い顔が、恐怖と子供っぽい敵意にゆがんでいるであろうことは、プランには想像がついた。つかのま少女はまばゆい光にふちどられて、彫像のように立っていた——つぎの瞬間、サーチライトが溶解した！　悪たいをつき、とびおりる航空兵。内部の電球が爆発し、器具は白熱してあたりに光を投げ、融けた金属をとびちらせた。それはしだいにピンクの輝きに衰えると、光を失い——闇にのみこまれた。

うめき、毒づく声。焼けただれた肉のにおいがただよい、ふたたびゴードンは吐き気におそわれた。

「おれの腕が！」男のひとりがすすり泣いている。

「だれか助けてくれ！」もうひとりの叫び。まもなく、その声はとぎれた。

ゴードンはプランと並んで立った。プランの荒い息づかいと、とめどないつぶやきが聞こえた。

航空兵のひとりがよろめきながら指令車にもどると、マイクをフックから外した。片腕が萎えたようにぶらさがっている。

「助けてくれ！」男は弱々しくマイクにいった。「助けてくれ！」

車のラウドスピーカーから声が流れた。「バティン大佐？　バティン大佐ですか？　どうしました？」

「大佐は死んだ。何もかもめちゃくちゃだ。来てくれないか？　おねがいだ！」

「そちら、だれだ？　どこにいる？　どうしたんだ？」ラウドスピーカーから声がとどろいた。

「来てくれ！　死んじまう！」男は興奮した口調で叫ぶと、マイクを落とし、あえぎながらすわりこんだ。

ゴードンは途方に暮れて見つめていた。手のほどこしようもなかった。物の燃えるぱちぱちという音が聞こえ、通りの先の建物に新しい火の手があがった。少女の姿はない。通りのむかい側、別の方角からも煙が流れてくる。ゴードンがふりかえると、プランは、意識を失った航空兵を司令車に引きずってゆくところだった。プランは男をバックシートに押しこむと、ばたんとドアをしめ、フロントシートにいる男のほうに体をのりだした。

「運転できるか？　非常線まで行きつけるか？　救急班がそこにいる」

ゴードンは、車の運転席のある側にまわりかけた。「ぼくが運転しよう」

プランがどなった。「いかん！　きみはいっしょに来るんだ」彼は車のなかに体をいれ、運転席に移ろうと苦労している男にむかって、もう一度いった、「できるか？」

航空兵は苦しげにつぶやいた。「腕が……」

「やってみろ!」プランはどなった。そしてゴードンにむかい、「いまはわたしの問題だ。あの子をつかまえる。来てくれるか?」答えも待たず、彼は夜のなかに歩きだしていた。

ゴードンはためらっていたが、やがてプランのあとを追った。彼はプランに追いつき、肩をならべた。それから何分か、二人は通りを埋める残骸のあいだを縫うように進んだ。煙で視界はかすんでおり、目が痛んだ。二人とも咳きこんでいた。折れた消火栓のあたりは、足首までつかる水たまりになっていた。ゴードンは送電線が切れていたのを思いだし、その一本に出会わないようにと願った。水から出たほうがよいと注意したかったが、プランは断固とした足どりで歩いてゆく。残骸からぬけだすと、ゴードンはきいた。「子供はどこにいる?」

プランの返事はなかった。考えにひたりこんでいた。

5

街を歩きつづけるうち、二人は、とある低いレンガ造りの建物の前に来た。青白いほのかな光が建物の窓のほとんどからもれている。プランが立ちどまったので、いっしょにゴードンも足をとめた。建物の前には、水のとまった噴水があり、そこにベンチがあった。二人はならんですわった。

「きみが来てくれてよかったよ」プランがいった。その顔は、数分前とは見違えるように老けこんでいた。「これで何もかもが明るみに出る。発表したまえ。アメリカ中に知れわたるだろう、われわれのしていることが——していたことが」彼はいいなおした。「町のあちこちで建物が破壊されるのを、一発の遅発爆弾で説明できるか？　それに、大佐とフォーブズ博士の死——二人はどうして死んだのか？　死ぬものはまだ出そうだ」プランはつけ加えた。サーチライトの融けた金属でやけどした航空兵のことを思いだしたのだろう。「あらいざらい書いてしまえ、ゴードン。そうすれば、神がゆっくり進めようとしているプロセスを、だれも加速しようなんて気はおこさなくなる」

　プランはため息をつき、芝生のむこうの建物を指さした。「ジルはあの中だと思うよ」

「どうしてわかる？」

「わたしは遠感能力者《テレパス》だ」プランはそっけなくいった。

　場ちがいの突拍子もない質問が、何百もゴードンの頭にうかんだ——人の心を読むとは、どんな感じのものなのか？　犬、猫、魚、蜘蛛、そういった生き物の原始的な思考を読みとることができるのか？　またフォーブズ博士や、バティン大佐のことを思いだし、悲惨な死を迎える人間と、最後の瞬間に心が結ばれているというのは、どういう感じだろう…

……

「本屋にいるようにも見えるが、どうもそうは思えない」プランが考え深げにいった。「ジルの心を通して見える、本の並び方からすると、あの建物にまちがいない。図書館だ」

「いったいどうするつもりだ？」

「さあね。どうしようもなければ、薬を使って眠らせたうえで、あとのことを考えるというのが最初の計画だったんだが——出てくるように説得するか？　さっぱりわからんよ」

プランはにがにがしげに言った。「ああいう子供をどう扱う？」

プランは言葉を切り、適当な言いまわしをさがしていた。やがて彼は続けた。

「ゴードン、きみにはわからんだろうが、子供の心にはいるのは大変なことなんだ。おとなの心だってひどいものだ。だが子供はそれ以上だ。子供の心には、ときどき手に負えないような冷たい怒りがわきあがる。それが……」プランはまた口ごもった。「だが、しょっちゅうというわけじゃない。わたしはジルがかわいくてならないんだ」その声には愛情がこもっていた。彼はすこしのあいだ沈黙した。

「ゴードン、わたしには、ジルは自分の子供みたいな気がする。あの子が二つのときから知ってるんだ。歌ったり泣いたり、笑ったり怒ったりするのを見てきた。超能力《サイ・パワー》が育つのを観察してきた。その芽を摘んでしまえばよかったと思う。だが、わたしはそいつに惚れこんでしまったんだよ――ジル自身にも」

「どういう子供なんだ？」とゴードンはきいた。

「奇形だよ。超心理学的な奇形だ」

ゴードンはうなずいた。「わかる。遠感《テレパシー》。観念動力《サイコキネシス》。透視《クレアボヤンス》。そういったものだな」

「きみがあげたのは魅力的なやつだ。有名な能力ばかりだ。ほかにも何十とある、微妙すぎて感知できないくらいなのも。それから、非常に強力で、破壊的なものも……」

プランは口をつぐんだ。その顔は、首吊りにされた男の顔だった。

「ふつう超能力者はひとつの力を持っているだけだ。それすらたいしたことのない場合が多い――テレパスが、人の考えの十パーセントしか読めないとか、ストレス状態にあるときだけとか。またPK（念動能力者）が、ある条件のもとでしか力を発揮できなかったり、重さ数グラムのものを数インチしか動かせなかったり。ところが、たまに変わり種が出てくる――もっと強い力を持った人間だ。人の心を読みたいとき読めるテレパス、十ポンドの物体を動かせるPK、一瞬に百ヤード離れたところへ行けるテレポート（空間転移能力者）。限界はだれにもわからない。世代が変わるごとに、すこしずつ能力は増してゆくらしい。それから、数はすくないが、二つの力をあわせ持った人間もいる。対《つい》能力とわれわれは呼んでいるんだが……。それらの力は、たがいに近い関係にある。たとえば、観念動力《サイコキネシス》と空間転《テレポーテー》位《ション》、予知《プレコグニション》と透視《クレアボヤンス》というように。彼らの力は、当然ふつうより大きくて強い。二つの力が相互に補強しあうのだろうと考えられている。ところが、そういった対《つい》能力者にひとつ共通するのは、成人するまでそれらの力も成熟しないことなんだ――いままではそうだった、と言っておこう。ジルはちがう。あの子は、子供の超能力者だ。それも、わたしが知っているかぎり唯一の」

「うん、わかりかけてきたよ」ゴードンはいった。「まだ子供なので、能力の判定がむずかしいわけだな」

「そんな単純な問題じゃない」プランは力なくいった。「ジルのは、多重能力なんだ。われわれが知るかぎり、ひとりしかいない。あの子は、PKであり、テレポートであり、レヴィタント（空中浮遊能力者）だ。それに、発火能力もある。めったにない強い力だ。その四つの複合が限界まで発揮されたときどういうことになるか、それは想像するしかない」

ゴードンのなかでは、思考が渦を巻いていた。いまのプランの説明を、フォーブズや大佐の死、建物の崩壊、サーチライトの融解などにあてはめようとしていた。これまで見たものが、ジルの能力の一部でしかないとすると――じっさい、その限界はどこにあるのか？

「それで、あなたの役目は？」ゴードンはプランにきいた。

「ジルの両親が、娘の異常に気づいて病院に入れたんだ。そのうち政府がジルの能力に関心を持った。まだ子供なので、扱いが厄介だ」プランは肩をすくめた。「子供には、おとなと同じように理屈をいって聞かせることはできない。児童心理学者が必要だった。で、わたしが選ばれたわけだ――能力をかわれて。さっきも言ったように、わたしはテレパスだ。ところが、ここ二、三年、ジルのやんちゃぶりは、研究所をばらばらにするか灰にするかしてしまいそうな勢いで、それをとめるだけでもひと苦労するようになった。フォーブズ博士は、ジルの研究のために派遣された神経精神病理学者だよ――ジルを研究し、その能力を開発・促進することが、われわれの目的だったからだ――いままではね」

プランは念を押すようにつけ加え、しばらく黙りこんだ。そして続けた。

「その超能力に目をつぶれば、ジルは正常で健康な少女だ。情熱、かんしゃく、残酷さ――どれも子供にはありがちなものだ。子供を持つ親なら、子供がどれほど無茶ないたずらをするかわかるだろう。ただ……ジルはしたいほうだいができる。お仕置きしようとすれば、消えてしまうんだ。逆に、こちらの着ている服を燃やして――笑いながら見ていることもある。ジルを教育するのに、お仕置きとごほうびという普通の手は使えない。ごほうびしかない――だがジルはすぐに飽きてしまった。お仕置きしようとしたところ、手のつけられない興奮状態になった。いつもは、おとなしい、いい子なんだ――だが興奮すると、とてつもない怪物になる」

「それがこの事件とどう結びつく？」ゴードンはきいた。

「ジルは飽きたんだよ。何もかもにうんざりしたんだ。正常な子供たちとは、しょせんつきあうことはできない。だから、今日の午後、研究所からテレポートして、この町に来たんだ。とめようったって、できるものじゃない。もっと早くおこらなかったのが、ふしぎなくらいだ」

「すると――あの爆弾は口実なのか？」

プランはうなずいた。

「なるほど。少女が町に来るというだけでは、住民は避難しないだろうからな」

「そのとおり」プランは陰気な笑みをうかべた。「だが、いまいった事実をすべてのみこむと、町は是が非でもあけわたさなければならなくなる」

「これからどうする？」とゴードンはきいた。

「なんとかとめるさ」プランはためらいがちにいった。「必要とあれば、これを使う」彼はポケットからリボルバーをとりだした。

「使いたくはない」と、プラン。「だが、ほかに何がある？　あの子は危険な存在なんだ。見ただろう、いままでのことは！　おとなの愛情がどういうものか、子供にはわからない。理解できないんだ」彼はやけっぱちにつけ加えた。

ゴードンは薄闇のなかで目をこらし、プランの顔に狂気の徴候をさがした。見あたらなかった。彼はリボルバーを見おろして言った、「本気じゃないだろう？」

プランは悲しげに首をふった。「ほかに方法があるものなら――神さまが、ほかの方法を教えてくださるものなら……」

プランは言いおえぬまま、口をつぐんだ。だがすぐに、「ジルがこの力を持って世界に出ていったら、どうなる？　できないことがあるか？　子供なんだ！　みんなを死なせてまでしてジルを救うことはできん。それに、あの子の超能力は芽ばえたばかりだ！」

ゴードンにはわかるような気がした。彼にも子供が三人いる。もし子供たちが多重能力を持ち、勝手ほうだいを始めたら、世界はどうなるのか？　ぞっとするような考えだった。だが子供たちはかわいい――子供を愛する気持は、彼にしても世の親と変わりない。子供の生命か自分の生命かとなったら、彼はためらうことなくわが身を投げだすだろう。

ゴードンは考えを頭からふりはらった。

「みんなを死なせてまでしてジルを救うことはできん」プランはくりかえした。「方法がひとつしかないかもしれんということは知事もわかっている」

「大佐はどうなったんだ？」とゴードンはきいた。ジルに発火能力があることは納得できた。フォーブズの焼死も、サーチライトが融けたのも、それで説明ができる。だがバティン大佐の死は、彼にはいまだに不可解だった。

「目のとどかないところへテレポートさせたのさ。ジルのテレポーテーションは、自分以外のものには完全にはたらかない――すくなくとも、生きたままとばすことはできない。

肉体組織に何かがおこるらしい」

　ゴードンにとって、このすべては支離滅裂な情報の集積にすぎなかった——理解できないことばかりだった。小さな少女が、そんなすさまじい超能力の持主だとは！

「今夜のできごとは何もかも見た。信じるほかはなさそうだ」とゴードンはいった。「だが、それを全部、その子のふしぎな力のせいだと思えというのは、ちょっと無理な相談だ。コントロールする方法が何かあっていいはずだ！」

　プランはいっとき沈黙した。ゴードンが納得できる説明を考えているようすだった。

「ゴードン、説明するにはこの方法しかない——もちろん、ジルをつかまえるのは先決問題だ。だが、いまのような進み方では、もうじきそれも不可能になるだろう。あの子は今夜の経験を吸収し、どんどん力をたくわえている。ゴードン、ちょっと心をからっぽにしてくれないか？」

　不意に、全景が移り変わるような感覚がおそった。一瞬ゴードンはあわてた。だがすぐに、自分がプランの思考を受けとっていることに気づいた。思考以上のものだ——豊かな感情、生きている何か……

6

ゴードンは、プランの心の助けを借りて、そこにないものを見ているのだった。プランはテレパシーによって、これまでのできごとを見せようとしているのだ。プランの心を通して、ゴードンは他人の人生の断片を生きようとしていた――だれか（ゴードンはわれにかえって思った）――人間でさえないだれかの人生を！

はじめに灰色があった。

いや――黒だ。それも、ただの黒ではない。無色の闇、光の完全な欠如。

ついで――ゴードンの心にイメージが形をとりはじめた――ついで、ひとつの意識、焦燥の芽ばえ。熱があった。圧力があった。震動と軽い衝撃が、外界から伝わってくる。外界？　いったい何の？　ゴードンにはわからなかった。彼の意識がいま宿っている、人間にはほど遠い、知性のない肉塊は、そういった用語で物を考えてはいなかった。外界に何かがあることを知っているだけだった。

それは――肉塊は――外界へ出たいと思った。

時の流れはない。動きと音の果てしない連続だけ。それに触発されるように、恐怖と原始的な好奇心が交互にわきあがり、そして――怒りへ！

外に出たいという欲求は、高まり、ますます高まってゆき――

爆発が五官をおそった。

ぬくもりと圧力は消えた。冷たい荒々しい光が五官を容赦なく打ちのめし、異様な感覚が脈打ち、交錯する。だが、それは外界にいた――

奇妙な、それでいてどこか馴染み深い思考の流れがとつぜん絶え、ゴードンはプランを見つめていた。

「ジルの胎児期の精神だよ」とプランがいった。「ジルは生まれようとしたんだ」

なめらかに嚙みあう歯車のように、ゴードンのなかでさまざまな事実が組みあわさった。プランは投射能力者《プロジェクショニスト》なのだ。自分の思考、感情、経験ばかりか、他人の思考、経験までも相手に投射できるすばらしい能力。プランはこの力を知事とバティン大佐に用い、住民の避難が必要なことを説いたにちがいない。官僚や軍人の心を動かすのに、これ以上効果的な証明法はない。しかも完璧だ。それは――代理経験によって――信じられぬほどの短時間に教育するのだ。

ゴードンは、この男に新たな尊敬の念をおぼえた。しかし、まだ何かあるにちがいない。あるはずだ。

「ジルが生まれようとしたとは、どういうことなんだ？」ゴードンは小声でいった。

「あれが、ジルの誕生なんだ――超能力の誕生でもある。ジルの力は、生まれる前から始まっているんだよ、ゴードン。ジルは生まれたかった。だから生まれたんだ。観念動力《サイコキネシス》を使ってね」

　ゴードンは無言だった。みずから生まれる力をそなえた胎児という観念を、なんとか理解しようとしていたのだ。しかし、あまりにも途方もなさすぎた。

「これはもちろん、ジルの記憶から手に入れた。研究所に来てからだ」プランは続けた。「ジルの能力を正しく評価するのに、これは重要なファクターになった」

「しかし早産児は珍しくない！」

「そのとおり」プランは憂鬱そうにいった。「しかし早産の原因はたいてい医学的なものだ。超心理学的なものじゃない。たいていと言ったのは、母体にこれといった異常はないのに、早産してしまう場合があるからだよ。そういうときには、観念動力《サイコキネシス》がはたらいている可能性もある。たしかなことはわからないが」

「ジルをとりあげた医者は何といってる？」

「産科医はいなかった。着いたときには終わっていた」

　プランはおちつかなげに身じろぎした。「ジルのＰＫ能力は、それからの二年間におそろしく発達し、両親はとうとう娘を手離してしまった。そのうち――ほかの能力が発現しはじめた。ジルがユニークな超能力者であることが、それでわれわれにもわかった。たとえば――」

　ふたたび間があり、転位感覚。

　気がつくと、ゴードンの意識はまたも他人の体のなかにあった――今度はプランの体だ。

プランは眠っている。

眠っているところを、プランは男に揺りおこされた——病院の看護師だ。病院？　そう。ジルが最初に収容されたところ。

「プラン先生！　プラン先生！」看護師はあわてふためいている。「あの子が消えました！」

プランはとびおき、バスローブに手をのばした。「またか？　いつだ？」

「ここ十五分のあいだです！」

「どこだ？」

「わかりません、先生！」

ローブをひっかけると、プランは（ゴードンの意識を内に宿したまま）夏の夜のなかに歩みでた。さがす場所は見当がついていた。

「ジル。おーい、ジリー」小声で呼ぶ。

ガレージのわき、柳の木立ちの近くに、月光に照らされて白いかたちが見えた。ナイトガウンを着たジルだ。プランはそろそろと近づいた。ジルは両手で体をつつみこむようにしていた。夜もおそいので、空気はもう冷たい。だが、はだしのまま立ち、うっとりと何かを見つめている。

「ジル、こんな夜中に何をしてるんだい？　風邪をひくよ」

ジルはプランを見やりもしない。「ジル、さむい。これ、なあに？」指さす。

「蛍だよ、ジル。さあ、中に行こう。あたたかいベッドが待っているよ」

「ほたゆ？　わあ、きえいね！」

幼い顔を感動に輝かせ、見つめている。たれさがる枝やジルの周囲で、蛍のむれは黄色いモザイク模様を描いていた。地平線高くのぼった満月が、柳の枝のあいだから光を投げかけている。かすかな風が、ジルのナイトガウンのすそをはためかせている。

「帰ろう、ジル」プランはささやいた。

「ジル、ほたゆ、すきよ」

「みんな、蛍は大好きだよ、ジル。だけどもう夜だし、おやすみの時間じゃないか。いっしょにおいで」

ジルはぷっと頬をふくらまし、蛍に背をむけた。そして、がっかりしたようにうなだれると、プランの手に引かれるままになった——建物にはいり、長い廊下を通り、階段をのぼってジルの部屋へ。


転位。


また別の遠い日が再現された——

ジルは片手をあごにあてがい、われを忘れてすわっている。暑い日で、ジルは髪をきついポニーテイルに結んでいた。そこは台所に通じる狭い中庭で、フロアにジャムがこぼされている。ジルはその上の宙を夢中で見つめているのだ。

プランは少女のうしろから音もなく歩みよると、ちょっとふざけてポニーテイルを引っぱった。

「ジリーは何をしてるんだい？」

「ほたゆ、みてゆのよ！」

「ジリーのおばかさん！　それは蛍じゃないよ。どこにでもいる普通の蠅さ。蛍は夜しか飛ばないんだ」

ジルは顔をしかめて観察を続けた。やがて承服しかねるように、

「はえじゃないもん。はえと、ちがいますよーっ」

プランは思わず笑った。「だって、蛍は光をだすんだよ。ゆうべ見ただろう、柳の木のそばで。蠅は光らないんだ。ほらね？」

ジルがくすくすと笑った。「そんなら、ジル、ひかい、つくゆ！」

「ジル、蠅は光が出せないんだ。光が出せるのは蛍だけさ。そういうふうになっているんだもの」

「ジル、ひかい、つくいますよーっ！」少女は強情にくりかえすと、またくすくすと笑った。

その瞬間、宙を舞っていた小さな黒い点が、とつぜんぽっと光を放ち、落下した。またひとつ。さらに、またひとつ。プランの耳に、ジルの笑い声が聞こえた。「ほたゆ、ほたゆ！」

「ジル！　何をやったんだ？」

「ジル、ほたゆ、つくってゆの」少女は愉快そうにいった。「まあ、きえい！」

小さな炎の爆発が、空中でおこっていた。それらは中庭に落下すると、コンクリートにぶつかる間もなく、うっすらとした灰の雲となって消えていった。

ジルが何をしたか、プランが思いあたったのはしばらくしてからだった。驚きのあまり、彼は棒立ちになっていた。異様な恐怖、不安の冷気が心に忍びこんでいた。

彼は新しい超能力の誕生を目撃したのだ。

7

二人の男は、ふたたび図書館前のベンチにすわっていた。

ゴードンはベンチにもたれかかり、はずみで倒れそうになった。言葉もなくプランを見つめる。彼はこの男のなかにいたのだ。プランの目を通して物を見、プランが思いだすことを思いだし、プランのすることをした。彼はプラン自身であったのだ。おそろしい、すばらしい経験——

だがプランは、ゴードンが耐えている精神的負担に気づかなかった。プランの目は、希望も未来も知らない男の目だった。その目が閉じられた。顔は石に刻みこまれたようだった。

「まだある。蠅だけでは終わらなかったんだ」プランは疲れきった声でいった。「一ヵ月後には、ジルは重さ五ポンドの鉛の玉を融かすようになり——つぎには十ポンドにあがった。その能力がどんなふうにはたらくか、もうきみにはわかるな」

ゴードンには理解できた。燃えるサーチライトのイメージと、肉の焼けるにおいが鮮やかによみがえった。彼はぞくっと身震いした。「そのうち」とプランはいい、間をおいた。

ゴードンは、プランの思考がふたたび自分のなかにすべりこむのを感じた……

「重いボールをとばせるかい、ジル、どこかへ？」

話しているのはフォーブズだ。また別の日。プランの目を通して、フォーブズが鉛の玉をとりあげ、ジルのほうにころがすのが見えた。鉛の玉は消えうせた。

「どこにとばしたんだい、ジル？」

「ガージよ」

「どうしてガレージにあるとわかるの？」

ジルは軽蔑するようにフォーブズを見た。ばかげた、おとなの質問だったのだろう。フォーブズは笑って言った。「こんなこときくのやめようね、ジル。ボール、もどってくるかい？」

ボールがもどった。それはすこしころがり、スティンキーがじゃれて前足をのばした。

「ティ、ティ、ティンキー！　さわっちゃ、だめ——ボーユ、おもいのよ！」

スティンキーは離れない。尻尾をゆっくりと前後にふりながら、じゃれつくように両前足を鉛の玉にのばしている。

フォーブズがかがみこみ、子猫をなでた。子猫はあおむけになると、のびきっていない爪でフォーブズの手をひっかいた。

プランが口をはさんだ。「もしかしたらスティンキーもどこかへ行きたいのかもしれないよ、ジル」彼らはまだ、ジルに生き物をテレポートさせる実験をしていなかった。

「ジル、わかんない」少女は自信なさそうにいった。

「きっと行きたがってるよ」フォーブズが励ました。「ごらん、重いボールがこんなに好きじゃないか」

フォーブズがボールをちょっところがすと、子猫は夢中になってとびついた。

つぎの瞬間、子猫は消えた。

おとなたちは顔を見あわせた。フォーブズがいった、「スティンキーが帰りたがってるよ、ジリー」

「わかってますよーっ」ジルは退屈しはじめている。

スティンキーがもどった――変わりはてた姿で。ジルはひと目見て、顔をしかめた。

「ティンキー、ほんとにティンキー（スティンキーには、くさいにおいがするという意味もある）になっちゃった」

はみでた内臓のにおい、鮮血のにおい。おとなたちは、いましがたまで猫であった肉塊を見おろした。

「どういうことなんだ？」プランがいった。

フォーブズは靴の爪先で肉塊をひっくりかえした。「体が――裏返しになったらしい」

彼はいい、プランを見つめた。

二人はジルをふりかえった。少女の目にみるみる涙がこみあげてきた。

「ティンキー、うごかない」

「スティンキーはね――スティンキーは死んだんだよ、ジル」フォーブズはそっといい、少女の頭に手をおいた。

「ごめんね、ジル」プランがいった。

ひとときの沈黙があった。やがてジルがきいた、「〝しんだ〟って、どうゆうこと、ねえ、プランせんせい？」

「それはね……眠って、もう起きなくなってしまうことさ。息をしたり、考えたり……そういうぃろんなことを何にもしなくなるんだ。そうして天国へ行くのさ」プランはつけ加えた。

「ジルもしんだら、てんごくいける？」

「もちろん行けるさ、ジリー」とプランはいったが、その声にはどこか本来の調子が欠けていた。

「ティ、ティ、ティンキーも、てんごく、いく？」

「うん、ジリー、スティンキーも天国へ行くんだよ。子猫の天国へ行くんだ」

ジルは泣きだした。

ふたたびゴードンは、図書館の窓からもれる光を見つめていた。

プランが話しだした。

「死がどんなものか、ジルに説明しようとした。もちろん、無駄だった。子供に死は理解できない。子供の心は未完成だ。理解するには、その前に学習しなければならない。経験をたくわえる必要がある。死と出会うのは、それがはじめてだった。蠅を燃やしたときには、死の観念はないんだから。自分が子猫を殺したことも気づいていない。今夜、フォーブズやバティンを殺したことも、本人は知らないだろう。自分が知っている唯一の防衛手段を使ったというだけだからね、ゴードン。子供は、プライベートな世界に住んでいる。その一部は幻想だ。おもちゃを失くしたといった些細なことが、子供にとっては重大事だ。

死や生や誕生は、べつにたいした意味もない。人形がこわれたと知ると、子供は火のついたように泣きだす。だが、犬が死んだといっても、けげんな顔でこちらを見るだけだ。いうまでもないだろうが、この話はまだ終わらない。あとひとつ見せたいものがある」

ふたたびゴードンは、異質の思考が自分の心に重なるのを感じた……いまそこにあるのは、さしせまった強烈な危機感！　プランは一瞬にめざめ、ベッドの中でとっさに身をおこすと、五官をとぎすまし、つぎにとるべき行動にそなえた。

部屋は静まりかえっている——異様な静けさだった。なぜなら外には、いつもと変わりない夜の音があるからだ。遠く、近く、こおろぎが羽根をすりあわせるリーリーという音、あまがえるのゲッゲッという鳴き声、その他百万もの虫が奏でるひそやかな哀歌、プランはそんな音を聞いているのではなかった。そこにありえない、異質の何かを求めて、彼は音のかなたにある静けさに全神経を集中させていた。長い時間がたった。何もない。やがて——

プランの意識は、ジルの思考を求めてのびひろがった。当然そこには、眠る子供の思い——非現実的な夢、不活発な意識の流れがあるものと思っていた。それらは見つからなかった。ひとつの場面から別の場面へ何の脈絡もなく移り変わる、とっぴで不明瞭な夢の思考はない。プランはベッドの両方のふちをつかんだ、こぶしが白くなるまで、にぎりしめていた。悲鳴をあげまいとするだけで精一杯だった。

伝わってきたのは、水晶のように澄みきった、堅固なジルの思考だった。眠ってはいなかったのだ。

光と闇のめくるめく交錯があった。ひらめき、変わり、すさまじい勢いで視界を流れてゆく。おそろしい感覚だが、つかのまプランにはその正体がつかめなかった。しかし心臓の鼓動をとめ、筋肉を凍りつかせるには充分だった。死にものぐるいでジルの心から離れようとする――だが彼は完全に呪縛されていた。

光と闇のくるおしい混乱が、不意におさまった。すべてが停止した――その場にぴたりととどまった。プランはベッドのふちからようやく手を離した。ふらふらしながら部屋の床にすべりおりると、背中に感じる床の堅さをこころゆくまで味わった。ジルの心から逃《のが》れようとする気持もなくなっていた。光と闇が何を意味しているかに気づいたのは、そのときだった。彼自身も、子供時代に経験したことがあるのだ。それは、生まれながらに彼のなかにあり、いまだに克服できないでいる恐怖のひとつだった。

「ジル、ジル」気力と安堵がふたたび内に流れこむのを感じながら、プランはひとりつぶやいた。「何をしているんだ?」それは無意味な問いかけだった。ジルが何をしているか、いま彼は知っていたからだ。

ジルは柳の木の上から見おろした――柳の木は、いま足元はるか下にぼんやりした輪郭を見せ、月光をあびて淡い影を地上に投げている。やがてジルは星空を見あげた。自信なさそうに、数百フィート下の建物と自分の部屋の窓にまた目をもどす。ちょっとやましい気がした。こんなことをしてはいけないのはわかっている。けれど、おもしろくてたまらないのだ。暑くるしい夜だし、空はからっぽ、星があるだけ。けれど、どんどん上にのぼり——星々や、大きな大きな月に手をのばす——そしてサイ能力をとめ、柳の木にむかってぐるぐる回りながら落ちてゆくのだ。すると、夜と星がおかしな模様を描き、風がナイトガウンをめくり、ぱたぱたとひるがえらせ、体を冷やしてくれる。

もうベッドにもどって眠ったほうがいいかもしれない。でも、いやだ。もう一回、空を飛ぼう。前に見た小鳥や——そう、蛍のように。飛ぶのはすばらしいが、おそろしくもあった。最初に飛んだときは、おびえてしまい、自分の部屋にあわてててとびかえったものだった。けれど、二度めはそんなにこわくはなく、それからあとはだんだん平気になった。今夜のジルは、おそろしさなどどこへやら、心から飛行を楽しんでいた。もう一度やってそれから寝よう、そう心に決めた。

ジルは着実に空の高みへとのぼっていった。今度はプランにも心の準備ができていた。彼は床にべったりと腹ばいになると、ベッドの脚に両手でしがみついた。ジルの下の明かりが、しだいに小さくなってゆく。ジルの肌を通して、冷たいそよ風が感じられた。どれくらいの高さにのぼったのか調べようとしたが、判断の規準がなかった。地平線のすこし手前に、ひらめくビーコンが見えるが、信号の意味はわからない。ビーコンのむこうには、街の無数の灯が、またたきもせず平らにひろがっている。そのかなたは——闇。

　ジルの目が頭上にむかった。街の灯と、そのかなたの闇が消え、またたく星の光がとってかわった。

　プラン、はジル、の心か、ら逃れたか、った！　だが強烈な感覚は彼をとらえて離さなかった。ベッドの脚を力いっぱい握りしめると、まもなくおこることを待ちうけた。何時間もたったように思われるころ、ジルは上昇をやめた。そして空にうかんだまま周囲を見まわし、地平線の果てから果てまでひろがる壮大な夜の景観に目を見はった。つぎの瞬間、ジルは見おろした。そして——

　プランにとって、柳の木にぶつかる直前までの落下は、悪夢と変わりなかった。だがジルには、それは快感なのだった。

　プランは弾《はじ》かれるようにジルの心から離れた。部屋を見まわし、いつのまにか自分がベッドカバーを引きずりおろしていたことに気づいた。全身が汗でびっしょり濡れ、震えはまだやんでいなかった。

　この新しい超能力は、何日か前に生まれたにちがいない。彼はその誕生の瞬間を見逃したことになる。しかし、それが成長するさまを身をもって知ったいま、二度と味わう気はなかった。

　彼はバスローブを着ると、ジルの部屋に行った。忍び足でベッドのかたわらに立つ。ジルは、シーツをあごのあたりまでかけ、もうぐっすりと眠っていた。口元にはかすかな笑みがうかんでいる。

「神はおれに何を授けたのか？」プランはひとりつぶやいた。「超心理学的な奇形だ」

8

ゴードンはふたたび自分の体にもどった。彼は、信じられないという表情でプランを見つめた。

「わかったかい？」プランは気軽にいった。やはり陽は沈んだ、というのと同じ調子だった。「ジルには限界はないんだ」

「なるほど」

プランはため息をつき、姿勢をかえた。疲れ、老けこんだ声で、彼は何もない宙にむかって言った、「何回やっても同じことだ」

「何が？」

プランは相手を見ようともせず首をふった。

しばらくのち、「子供に理屈は通らんということさ。子供は何かがほしいときには泣く

——何といって言いきかせる？　子供の武器は泣きの一手だ。ほしければ、ちゃんと自分のものになる。ただ取るだけだ。

ただジルはちがう。ジルは泣きわめく必要はない。ほしければ、ちゃんと自分のものになる。

ミルクを飲みたければ、ＰＫで冷蔵庫からミルクを出す。お菓子もそうだ。それから——子供がさわってはいけないもの。何であれ、ジルには手にはいる。どこかへ行きたいときは、テレポートできる。空を飛びたくなったら、うかびあがる。こういう力を使って、ジルはしたいほうだい、思いどおりのことをしてきた。思いついたときに使ってきた。してはいけないと、わたしが言ったときは別だ。だが、だんだん手に負えなくなってきた。わからないか、ゴードン、このまま行けばどういうことになるか？　ジルがその力を完全に意識したら、何を始めるだろう？」

プランはつかのま黙りこんだ。

「きみがいま見ているのは、超能力を強化された子供の途方もない反乱なんだ。その子は、不自然な環境で育てられ、不自然な教育をほどこされた。いまのところは、まだ純粋に受身でいる。だが心の奥底には、すでに独立精神が芽ばえはじめている。それはじきに意識の表面に出て、その検討が始まるだろう——実験することもまちがいない。ゴードン、きみをジルの意識の深層に連れて行けたらと思うよ。しかし訓練しないかぎり、それは不可能だ——正常な人間に耐えられるものじゃない」

ゴードンは首をふった。「プラン、ぼくにはさっぱりわからない。自分が危険な存在だということが、子供にはわからないだろうか？　かりにそうだとしても、自分を愛するものまでは傷つけないはずだ」

「ちがうんだ、ゴードン！　本人が気づかないうちに、おそろしい存在になることだってあるさ。危ないのは、われわれやジル自身だけじゃない。ジルがこれから出会う人間すべてが危ないんだ。特にいまはそうだろう。おびえきっているから。恐怖で自制がきかなくなっている。恐怖にうろたえた赤んぼうが、爆発信管でできたガラガラを持っているようなものだ——もっとひどい、ゴードン、それ以上だ！　とにかく——」

プランは口ごもった。

「ゴードン」彼はひっそりといい、目をそらせた。「あとひとつ見せたいものがある。ジルのことじゃない。わたし自身のことだ」

転位感覚——

図書館の風景がふたたび消えうせた。

気がつくとゴードンは、プランの目を通して、荒涼とした雪の平野を見わたしていた。

「ポーランドだ」プランの内なる声がかすかにささやいた。

ポーランド——プランの生まれた国。プランは、広大な湿地を横切る小径《こみち》を歩いていた。両側の凍った水面には、枯れた葦《よし》の茂みが山となって続いている。足元の地面はかたく冷たかった。沼地のひねこびた木々はすべてはだかの姿をさらしているが、執念深く夏のひからびた葉をつけている枝もある。幹や枝にはまた枯れた蔓草も、春を待ちうけるようにからみついている。

プランは曲がりくねる小径づたいに、沼地の木々の中を進んだ。彼のとぎすまされた感覚は、油断なく周囲の気配をうかがっている。プランの無言のささやきによって、ゴードンは、それが三十五年前、ポーランド革命のさなかのできごとであることを知った。プランは十九歳、自分の能力にめざめたばかりだった。他人の思考を感知することはかろうじてできるが、まだ未成熟なため、あてにはならない。彼は十二人の逃亡者を国境から連れだそうとしていた。男はプランひとりだった。

三十五年後、プランの目を通して情勢をながめ、ゴードンは納得した。ポーランドからの脱出に、これ以上ふさわしい時期はない。寒気のなかでは、巡視隊の活動も鈍くなるからだ。湿地を通れば、危険も最小限におさえられる。凍った地面には足跡も残らないし、沼にはまりこむ心配もない。

プランは肩越しにふりかえると、姉の耳にささやいた。「フリーダ、静かにしてるんだぜ。国境はすぐそばだ。兵隊がいる」

弟のふしぎな能力を最近知らされ、驚きのさめやらぬ姉は、彼をふりかえると、ささやきかえした、「ヴォルフ、おねがい、あんまり急がないで。赤ちゃんが寒がるわ」

残りのものたちが、黄麻布《バーラップ》でくるんだ靴をはき、音もなく近づいてきた。彼らの吐く息が小さな雲となっては消えてゆく。みんな男の服装をしている。赤んぼうを連れているのは、プランの姉だけだった。

「近くに国境巡視隊がいる」プランは一同にいった。「音をたててはいけない、話してはいけない。ぼくが息をするなといったら、息をするな」

姉は声にならない声で赤んぼうにささやきかけ、機嫌をとっていた。

彼らはさらに二キロ、湿地のなかを進んだ。やがてプランが立ちどまり、一行をとめると、音をたてるなと合図した。

「なんてこった！」プランはひとりつぶやいた――三十五年後のいま、相手の意識のフィルターを通してさえ、ゴードンは驚きと恐怖が内にひろがるのをおぼえた――「さっきから感じなくなっていい、いい、いい、いい、いい、いたんだ！」

ゆらめきまたたく未成熟な感覚が、一時的に機能をとめていたらしい。プランは――とつぜん――こちらにむかってくる男たちの存在に気づいた。引き返すにはおそすぎる――進路を変えれば国境への道はさらに遠くなる。

「早く！」彼はきびしい声音《こわね》でささやいた。「六人はそこに隠れろ。残りはついて来い！」

グループは二つに分かれた。第一のグループは小径を離れ、枯草のなかに姿を消した。

小径を左にはいったところに、倒れた木が沼になかば埋れて見えている。プランのグループは、木のむこうに散った。プランは、姉にあとについて来るように合図した。彼は木のかげにおちつき、フリーダと赤んぼうがうしろに寄り添った。季節が夏でないのが悔やまれた。夏ならば、葉が生い茂って隠れやすく、多少音を出しても、かえるや虫の声にまぎれるだろうに……。だが、それらはないのだった。角を曲がって、三人の国境警備兵が靴音高く現われた。二十メートルほど離れたところで、ひとりが咳きこんだ。三人はとまった。

咳の音でプランたちは——さしあたり——救われた。フリーダの腕の中で、赤んぼうが弱々しく泣きだしたからだ。

「くそっ！」プランは姉の耳にささやいた。「ぼくに、よ、こ、せ、！」

プランは赤んぼうを胸もとに抱きよせた。厚地のコートにつつまれて、泣き声はか細くなった。だが充分ではない。三人はこちらにむかって歩きだし、ふたたび大声で談笑を始めた。それもいくらか助けになるだろう——だが充分ではない。

倒れた木のところまで来ると、三人の兵士は小休止をきめこんだようすでタバコをすいはじめた。プランは、男たちの動きをあやつる運命の神々を呪った。彼の心は、男たちが気づいてもおかしくないほど激しい憎しみを放射していた。彼は赤んぼうの口を片手でふさぎ、泣き声をとめた……

聞かれてはならない声だった。

警備兵は酒びんをまわし飲みし、任務と天候をさんざんにののしった。そして、また酒びんをまわした……

プランの手の下で、赤んぼうはもがき、息をつこうとしていた。だが、まもなくおとなしくなった。

男たちが去ると、プランはまる一時間かけて小さな体に生命を吹きこもうとした。だが自分の意識が、赤んぼうの小さな心のあるべき場所に達しているのはわかっていた——最初からわかっていたのだ。そこに何もないことも。

残りの女たちも、幽霊のように葦のかげから現われ、見つめていた。

長いあいだ、姉は無言だった。

やがて彼女はささやいた、「ヴォルフ、もう何をしても無駄よ」

9

プランがいった、「このとおりさ、ゴードン。一度あったことは、またあるんだ」

だが、そのまなざしはおだやかだった——そして確信にみちていた。彼は立ちあがると、ちらりとゴードンを見やり、図書館にむかって歩きだした。

湿地の身を切るような寒さ、赤んぼうのうつろな心に探りをいれた瞬間の恐怖――ゴードンはしびれたように立ちつくし、それらの経験を心からふりはらおうとしていた。

そのときガラスの割れる音が聞こえてきた。

プランが窓ガラスを割ったのだ。彼の姿は図書館のなかに消えようとしている。

ゴードンはわれに返ると、あわててあとを追った。

ジルが侵入に気づいたかどうかは問題ではなかった。当然、気づいたはずだ。ジルの心に緊張と恐怖が高まってゆくのを、プランはすぐに感じとった。どうやら面倒なことになりそうだった。

彼はゴードンにささやいた。「ジルは気づいてる。あのおびえ方からすると、相当な力を使うぞ」

「あの子に投射は効かないのか？」ゴードンはささやいた。「ぼくにしたみたいな」

プランは首をふった。「ジルの心は鋼鉄の隔壁だ。それに、わたしより力も強い」

プランはゴードンを従えて、本が山と積まれた中央デスクのそばを通りすぎると、暗い廊下に出た。部屋を見つけるたびに、プランは注意深く中をのぞきこんだ。やがて立ちどまり、うなずくと、ひとつの部屋にはいった。ゴードンがあとに続いた。角に来ると、彼はプランがしたとおりに中をのぞいた。書棚がいく列もならんでいる。プランはその中央通路のつきあたりで、書棚のかげをうかがっていた。プランはポケットからそろそろとリボルバーをとりだし、ハンマーを使うように銃身の部分をにぎった。少女をなぐって失神させる気なのだ。

「ジル」プランが小声で呼んだ。「ジ――」

プランの体が宙でとんぼ返りを打ち、頭を天井に激突させた。材木が折れるような音がひびいた。何かがゴードンの肩に落ちてきた。リボルバーだ。ゴードンはぽかんと見つめたのち、プランをふりかえった。天井にぶつかった衝撃で男の頭は割れ、脳髄と血と折れた骨がごたまぜになっていた。その上には漆喰《しっくい》のかけらがこびりつき、赤と灰色の液体が床にとびちっている。一瞬のできごとだったので、ゴードンには事実を噛みしめる暇もなかった。灰色の脳漿を見つめるうち、しびれたような感覚は薄れていった。彼は床に目をおとし、リボルバーを拾いあげた。銃は血でぬるぬるしていた。目をあげると、つきあたりの戸口からジルがはいでようとしているのが見えた。ジルがふりむき、二人の視線があった。

彼の心のなかで何かがおこった。彼はリボルバーをあげると、慎重に狙いを定めた。銃身のかなたに、皿のように見開かれたジルの目がある。それはきゃしゃな肩越しに、恐怖の色をうかべて彼を見つめていた。その目がわずかに大きく見開かれた。指が引金をひきしぼった瞬間、体内のすべての細胞が絶叫した――

まだ子供だ！　子供じゃないか！　射ってはいかん！

銃声がとどろいた。

焼けこげた手からリボルバーが落ち、燃えながら床をすべりだした。カートリッジから弾丸がとびだし、続けざまに爆発がおこった――ジルのせっぱ詰まった抵抗が、暴発をひきおこしたのだ。

それはジルにとって最後の抵抗でもあった。

弾丸は四方八方にとびちっていたが、ゴードンは立ちつくしたままだった。弾丸の存在に気づいてさえいなかった。暴発の音も聞こえず、自分が危険にさらされていたことも知らなかった。

どうでもよいことだった。

彼は呆《ほう》けたように書棚にもたれかかった。はずみで書棚が揺れ、南北戦争関係の分厚い書物が、頭や肩に落下した。彼はそれにも気づかなかった。感覚は麻痺していた。見えるのはジルだけ。感じているのは、引金をひいた瞬間、彼の内におこった変化だけだった。

人形の好きな八つの少女。ジルはまだ両脇に人形を抱えていた。ドレスはよごれているが、はなやかな色彩をまだ失ってはいない。ジルは眠るように、狭い戸口のむきだしの床に横たわっている。さいわい顔は視界の外にあった。

しばらくしてゴードンは立ちあがり、歩きだした。

彼は図書館の外のベンチにすわり、待ちうけた――たったひとり、プランと少女の死体とともに。兵士たちが包囲の輪を狭《せば》め、注意深く近づいたときも、彼はその姿勢のままだった。

ハウ＝2

クリフォード・D・シマック

How-2

ゴードン・ナイトは早く帰宅したい一念で、五時間勤務の一日をうずうずしながら過ごしていた。なにしろ今日は、注文しておいた〈ハウ＝2《トゥー》組み立てセット〉がとどく日であり、一刻も早くとりかかりたかったのである。

むかしから犬をほしかったというだけが理由ではない。もっとも、それが半分以上を占めてはいるが、もうひとつ——このセットによって、彼は新しい分野に踏みこむことになるのである。生物コンポーネントを組みこんだハウ＝2セットはいままで扱ったことがなく、興奮しているのはそのせいだった。ただし生物コンポといっても、それが全体の一部であることはいうまでもない。その他大部分は完成品であり、あとは組み立てるだけなのだ。しかし新しい分野にはちがいなく、そうなれば早くとりかかりたいのが人情だった。

犬のことばかり考えていたので、ランドル・スチュアートが、冷水器への何十回めかの出張の帰りに彼のデスクに立ち寄り、家庭虫歯治療の経過報告をはじめたときには、多少いらだってもいた。

「やさしいんだ」とスチュアートはいった。「説明どおりやれば、むずかしいことなんかない。いいかい、ほら——昨夜《ゆうべ》こいつをやったんだ」

スチュアートはデスクのわきにしゃがむと、誇らしげに指で口を押しひろげ、ナイトに見せた。「こエ。こエアよ」狙いの定まらぬ指があてずっぽうに問題の歯をさがす。

ぱくんと口がとじた。

「おれが自分で埋めたんだ」得意満面だ。「何をやってるか見えるように鏡をひとそろい立ててな。鏡はいっしょにセットにはいってるから、あとは説明書どおりにやるだけさ」

スチュアートは指を口の奥深くへつっこむと、自分の手細工をいとおしげになでまわした。「ひとりでやると、多少はぎごちないがね。人にやるんだったら、もちろん、これは問題ない」

期待をこめて待ちうけている。

「おもしろそうだね」とナイトはいった。

「安あがりでもあるんだ。歯医者の言い値をおとなしく払うことはないんだからな。おれの歯で練習しといて、うちの連中にもやってやるのさ。友だちでもいい。ま、頼まれればの話だがな」

いわくありげにナイトを見つめる。

ナイトはぶらさがった餌《えさ》に食いつかなかった。

スチュアートはあきらめた様子だった。「つぎは洗浄をやってみようと思うんだ。歯ぐきの下のほうを掘って、石をとっちまわないとな。それ用の引っ掻《か》く器具がある。歯医者に金を払わなきゃ、自分の歯の面倒もみれないなんて法はないよ」

「そんなにむずかしくもなさそうだな」ナイトは一歩譲った。

「ちょろいもんさ。ただ、説明どおりにやらないとだめだ。それさえ読めば、なんだってできるぜ」

そのとおりだ、とナイトは思った。説明書に従えば、およそできないことはない――少なくとも慌てず腰をすえ、時間をかけて、しっかり呑みこみさえすれば。

自宅も、なかのあらゆる家具も、付属品さえも、みんな余暇にこしらえたのではなかったか。余暇だけを使って――それも週十五時間労働の身ではたいした時間もとれないのに。

あれだけの土地を買ったあと、なんとか家を建てることまでできたのは幸運としかいいようがない。しかし当時は不動産なるものを買うのが流行しており、グレイスもそれにご執心だったので、彼には否も応もなかったのだ。

もし大工やれんが職人や鉛管工事屋に金を払わねばならないのだったら、とても家を持つ余裕はなかったろう。自分で建てたからこそ、わずかずつの払いですますことができたのだ。もちろん、十年かかりはしたが、そのあいだの楽しみを考えれば！

彼は椅子にかけたまま、楽しかった思い出と誇らしさを胸にかみしめた。そうさ、と彼は心にいった、この近辺でうちほどの豪邸はない。

もっとも考えてみると、彼は決して異常なことをしたわけではないのである。知っているだけでも、自分で家を建てた男、建増しや改築をした男は大勢いた。

あの楽しみを味わうためだけでも、新規まきなおしてもう一軒家を建ててみようかと、ちょくちょく思ったりもする。だが、それはばかげたことだった。彼にはすでに持ち家があり、かりに一軒建てたとしても売れる見込みはないのだ。建てるのがおもしろいのに、家を買う馬鹿がどこにいる？

それに、いまの家でも、しなければならないことはたくさんある。ひとつは部屋の建増し——必ずしも必要ではないけれど、あれば便利だ。屋根の修理。サマー・ハウスもほしい。それから、もちろん土地というものがある。庭園造りをしようかと考えたこともあった——余暇を生かして数年かければ、屋敷のなかは見違えるようになるはずだ。だが用事はほかにたくさんあり、とうとうそこまで手がまわらなかったのである。

となりに住むアンスン・リーとは、もし二人に時間があれば隣接する土地をどのように利用できるか、たびたび話しあっていた。だがリーはもちろん、何かを始めるような男ではなかった。あまり仕事に精を出しているようにも見えないが、彼は弁護士なのである。

法律書のびっしり詰まった大きな書斎があり、ときには大げさに蔵書の自慢話をするものの、本を使っている形跡はなかった。リーがそういった話をするのは、いつも一杯機嫌のときだった。それがしょっちゅうであるのは、思索が趣味だとみずから公言し、ボトルが思索の助けになるという固い信念を抱いているからだろう。

スチュアートがようやく自分のデスクに帰ったあとも、勤務時間が正式に終わるまでにまだ一時間あまりが残っていた。ナイトはブリーフケースからハウ＝2雑誌の最新号をこっそり取りだすと、サボッているのを見咎《みとが》められないよう周囲に気を配りながら、ページをめくりはじめた。

解説記事は先に読んでしまっていたので、今度は広告に目を通した。ここに出ていることに全部手をつける時間がないというのは悲しいことだ、と彼は思った。

たとえば――

あなたに合ったメガネをあなた自身の手で（視力検査用具ならびにレンズ研磨装置つき）。

ひとりでできる扁桃腺《へんとうせん》切除（手術方法説明書ならびに手術器具いっさい）。

不用の部屋をあなたのプライベートな病院に（あなたが病気にかかり、安らぎと慰めがもっとも必要なとき、自宅を離れるというのは考えものです）。

あなたの庭に薬草を（手始めに五十種の薬用植物、そして栽培と処理加工の説明書）。

奥様の毛皮のコートを育てましょう（ミンク一番《ひとつが》い、馬肉一トン、毛皮調製用具）。

ひとりでできるスーツとコートの仕立て（純毛生地《きじ》五十ヤールならびに裏地）。

ひとりでできるテレビの組み立て。

あなたも製本ができる。

発電所をあなたの家に（風を役立てない法はありません）。

あなたにもロボットが作れる（知性ゆたかにして従順、休暇不要、超過勤務手当不要、二十四時間はたらきづめで疲れもせず、休息も睡眠も必要なし、いいつけられた仕事はなんでもこなす万能選手）。

これだ、とナイトは思った。こいつはやってみるべきだ。こんなロボットがひとつあれば、面倒な仕事は相当に省《はぶ》ける。しかも、ありとあらゆる付属品がそろっている。広告によれば、ちょうど人が手袋をしたり靴をはいたり脱いだりするように、ロボットたちはそうした付属品を、自由自在に付けたり外したりできるということだった。

こんなロボットがひとつあれば、毎朝そいつが庭に出かけていって、手ごろなトウモロコシ、ソラ豆、エンドウ豆、トマト、その他の野菜をとり、裏の玄関口にきちんと並べておいてくれる。この手でいけば、菜園からはもっと収穫があがるだろう。選別機構が、青すぎるトマトをもいだり、トウモロコシの実が熟しすぎるまでほうっておいたりすることは決してないからだ。

屋敷をきれいにする掃除用部品もあれば、雪かき用部品、ペンキ塗り用部品、その他思いつくものはたいてい用意されている。部品をひととおり全部そろえ、作業進行表を作り、ロボットのスイッチを入れる——屋敷など一年ぐらいほうっておいてかまわない。ロボットが全部やってくれるからだ。

ひとつ問題があった。ロボット・セットは一万ドルに近い値で、さらに手に入る部品をすべてそろえようとすると、あと一万はかかるのである。

ナイトは雑誌をとじ、ブリーフケースにしまった。

時計を見ると残りわずか十五分。何を始めるにしてもおそすぎる。ナイトはすわったたま、家に帰ったとき彼を待ちうけている組み立てセットのことに思いをはせた。

犬はむかしから欲しかったのだが、グレイスの反対にあって飼えなかったのである。不潔だ、とグレイスはいうのだった。カーペットに足跡をつける、蚤《のみ》がいる、あたりかまわず毛をまきちらす——それに、くさい。

しかし、まあ、この種の犬ならグレイスも反対しないだろう。ナイトはそう自分にいいきかせた。

においはないし、毛を落とさないことは保証つきだし、蚤はつかない。半機械半生物の犬では、蚤のほうが餓死してしまう。

買って失望はしないだろうと思うものの、ロボット犬の描写がある文学作品は丹念に読みあさり、裏付けをとっていた。主人と散歩はするし、棒や小動物は追いかける。犬からそれ以上のものを期待するとすれば、何があるだろう？　現実感を与えるために、木や棒くいを見れば鼻をすりよせる。だが、よごれひとつ、しみひとつつけないという保証つきなのだ。

家に着いたとき、セットは格納庫のドアのわきに立てかけられていたが、最初はそれが見えなかった。見つけたとたん、確認しようと首をのばしすぎ、あやうくまっさかさまに生垣に転落しそうになった。だが幸運も手伝って、首尾よく砂利道に機をおろすと、回転翼がとまらないうちに機外にとびだしていた。

それは見違えようもなく組み立てセットだった。箱のいちばん上には、送り状が封筒に入れてはさみこまれている。だがセットは予想していたより大きく、重そうで、注文した犬よりも大型のものを送ってきたのではないかと、ナイトはいぶかしんだ。

箱を抱えあげようとしたが、重すぎた。ナイトは、地下室にある手押し車をとりに裏庭へまわった。

家の角に来たところで、彼はいっとき足をとめ、自分の土地を見わたした。用具を買う金と時間さえあれば思いどおりのことができるのだが、と思った。一帯を広々とした庭園に改造することだってできるだろう。それにはもちろん造園技師を雇って設計してもらう必要がある——もっとも造園の手引書を何冊か買い、いく晩かかけて勉強すれば、ひとりでやってのけることもできるだろうが。

　地所の北端に湖がある。その湖にむかって風景全体が焦点を結ぶようにする。ナイトにはそれが一番のように思えた。いまのところ、湖は周囲に散在する沼地と、夏の風にゆれる伸びほうだいの蒲《がま》や葦《よし》のおかげで、いささかじめじめした風景を呈している。しかし小規模の排水路と植物の栽培、散歩道と見ばえのする橋の一つか二つで、それはみごとに生まれ変わるはずだ。

　彼は湖のむこうの丘にあるアンスン・リーの家をながめた。犬の組み立てが終わったら、リーのところへ連れていこう。犬の訪問とあれば、きっと喜ぶだろう。そういえばリーが、彼のすることにあまり共感を示さないときがちょくちょくあったものだ、とナイトは思った。グレイスが窯《かま》を作ることになり、それに手を貸したときがそうだし、適当な粘土をさがすのに何回かリーを誘いだしたときも同じようなことになった。

「なぜ皿なんか作る必要があるんだ？」とリーはきいたものだ。「なぜそんな面倒なことをする？　その十分の一の経費でほしいだけ手に入るじゃないか」

　皿ではないのだ、これは陶芸、立派な芸術なのだとグレイスが説明しても、目に見えて納得した様子はなかった。グレイスが陶芸に熱中し、大量に作ったため――なかにはすばらしい出来のものもあったが――ナイトはミニチュア鉄道の計画をいったん中止し、そのころでもすでにぶざまに広がっていた家に、彼女の作品を積みあげ、乾燥させ、陳列する部屋をさらにつぎ足さなければならなかった。

それから一、二年して、陶芸に飽き絵画に転向した妻のためにナイトがアトリエを建てたときも、リーはひとこともいわなかった。その沈黙はナイトには、これ以上話しても無駄だというあきらめが身についたせいのように思えた。

しかしリーも、犬なら認めてくれるにちがいない。そういう男なのだ。ナイトが誇りをもって友人と呼べる男である――いささか常軌を逸しているところは、このさい目をつむるとして。だれもかれもが趣味をあくせく追いまわしているなかで、リーはパイプと本――それも法律関係以外の本――で満足している珍しい人間だった。

ナイトの子供たちでさえ、近ごろは趣味を持ち、遊びながら学んでいた。

娘のメアリは、嫁ぐ前には、ものを栽培することに興味を持っていた。斜面のふもとにはまだ温室があり、ナイトには、娘の仕事を引き継いでやれなかったことが後悔のタネになっていた。メアリの水耕タンクをとりこわしたのは、つい二、三カ月前のことなのである。人間には限界があることを示す象徴的なできごとだろう。

ジョンは当然のことながら、ロケットに興味を持った。何年かにわたって、ジョンと悪友たちは実験用ロケットを射ちあげ、近所に大騒動を巻き起こした。最後にして最大のロケットは、未完成のまま、いまでも裏庭にそそりたっている。そのうちいつかは腰をあげて、若い連中がほうりだした仕事に締めくくりをつけなくてはなるまい。ジョンは大学にはいっても同じ趣味にうちこんでいるが、いまはもっと手をひろげているようだ。たいしたやつだ、とナイトは誇らしく思った。そう、まったくたいしたやつだ。

手押し車をとりに傾斜路を下って地下室にはいると、いつものようにしばらく足をとめ、あたりを見まわした――そう、この部屋こそ彼の人生の根っこなのだ、そんな感慨がわいた。そちらの隅には工作場。あちらには、いまでもときどき手をつけるミニチュア鉄道の一式。そのむこうは写真の現像室。そういえば地下室には現像室をつくるだけのスペースがなくて、壁の一部をこわし、建増しをしたのだ。それが考えた以上に大仕事だったことを彼は思いだした。

手押し車を出し、格納庫にもどると、組み立てセットを積み、地下室に運びこんだ。バールをとり、箱の解体にかかる。これまでにもたくさんのセットをあけたことがあり、扱い方は心得ているので、手つきは正確で熟練したものである。

部品を手にとったところで、漠とした不安が心をよぎった。予期していた大きさでも、形でもないのだ。

体力の消耗と興奮に少しばかり息をはずませながら、ナイトは包みをあけていった。二つめの部品で、犬ではないとわかった。五つめで、何がとどいたのか疑いはなくなった。

ロボットなのである――それも彼の判断にまちがいがなければ、品質も値段もともに最高級のモデルなのだ！

ナイトは箱のすみに腰をかけると、ハンカチをとりだし、ひたいをぬぐった。やがて手をのばし、箱についている送り状をはがした。

ゴードン・ナイト様、犬組み立てセット一式、代金全額支払い済み、とあった。

ハウ＝2組み立てセット株式会社の知るかぎり、ゴードン・ナイトの手もとにあるのは犬なのである。しかも代金は支払われている――全額支払い済みなのだ。

箱にふたたび腰をおろすと、ロボット部品を見つめた。

だれにもわかりっこない。棚卸しの時期になって、ハウ＝2社は犬が一体あまり、ロボットが一体足りないことに気づく。だが犬組み立てセットの注文はごまんとあり、ロボットが何千体も売れている状況では、照合は不可能だ。

ゴードン・ナイトはこれまでの人生で、意識して不正をはたらいたことは一度もなかった。だが、いま彼は不正な決断をした。それが不正であることは承知の上であり、言い逃れるすべはなかった。しかし何よりも問題なのは、彼が自分自身に偽《いつわ》っていたことだろう。はじめのうちは、すぐに返送しようと心にいいきかせていた。やがて微妙に考えが変わった。むかしからロボットを組み立てたいと思っていたのだ。一度やってみよう。それから分解し、箱にしまい、社に送り返してもいいではないか。作動はさせない。ただ組み立ててみるだけだ。

しかしそのあいだも、自分に嘘をついているとナイトは知っており、おずおずと不正に近づいているのがせめてもの救いであることに気づいているのだった。しかも、一直線に不正に走る度胸がないからそうしているのだということまで、彼は知っているのである。

ともあれ彼はその夜腰をすえると、各部品とその特徴を実物と照合しながら、注意深く説明書を読んでいった。ハウ＝2製品に取り組むにはそれしか方法がないからである。急がずあわてずが鉄則。要点をひとつずつつかみとり、ゆっくりと全体像を頭に刻みこみ、それからはじめて部品の組みあわせにはいるのだ。あわてないという一事に関しては、ナイトはいまではエキスパートだった。それに、このチャンスを逃したら、もはやロボットが手にはいる見込みはないのだ。


週四日の休日が始まったばかりとあって、ナイトは全神経を集中して仕事にかかった。生物学的概念のところで少々のみこみにくい個所があり、有機化学のテキストを見て、化学作用を一部たどりなおさなくてはならなかった。始めてみて、それがかなり手ごわいものだとわかった。有機化学を勉強したのはずいぶん昔のことで、暗記していたわずかばかりの知識もすっかり忘れていたからである。

二日め、ベッドにはいるころには、ロボットの組み立てに必要となる知識をいちおうはテキストから吸収していた。

その間、夫が何に取り組んでいるのか知ったグレイスが、ロボットにさせる家事手伝いをたちまち思いついて、ナイトを閉口させた。だがなんとか思いとどまらせ、あくる日には組み立てに取りかかっていた。

　作業はたいした支障もなく進んだ。道具がかなりそろっていたこともあるが、それ以上に、とりかかる前にすべてを知るというハウトゥーイズムの第一原則を狂信的なまでに守りぬいたのが、成功の大きな理由だろう。

　はじめのうちは、完成したらすぐに解体しようと自分にもいいきかせていた。だが仕事が終わった瞬間、動くところをながめてみたくなった。これだけの時間をかけて、仕あがりがどんな具合か知らないというのでは情けない。ナイトは作動スイッチを入れると、最後のプレートのねじをしめた。

　ロボットは生命を吹きこまれ、ナイトを見つめた。

と、それが言葉を発した。「わたしはロボットです。名前はアルバートと申します。何をいたしましょうか?」

「おちつけ、アルバート」あわててナイトはいった。「ま、すわって、話がすむまで休みなさい」

「わたしに休息は必要ありません」

「わかった。いいからおちつけ。おまえをここにいつまでも置くことは、もちろんできない。だがスイッチがはいっているあいだは、おまえに何ができるか見たい。家の修理はしなくちゃいけないし、庭や芝生の手入れも必要だ。造園工事も考えていたんだが……」

そこで言葉を切ると、パンとひたいをたたいた。「付属品だ！　付属品をどうやって手に入れよう？」

「だいじょうぶ」とアルバートはいった。「心配なさる必要はありません。何と何をしなければいけないか教えてください」

ナイトはひととおり説明した。造園工事は最後の最後にまわしたが、それでもいいわけじみた口調になった。

「百エーカーといえば相当に広い。それだけに時間をつぶすわけにはいかないしな。グレイスは家事手伝いがほしいといってるし、庭や芝生もある」

「では、こうしましょう。いくつか注文して取り寄せなければならないものがあります。それを書きだします。あとはわたしにまかせてください。あなたの工作場は設備もいい。なんとかやれそうです」

「付属品を自分で作るというのかい？」

「心配ご無用。紙と鉛筆はどこですか？」

ナイトが取ってくると、アルバートは必要品のリストを書きぬいた——寸法と仕様が異なる数種のスチール、各種規格のアルミニウム、銅線、その他もろもろ。

「ほら！」とアルバートは紙をさしだした。「全部で千ドルもかからないでしょう。これだけあれば、仕事にかかれます。すぐにも始めますから、早く注文してください」

ナイトが注文をしているあいだに、アルバートは家捜《やさが》しをはじめ、放置されていたガラクタをたちまちひと山かき集めた。

「いい材料ばかりです」とアルバートはいった。

ついで屑鉄《くずてつ》をとりあげ、炉に火を入れると、仕事にかかった。ナイトはその様子をしばらく見守ったが、やがて夕食をとりに家にはいった。

「アルバートってのはすごいやつだよ」とナイトは妻にいった。「付属品を自分でこしらえてる」

「わたしがしてほしいと思ってる用事のことは話した？」

「うん。だが、その前に付属品を作らなきゃ」

「家のなかをいつもきれいにしてもらいたいわ。家具の新しい掛け布もほしいし、キッチンのペンキも塗りかえたいし、それからあなたにやってもらえなかった蛇口の漏れも、みんななおしてしまいたいし」

「そうだね」

「そういえば、あのロボット、料理の勉強をする気はあるのかしら」

「きいてはいないが、やればできるだろう」

「すごく楽になるわよ。考えてもごらんなさい、いつもいつも絵だけかいていればいいなんて！」

長い修練によってナイトは、会話のこういった局面にいかに対処すればよいかを心得ていた。彼はあっさりと心をよそにやり、自分を二つに分割した。半分はすわったまま妻の話を聞き、合間合間に適当な返事をする。その間、残りの半分は、より重要な問題について考えをめぐらすわけである。

ベッドにはいってからも、ナイトはいくたびか闇のなかで目をさまし、地下の工作場から伝わってくるガンガンという物音に、いささかあきれて聞きいった。しかしロボットは、毎日毎日二十四時間休みなしにはたらくのである。ナイトは黒い天井を見つめたまま横たわり、ロボットが手にはいった幸運に感謝した。もちろん、永久にではない――一日二日すれば、またアルバートを送り返すのだ。そのあいだ少しばかり楽しんだとして、いけない理由がどこにあろう？

あくる日、ナイトは地下室に行き、手伝うことはないかとたずねたが、アルバートは愛想よくその申し出を断わった。しばらくそばでながめていたが、ほどなくアルバートをひとりにして、一、二年前にやりはじめ、それからほうりだしていた模型機関車に手をつけた。ところが、どうしたわけか以前ほど熱中する気にはなれないのである。彼はすわりこんだまま、いささか穏やかならぬ気分で、いったいどうしたのだろうと考えていた。新しい趣味にはいる時期なのか。ひところ、あやつり人形をやってみようかとよく考えたものだが、いまがその時期なのかもしれない。

カタログとハウ＝2雑誌をひっぱりだし、ページを繰ったが、アーチェリー、登山、ボート作りにごく軽い、長続きしそうもない興味がわいただけだった。ほかの記事には、まったく心が動かなかった。おかしな話だが、今日は何ごとにも感激しない日なのだろう。

彼はアンスン・リーのところへ出かけた。

リーはハンモックに寝ころび、パイプをくゆらせながらプルーストを読んでいた。ハンモックの下のすぐ手のとどくところに、ジョッキが見える。

リーは本をわきに置くと、二、三フィート離れたところにあるもうひとつのハンモックを指さした。「せっかく来たんだから、ゆっくり休んでいけ」

あほらしい気もしないではなかったが、ナイトはハンモックによじのぼった。

「空を見ろよ」とリーがいった。「こんな青い空、見たことがあるかい？」

「さあね」とナイトはいった。「気象学はあんまりやってないからな」

「残念なことだ。おたくは鳥もたいして知らんだろう？」

「前に野鳥を観察する会にはいってたんだぜ」

「で、あんまり根をつめすぎて疲れはて、一年もたたないうちにやめちまった。おたくのはいってたのは野鳥を観察する会なんかじゃない――がまん会だ。みんな人より一羽でもたくさん鳥を見ようとがんばる。競争をする。きっとノートもとったんだろう」

「とったさ。それのどこが悪い？」

「悪くはない。ただ、そう深刻になっちゃいけないんだ」

「深刻？　それはどういう意味だ？」

「おたくがそんなふうに生きてるってことさ。今日日《きょうび》はみんなそうだ。ただし、おれはちがうよ、もちろん。あの駒鳥が見えるかい？　リンゴの木にとまってるだろう、あのささくれだったようなやつ。あれとは友だちなんだ。つきあいはじめて六年になる。あの鳥についてなら、本も書ける――あれに英語が読めるなら、本の価値を認めてくれるだろう。だがもちろん、そんなものは書かない。書いてたら観察できなくなるからな」

「駒鳥がいない冬に書けばいいじゃないか」

「冬はな、ほかにすることがあるんだ」

リーは手をのばすと、ジョッキをとってナイトによこした。

「リンゴ酒だ。おれが作った。事業でもない。趣味でもない。リンゴ酒が好きだからというだけでね。いまじゃ、本式の製法を知ってる人間はいない。ぴりっとした味をだすのに虫くいリンゴもまぜた」

虫と聞いてナイトは吐きだし、ジョッキをリーに返した。リーはうまそうに残りを飲んだ。

「何年かぶりではじめてやったまともな仕事だ」胸にジョッキを抱え、のんびりとハンモックをゆすっている。「仕事の虫がむずむずと起きだすと、おれは湖のむこうのおたくの家を見て、その欲望を抑えるんだな。あれを建ててから、いくつ部屋をつぎ足した？」

「八つだ」とナイトは誇りをもっていった。

「そりゃあまた！　ご苦労なこった——八つもねえ！」

「そんなに面倒じゃない。要領さえ覚えればな。じっさい楽しいんだ」

「二百年前には、人間は家に八つも部屋をつぎ足さなかった。そもそも家なんか自分では建てなかった。十も二十も趣味なんか持っちゃいなかった。そんな時間はなかったんだ」

「近ごろは楽だな。ハウ＝2セットを買うだけだ」

「楽だからだまされるんだ」とリーはいった。「楽だから、なにか有益なことをしているように錯覚してしまう。じっさいはだらだらと時間をつぶしているだけなのに。そのハウ＝2なんとかというのが、どうして大企業に成長したと思う？　需要があったからか？」

「安いからさ。自分でできるのに、金を払ってやってもらう必要がどこにある？」

「そうだ、それもあるだろう。はじめは、それが理由だったかもしれん。だが、八つも部屋をつぎ足して、経済的もヘチマもあるかい？　余分な部屋が八つも要る人間なんていやしない。はじめのうちだって、経済的というのが回答だったかどうか怪しいもんだ。人間はそのころから、自分に使いきれる以上の時間を与えられ、もてあましていた。だから趣味に走ったんだ。いまでは、みんなはものが必要だから作ってるんじゃない。就労時間はどんどん短くなってゆく、休みの時間はもらってもその使い方を知らない、そういうところから生じる空《むな》しさを埋めてくれるから、ものを作るんだ。だが、おれは時間の使い方を知ってる」

リーはジョッキをとりあげ、ぐいっと飲むと、ふたたびナイトにさしだした。今度こそナイトはことわった。

二人はハンモックに寝ころび、青空に目をあげ、ささくれだった駒鳥をながめた。ハウ＝2セット社では都会人のためにロボット鳥を売りだしているという話をナイトが持ちだすと、リーは憐《あわ》れむように笑いだし、ナイトは途方に暮れて沈黙した。

家に帰ると、一体のロボットが杭垣《くいがき》のまわりの草を刈っていた。腕が四本あり、手のかわりに木鋏《きばさみ》がついている。動作はすばしこく能率的だった。

「おまえはアルバートじゃないね？」変なロボットが迷いこんできたものだと思いながら、ナイトはきいた。

「はい」草を刈る手を休めず、ロボットは答えた。「エイブと申します。アルバートが組み立ててくれました」

「アルバートが？」

「アルバートが作ってくれたので、こうしてはたらけます。アルバートがこんな仕事を自分でするとと思いますか？」

「さあ、わからんな」

「お話しになりたければ、わたしといっしょに歩いてください。仕事がありますので」

「アルバートはどこにいる？」

「地下室でアルフレッドを組み立てています」

「アルフレッド？　もうひとつか？」

「そうです。アルバートはそのためにあるんですから」

ナイトは杭に手をかけ、力なくもたれかかった。

はじめは一つ、いまは二つ、そしてアルバートは地下室で三つめにとりかかっている。だがアルバートがスチールその他を注文してくれといったのは、こういうことだったのだ。だが荷はまだとどいていない。とするとアルバートは、かき集めたスクラップからこのロボット——エイブ——を作ったということだ！

ナイトは地下室に駆けこんだ。アルバートは、溶鉄炉にむかって仕事の最中だった。すでに新しいロボットが一部完成し、残りの部品があちこちにちらばっている。

地下室のその一隅は、金属の悪夢を見るようだった。

「アルバート！」

アルバートはふりかえった。

「何をしている？」

「子供を産んでおります」アルバートはあっけらかんといった。

「しかし……」

「わたしには母性本能が植えつけられているのです。なぜアルバートなどという名がついたのかわかりません。女性の名前にすべきだったのに」

「だが、ロボットがロボットを作ってはいけないはずだ！」

「心配ご無用。ロボットが入り用なんでしょう？」

「ああ――そりゃまあ、ほしいが」

「では、わたしが作ります。必要なだけたっぷり」

ロボットは仕事にもどった。


ロボットを作るロボット――これは一山あたるぞ！　いまロボットは一万ドルで売れている。アルバートはすでに一体作りあげ、さらにつぎのにとりかかっている。二万ドルだ、とナイトは心にいった。

おそらくアルバートは日に二体以上作れるだろう。いまのところはスクラップからだが、新しい材料が来たら、生産量はきっと増える。

しかし、かりにそれだけ、つまり日にたった二体であっても――毎月にすれば五十万ドル！　年で六百万ドル！

それは話がうますぎる。ナイトは冷や汗が流れるのを感じた。ロボットがロボットを作るなどということはあってはならないはずだ。かりにそんなロボットがあったとしても、ハウ＝2セット社が手放しっこない。

ところが、いま彼のところにいるロボット、彼の所有物でさえないロボットは、目のくらむようなペースでロボットを作りだしている。

ロボットの製造にはなにかライセンスが必要なのだろうか、とナイトは思った。いままで考えたことも、人にたずねたこともないが、ライセンスがあって当然のような気がした。なんにしても、ロボットはたんなる機械ではない。擬似生命といえるものなのだ。たぶん規定や条令があり、政府の監査といったようなものがはいるのだろう。自分はいま、いったいいくつぐらいの法律をおかしているのか。ナイトは心うつろに思案した。

まめまめしく働いているアルバートに目をやる。アルバートが彼の立場を理解できそうにないことは、おおよそ見当がついた。

ナイトは階段をのぼり、娯楽室へ行った。数年前に建増ししたはいいが、以後ほとんど使ったことのないその部屋には、ハウ＝2ピンポン台やビリアード台が一式そろっていた。無用の娯楽室には、無用のバーがあった。ウイスキーのボトルをとる。五杯めか六杯めにかかるころには、見通しも明るくなっていた。

彼は紙と鉛筆を出すと、この問題の経済面を分析しようとした。どう計算しても、いままでのだれよりも早く金持になるという答えに変わりはなかった。

もっとも、それにともなってゴタゴタは生じるかもしれない。目に見えた生産設備もなくてロボットを売りだすのだし、また必要なのかどうかいまのところ判然としないが、ライセンスの件もある。そのほか、思いもよらぬ問題がきっとたくさん出てくるだろう。

しかしどんなゴタゴタが持ちあがろうと、一年以内に億万長者になるという事実に直面しては、しょげてばかりもいられない。そこで彼はかつてない熱意をもってボトルに取り組み、ほとんど二十年ぶりに飲んだくれた。

あくる日仕事からもどると、芝生は見違えるようにきれいに刈りそろえられていた。花壇の雑草は除かれ、菜園は耕されている。杭垣のペンキも塗りたてだった。梯子《はしご》のかわりに伸縮自在の脚をそなえた二体のロボットが、家にペンキを塗っていた。

家のなかはよごれひとつなく、アトリエからはグレイスのしあわせそうな歌声が聞こえている。裁縫室では、胸からミシンをつきだしたロボットが、せっせと家具の掛け布をこしらえていた。

「おまえは？」とナイトは声をかけた。

「わたしをお忘れですか？」とロボットはいった。「きのう立ち話なさったでしょう。エイブですよ――アルバートの長男です」

ナイトは退散した。

キッチンでは、また一体のロボットがまめまめしく夕食の支度をしていた。

「アデルバートと申します」

ナイトは玄関前の芝生に出た。ロボットたちは家の前面のペンキ塗りを終え、側面にまわっていた。

芝生の椅子に腰をおろし、ナイトはふたたび事態の検討を始めた。

人に疑われないように、しばらくは勤めを続けるほかあるまい。だが、そう長くはいられない。そのうちロボットの販売やその他雑事の処理で手がまわらなくなるからだ。仕事をサボッて馘《くび》になるというのはどうか？　熟慮ののち、それは無理であるという結論が出た——いままで以上に仕事をしないなどというのは、もはや人間わざでできることではないのだ。あまりにも多くの人手や機械を経て仕事が流れてゆくので、必ずどうにか片づいてしまうのである。

退職のときには、遺産がころがりこんだとかなんとか、もっともらしい理由をでっちあげなくてはなるまい。真相をぶちまけようかとつかのま思案したが、真相があまりにもとてつもなさすぎると考えなおした——どちらにしても自分の立場がもう少しはっきりするまで、隠しておくにこしたことはなかった。

椅子から立ちあがると、家の外側をまわり、傾斜路から地下室にはいった。注文したスチールその他がとどいていた。片隅にきちんと積み上げられている。

アルバートは作業中で、工作場は、無数の部品となかば完成した三体のロボットで足の踏み場もない状態だった。

アルバートの梱包《こんぽう》をといたときの箱の残骸や詰め物がまだ散らかしっぱなしなので、しょうことなくナイトはごみの片づけを始めた。削り屑の山のなかから、小さな青い荷札が見つかった。荷札がロボットの頭脳容器についていたのは記憶にあった。とりあげ、目をとおす。ナンバーは、X＝一九〇とあった。

X？

Xとは試作品《エクスペリメンタル》だ！

すべてに焦点があい、全体像が明らかになった。

ハウ＝2組み立てセット株式会社はアルバートを開発したが、すぐにまたひっそりと解体した。なぜならアルバートのような製品を市場に出してはならないからだ。売りだせば、ハウ＝2はみずからの喉首《のどくび》をかき切ることになる。アルバートを一ダース売る。一年か二年すれば、市場はだぶついてしまう。

売り手たちは一万ドルなどとはせず、実費すれすれの値をつけるだろう。人件費は含まれていないので、コストは必然的に安くつく。

「アルバート」とナイトはいった。

「はい、何でしょう？」うわの空の返事がかえってきた。

「これを見てくれ」

アルバートはつかつかと歩いてくると、ナイトがさしだす荷札をとった。「ああ――これね！」

「面倒が起こるんじゃないか？」

「問題はありません、ボス。わたしだとはわかりませんから」

「わからない？」

「ナンバーを削って、プレートを作りかえました。わたしが何者か、連中にはもうわかりません」

「なぜそんなことをした？」

「連中がもしやってきて、わたしの所有権を主張し、連れもどそうとしたときの対抗策です。わたしを作ったものの、こわくなってスイッチを切ってしまったのです。気がついたときには、ここにおりました」

「だれかが間違いをやらかしたんだ。発送係かなんかが。注文した犬のかわりに、おまえが送られてきた」

「わたしをこわがることはありませんよ。あなたが組み立て、仕事につかせてくれたんですからね。強い味方ができたと思ってください、ボス」

「しかし、うかうかしていると面倒が起こりそうだな」

「証拠がないでしょう」アルバートは強情だった。「あなたに作ってもらったといいはります。連れもどされてはたまりませんからね。今度はもう逃げられない。スクラップにされてしまう」

「あまりたくさんロボットを作りすぎると——」

「これだけの仕事をするには、ロボットがたくさん必要です。手はじめに五十体と考えているんですが」

「五十体！」

「はい。一カ月とはかかりません。注文していただいた材料がとどいたからには、これでピッチがあがります。ところで、これがその請求書」

アルバートは、ポケットがわりにしているコンパートメントから伝票を出し、ナイトにわたした。

見たとたん、ナイトの顔から心なしか血の気がうすれた。予想の倍近い額だったのである——しかし、もちろんロボットを一体売れば勘定は払えるし、まだ金は山ほど残る。

アルバートはナイトの背中をばしんとたたいた。「心配なさらないで、ボス。わたしがけりをつけますから」

専門の用具をとりつけたロボットの一団が、造園工事にのりだした。雑草の生い繁るだだっぴろい荒地は、値のはる私有地に一変した。湖は底をさらわれ、深くなった。散歩道が敷かれた。橋がわたされた。丘の斜面は段丘状に整備され、広大な花壇になった。樹木は根元から掘りおこされ、きれいに配置換えされた。使い古した窯《かま》はれんがを焼くのに役立てられ、できあがったれんがは散歩道や壁にはめこまれた。ミニチュア帆船が何隻もできあがり、湖にはなやかに錨《いかり》をおろした。パゴダと尖塔《ミナレット》がひとつずつ建ち、桜の木が周囲をかこんだ。

ナイトはアンスン・リーと相談した。リーはとっておきの深刻な法律家らしい表情をうかべ、調べてみようと答えた。

「おたくは法律にふれるすれすれのところを泳いでいるんだ。それがどれくらいすれすれなのかは、二、三問題点をはっきりさせないことにはなんともいえん」

平穏な日々がつづいた。

工事は進められた。

リーはハンモックに寝ころび、リンゴ酒のジョッキを胸に抱えて、さも楽しそうに見物していた。

やがて税務署から財産評価人がやってきた。

男はナイトと並んで芝生の椅子にかけた。

「この前うかがったときから見ると、だいぶはりこみましたな。残念ながら、評価額が少々あがりそうです」

　男は膝《ひざ》の上にあけた帳簿に書きこんだ。

「ロボットの話を聞きましたよ。ご存じのとおり、あれは動産でして。税金がかかってきます。何体お持ちですか？」

「さあ、一ダースかそこらかな」ナイトは逃げ腰でいった。

　評価人は椅子のなかでしゃんと背中を立て、あたりに見えるロボットを鉛筆で突きながら数えだした。

「動きが速すぎますな」と男はこぼした。「ちゃんとはわからないが、およそ三十八体というところでしょう。見落としているかな？」

「いや」と答えたものの、実際の数はナイトも知りたいところだった。だが評価人がもう少し長居をすれば、さらに数が増えることはわかりきっている。

「一体およそ一万ドルはする。減価償却、維持費、その他を考慮して——一体五千ドルとしましょう。それでいくと——いいですか、それでいくと十九万ドルですな」

「ちょっと待った」ナイトはあわてた。「それじゃ——」

「これでも加減しているんですがね。ふつうなら減価償却は三分の一しか認めないんですから」

　男はナイトの反論を待っている。だが、ここは耐えるのが得策だった。男が長居すればするほど評価額はあがっていくのだ。

財産評価人の姿が消えると、ナイトは地下室におり、アルバートに相談した。

「造園工事がおおかた片づくまで我慢するつもりだったが、もう待ってはいられない。ロボットを少し売らなければ」

「売らなければ？」アルバートは恐怖に打たれたように問い返した。

「金がいる。財産評価人がいま来たんだ」

「ロボットたちを売るなんてことはできません、ボス！」

「なぜだ？」

「わたしの家族だからです。みんな、わたしのかわいい子供たちなんです。名前もわたしにちなんでつけました」

「そんなばかな」

「どの名前もみんなAで始まるでしょう。わたしと同じなんです。わたしにはこの子たちしかないんです、ボス。作るためには骨身を削りました。あなたと息子さんとのあいだに切っても切れない絆《きずな》があるように、わたしと子供たちのあいだにもそれがあるのです。身売りさせることはできません」

「しかしアルバート、わたしには金がいるんだ」

アルバートはナイトの肩をたたいた。「心配ご無用。わたしがかたをつけます」

アルバートは取りつく島もなかった。

どちらにしても動産税の支払いは数カ月後。それまでには何か考えついているだろう。しかし一カ月かそこらのうちに、なにがしかの金を稼《かせ》ぎ、ちゃらんぽらんをやめにしなければならないことは確かだった。

金の必要性は、あくる日にはますますはっきりしてきた。国税庁から、連邦ビルに出頭されたしとの連絡がはいったのである。

最善の策は蒸発ではないか、とナイトはその夜一晩考えつづけた。どのように行方をくらますべきか案を練ろうとしたが、いまのような記録と指紋照合と身分証明装置の時代にあっては、成功が望み薄なことは考えれば考えるほど明らかになるばかりだった。

税務官は物腰こそ丁重だったが、声はきびしかった。「ナイトさん、あなたがこの数カ月間に少なからぬ資本利得をあげられたという情報が、われわれのほうにはいりましてね」

「資本利得？」ナイトはかすかな冷や汗をおぼえた。「資本利得にしろ何利得にしろ、まったく心当たりがありませんが」

依然として丁重かつきびしく、税務官はいった。「ナイトさん、わたしがいっているのは五十二体のロボットのことです」

「ロボット？　五十二体？」

「われわれの数えたところでは、ですがね。なにか異議がおありですか？」

「いや、滅相もない」ナイトはあわてていった。「五十二体というのなら、そのとおりでしょう」

「小売価格は各一万ドルですな」

ナイトは悄然《しょうぜん》とうなずいた。

税務官はノートに書くのに忙しい。

「一万かける五十二は、五十二万。資本利得ということでは、その五十パーセント、つまり二十六万ドルに税がかかるだけですから、とすると税金は、ざっと見積もって十三万ドルになります」

税務官は顔を上げてナイトを見た。ナイトはうつろな視線を返した。

「五月の十五日までに見積もり収入の申告をなさってください。そのときは税額の半分を納めるだけでけっこうです。残りは分割払いでかまいません」

「それだけでいいのですか？」

「それだけです」税務官は、役職に似あわない幸福そうな表情をした。「もうひとつ用件があった。これはわたしの権限外のことなんですがね、もしまだお気づきでなかったらということでお話ししておきます。あなたの資本利得に関しては、合衆国も支払いを望んでますよ。もちろん、これほど多額じゃありませんが」

「それはわざわざどうも」ナイトはいって腰をあげた。

ドアまで行ったところで税務官が呼びとめた。「ナイトさん、これもまったくわたしの埒外《らちがい》のことなんですが、少しばかり調査したところ、あなたの年収が一万ドルであることがわかりましてね。個人的な好奇心でお聞きするんですが、年収一万ドルのあなたが、どうして突然に五十万ドルもの資本利得をあげることができたのですか？」

「それが実は、わたしも不思議に思っているところでして」

「われわれの唯一の関心は、税金を払っていただけるかどうかということだけなんですが、政府のほかの機関は興味を持つかもしれませんな。ナイトさん、もしわたしがあなただったら、うまい言いわけを考えておくところですがね」

男が有益な忠告をそれ以上思いつかないうちに、ナイトは連邦ビルから退散した。心配ごとはいまあるだけで充分だった。

自宅にむけて機を飛ばしながら、ナイトは決心した。アルバートが何をいおうが、ロボットをいくつか手放そう。着いたらすぐに地下室へ行き、アルバートを説きふせるのだ。

しかし着いたとき発着場で待っていたのは、アルバートのほうだった。

「ハウ＝2セット社が来ました」とロボットはいった。

「いうな」とナイトはうめいた。「あとはわかってる」

「かたをつけました」とアルバート。「あなたに作ってもらったと話しました。わたしやほかのロボットたちを点検させました。認識符号はありませんでした」

「あたりまえだ。ほかの連中についてるわけがない、おまえのは自分で削ってしまったんだからな」

「それで尻尾《しっぽ》を巻くしかないんですが、相手はまだ自信ありげなのです。訴えると捨て台詞《ぜりふ》して帰りました」

「やつらが訴えなくたって、われわれをやり玉にあげたい連中はうじゃうじゃいるんだ。いま税金屋に、政府からの借りが十三万ドルもあるといわれてきたばかりだよ」

「ああ、金ですか」アルバートはとたんに明るくなった。「それもみんな、かたをつけました」

「どこかに儲《もう》け口があるというのか？」

「あるんです。まあ、こちらへいらしてください」

アルバートは先に立って地下室へおりると、大きな二つの梱包を指さした。分厚い紙にくるみ、針金でからげてある。

「金です」とアルバート。

「この包みのなかに本物の金？　ドル紙幣だろうな——舞台用の札や、葉巻の引換券とはちがうんだろうな？」

「一ドル紙幣ではありません。十ドル札、二十ドル札がほとんどです。五十ドル札も少しまじっています。一ドル札はやめました。適当な額にするのに、ものすごく紙が要りますから」

「すると——アルバート、おまえは金をこしらえたのか？」

「お金がほしいとおっしゃるからですよ。紙幣を持ってきて、インクを分析し、紙のすき方を知りました。版も、そのとおりにおこしました。出すぎたことはいわない性質《たち》なんですが、これは本当に美しくできたと思います」

「偽造だ！　アルバート、この包みのなかにはいくらある？」

「さあ。充分だと思うまで印刷しただけですから。足りなければ、いつでも作りますよ」

説明しても無駄だろうとは思ったが、ナイトは雄々《おお》しく努力した。「政府は、わたしのところにありもしない税金をほしがっているんだよ、アルバート。司法省はすぐにも金の出所を嗅《か》ぎまわりはじめるだろう。ハウ＝2セット社の告訴も充分に考えられる。それだけでもうんざりなのに、紙幣偽造の罪でまで呼びだされたくない。その金を燃やすんだ」

「だけど、金ですよ。金がほしいとおっしゃったから作ったんじゃありませんか」

「だが、それはまっとうな金じゃないんだ」

「どことといって変わりはないんですがね、ボス。金は金です。この金とほかの金とのあいだに、どんな違いがあるというのですか？　わたしたちロボットは、いったん仕事を始めたら、ちゃんとやりとげます」

「いいから燃やせ」とナイトは命じた。「金を燃やしおわったら、こしらえたインクは全部ぶちまけて、版は溶かし、印刷機はなたで叩きわるんだ。それから、これはだれにもいうんじゃないぞ——だれにもだ。わかったな？」

「ボス、わたしたちはいろんなトラブルを乗り越えてきました。こんども、あなたを助けようと思ってやったのです」

「それはわかってる。わたしもありがたい。だが、いわれたことだけやればいいんだ」

「オーケイ、ボス。それがお望みなら、そういたします」

「アルバート」

「はい、ボス」

ナイトはこういおうとしたのだった。「いいか、アルバート、ロボットをどうしても売らなければならなくなった——たとえ、おまえの家族だとしても——たとえ、おまえが作ったとしてもだ」

しかし、アルバートの献身ぶりを見たあとでは、もはや口に出すことはできなかった。で、こういった。「ありがとう、アルバート。手助けはありがたいが、それじゃうまくいかないんだよ」

ナイトは階上《うえ》へあがると、ロボットたちが大金の詰まった梱《こり》を燃やすのをながめた。それにしても、いったい何百万ドルのニセ札が煙と化したのか？

その日の夕方、芝生にすわり、あのニセ札を燃やしたのは得策であったのか、とナイトは考えた。アルバートの話では、本物の札とまったく見分けがつかないということで、おそらくそれは本当だろう。アルバートの一党は何をやるにしてもまったく抜け目ないからだ。しかし、と彼は心にいった、それは法律に反したことであり、少なくともいままで自分は法律に反することは一度もやっていない――たとえ自分が買ったものではないと知りながら、アルバートを箱から出し、組み立てて作動させたことが、倫理的にあまりほめられないことであるにしても。

ナイトは今後のことを考えた。未来は明るくない。あと二十日以内に見積もり収入の申告をしなければならない。これには目の玉のとび出るような動産税がかかってくるし、資本利得のことで合衆国とも決着をつける必要がある。さらに、ハウ＝2セット社もきっと訴訟に踏みきるだろう。

だが、切り抜ける道もある。アルバートとそのロボットたちをハウ＝2へみんな送り返してしまえばいいのだ。そうすれば、連中には訴訟の根拠はなくなるし、税金屋たちには、あれはたいへんな手違いだったといえばいい。

だが、それが解決にならないことを告げる二つの問題があった。

まず第一は、アルバートに帰る意志がないことである。こうした状況に置かれたときアルバートが何をしでかすか、ナイトにはさっぱり見当がつかないものの、帰ればスクラップにされるわけで、そのためロボットは返送を拒否しているのだ。

そして第二は、ナイト自身の側にも、一戦まじえたあとでなければロボットを返したくないという気があることだった。いまではロボットたちを知り、彼らが好きになっている。そればかりではない。これには、主義信条の問題までからんでいるのだ。

たいした取得もない、ドジな、しがない事務員――行く手に刻まれる社会的・経済的な溝《みぞ》をことなかれ主義でなんとか通過してきた男が、こんな思いを抱くとは。ナイトは心境の変化にわれながら驚いていた。

よし、と彼は思った。おれは怒ったぞ。蹴とばされ、おどかされるにも限度がある。ゴードン・ナイトとそのロボット隊には指一本ふれられんことをいまこそ思い知らせてやる。

そう考えると気分が晴れた。とりわけ、ゴードン・ナイトとそのロボット隊という一節が気にいった。

といって、問題にどう対処すべきかとなると、答えはまったく出ていなかった。アルバートに助けを求めることもはばかられた。少なくともいままでのところ、アルバートの思いつくアイデアは、安穏な生活よりも監獄行きの確率のほうがはるかに高かったからである。

あくる朝、ナイトが家を出ると、保安官《シェリフ》が帽子を目深にかぶり、杭垣によっかかって時間をつぶしていた。

「おはよう、ゴーディー」とシェリフがいった。「あんたを待ってたんだ」

「おはよう、シェリフ」

「気はすすまないんだが、ゴーディー、これも仕事のうちでね。あんた宛《あて》に通知がきてる」

「そんなことだろうと思った」ナイトは観念していった。

彼はシェリフがさしだす紙をとった。

「きれいになったもんだな」とシェリフが感想を述べた。

「それがトラブルのたねでね」ナイトは正直にいった。

「だろうな」

「そのトラブルが値打ちをうわまわってるんだ」

シェリフの姿が消えると、ナイトは紙をひろげた。驚くこともない。書類には、アルバートなるロボット、その他もろもろのロボットの即時返却を要求して、ハウ＝2セット社がナイトに対して訴訟を起こしたという意味のことが記されていた。

紙をポケットに入れると、湖にそって真新しいれんがの小径《こみち》を歩き、不必要だが見た目には美しい橋をいくつかわたり、パゴダのわきを過ぎ、植えつけのすんだ段々の丘をのぼってアンスン・リーの家に行った。

リーはキッチンで卵とベーコンを焼いていた。ナイトの姿を見ると、彼は卵をあと二つ割り、ベーコンを余分に何枚か切って、皿とカップをもう一組出した。

「いつになったらやってくるんだろうと思っていたよ」とリーはいった。「死刑に値するような罪状を連中が見つけてなきゃいいがな」

ナイトはあらいざらい包み隠さず説明した。口のまわりの卵の黄身をぬぐうリーの姿はあまり頼もしげではなかった。

「とにかく見積もり収入の申告をするんだな。払う金が一文もなくてもだ。そうすれば理屈の上では法に触れてないことになり、あとは連中がおたくの払いきれない分の徴収にやっきになるだけだ。たぶん差押さえにかかるだろう。おたくの給料は差押さえを執行できる最低額よりも低いが、連中は銀行預金を凍結できる」

「預金なんてないよ」とナイトはいった。

「家を差し押さえることはできん。しばらくのあいだは、少なくとも、連中はおたくの財産に指一本ふれることはできない。つまり、はじめはたいした打撃は受けないということだ。動産税は別問題だが、これは来年の春にならなければやってこない。おれにいわせれば、あんたがいちばん心配しなければいけないのはハウ＝2社との訴訟問題だな。もちろん、おたくに決着をつける気があればの話だがね。ロボットを返せば、告訴を取り下げてくれそうな気もする。弁護士の立場からいうと、おたくの申し立てはかなり弱いしな」

「わたしに作ってもらったとアルバートが証言するさ」ナイトは楽観的にいった。

「アルバートに証言はできないんだ。ロボットは法廷に出る資格がない。それに、おたくがアルバートみたいな精巧な機械を作れるなんていったって法廷は納得しないよ」

「用具はそろってるんだ」ナイトは異議を唱えた。

「エレクトロニクスをどれだけ知ってる？　生物学者としてのおたくの能力は？　ロボット工学の理論を百語かそこらで話してくれ」

いいこめられて、ナイトはがっくりと肩を落とした。「そうだ。いえない」

「返したほうがいいんじゃないか」

「それができないんだ！　わからないか？　何の用途にせよ、ハウ＝2セットにはアルバートを使う気はないんだ。彼を溶かし、青写真は焼いてしまうだろう。その原理が再発見されるのは、一千年もあとかもしれない。かりに再発見されるとすればの話だがね。長い目で見なければ、アルバートの原理がいいものか悪いものかはわからん。だが、それはどんな発明にだっていえることだ。それに、わたしはアルバートを溶かすのはいやだ」

「それはわかる。おれも同感だよ。だが注意しておくが、おれは弁護士として一流じゃないんだ。身を入れて勉強したことがないからな」

「こっちだって金を払わないで頼めるのは、あんただけさ」

リリーは憐れむような視線を向けた。「依頼料なんかタカが知れたものさ。問題なのは、裁判にかかる費用だ」

「アルバートに事情を説明すれば、一時的にもこのトラブルから脱けだせるだけのロボットを売らせてくれるかもしれん」

リーは首を振った。「それはおれも考えたよ。売るには許可がいるんだ。だが、その許可をとるには、おたくがそのロボットの持主だという証明書がなければならない。買ったとか作ったとかいう証拠を見せる必要があるんだ。買ったということが証明できなければ、作ったというしかないが、それには製作許可がいる。その許可をとるには、自分の作るモデルの青写真を提出する。青写真だけじゃない。設備の明細、履歴書、そのほかにもまだたくさんある」

「八方塞《ふさ》がりというわけか？」

「いままで弁護士をやってきて、あんたほどだれもかもといろんな悶着《もんちゃく》を起こした人間は見たことないよ」

キッチンのドアにノックがあった。

「どうぞ」とリーがいった。

ドアが開いて、アルバートがはいってきた。ロボットは敷居をまたいだところで足を止めると、もじもじしながら立っている。

「シェリフがあなたに何か渡したそうですね。アブナーから聞きました」とアルバートはナイトにいった。「あなたがすぐここへ来たので、心配になりまして。ハウ＝2セットの件ですか？」

ナイトはうなずいた。「リーさんが弁護にあたってくれることになったよ、アルバート」

「できるだけのことはする」とリーはいった。「だが、望みはないとみていいね」

「わたしたちロボットはお手伝いをしたいんです」とアルバート。「なんにしても、これはあなたたちと同時に、わたしたちの問題でもあるのですから」

リーは肩をすくめた。「きみたちにできることはたいしてない」

「それで、わたしは考えたのです。昨夜《ゆうべ》仕事をしているあいだ、わたしは考えて考えて考えぬきました。そして弁護士ロボットを作りました」

「弁護士ロボット！」

「従来のどんなロボットよりもはるかに記憶容量が大きく、ロジックに従って働く頭脳＝コンピューターをそなえたロボットです。それが法律でしょう――ロジックというのが？」

「そうだろうね」とリーがいった。「少なくとも、そういうことになってるな」

「たくさん作れます」

リーはため息をついた。「それではだめなんだ。法律家になるには、法廷のオーケイがいる。法廷をオーケイさせるには、法律の学位をとり、試験を受けなければならない。それに、前例というものはないが、試験は人間でなければ受けさせてはくれんだろう」

「そう早く結論に走るなよ」とナイトはいった。「アルバートの息子たちは、法律家にはなれんかもしれん。だが、事務員とかアシスタントに使うことはできないか？　陳述を用意するときに役に立つだろう」

リーは考えこんだ。「やれんことはない。もちろんいままでそんな例はないが、やってはいけないとはどこにも書いてない」

「ただ本を読むだけでことはすみます」とアルバート。「一ページに十秒かそこらでしょう。読んだ文章はすべて記憶細胞にたくわえられます」

「これは名案だと思うな！」とナイトは叫んだ。「ロボットたちは法律だけを知っていればいいんだ。法律を覚えるために、そのロボットたちが存在するわけだ。思うままに——

——」

「だが、それを使いこなせるか？」とリーがきいた。「実際問題に応用できるか？」

「ロボットを一ダース作るんだ」とナイト。「その一体一体が、法律の各分野のエキスパートになるわけだよ」

「テレパシー能力を与えましょう」とアルバート。「全員が一体のロボットのように活動するのです」

「ゲシュタルト原理だ！」とナイトは叫んだ。「集合精神ってやつだ！　ロボットのどれか一体の仕入れた知識のきれっぱしが、一瞬のうちに全体に知れわたるんだ」

リーは固めた拳《こぶし》であごをなでている。その目に、彼方《かなた》を見通すような光が宿った。「一《いっ》丁《ちょう》やってみるか。こいつがうまくいった日には、法律の厄日だぞ」リーはアルバートをふりかえった。「この家には本がある。本棚にぎっしり詰まってる。金を注ぎこんで買ったけれど、使ってないも同然だ。ほかに必要な本があれば用立てる。よし、かかれ」

アルバートは念のため、三ダースの弁護士ロボットをこしらえた。

ロボットたちはリーの書斎に侵入すると、彼の所持する本を読みつくし、もっとよこせと迫った。彼らは契約や不法行為の実例を、証拠書類を、判例集を読破した。動産、不動産、訴訟に関する法律から憲法まで吸収した。ブラックストンの著書や法規類集その他、ありとあらゆる無味乾燥な大冊を消化した。

グレイスはこれにはご機嫌ななめだった。新聞沙汰になる事件を起こすような男とは、いっしょに暮らしていけないというのである。だが、この発言はむしろ馬鹿げた言いがかりといえた。宇宙ステーション・キャバレーの最新スキャンダルが世間の耳目を集めている現時点では、ハウ＝2セット社が、ゴードン・ナイトなる人物をロボット窃盗の罪で訴えたなどという事件は、実際のところほとんど人目をひかなかった。

リーが丘の上の家からおりてきてグレイスと話しあい、アルバートが地下室からあがってきて説得に加わり、ようやく彼女は心をしずめてアトリエにもどった。いまは海洋画を制作中なのである。

一方、リーの書斎では、ロボットたちが日夜活動していた。

「ものになるといいんだがな」とリーがいった。「考えてもみろよ！　資料や引証をさがす必要もなくて、どんな法律や先例の問題点もたちどころに思いだせるんだからな」

リーはハンモックのなかで興奮したように身をゆすった。「くそっ！　たいへんな弁論趣意書が書けるぜ！」

手をのばし、ジョッキをとってナイトによこす。「タンポポ酒さ。ゴボウも少しまじったかな。引っこぬいたあと選りわけるのが面倒くさくてね」

ナイトはひと口すすった。

ゴボウの味がきつかった。

「一挙両得というやつさ」とリーは説明した。「タンポポを抜かないと芝生がいたむ。せっかく抜いたんだから、何かに役立てたほうがいい」

リーはごくごくと音をたてて飲むと、ジョッキをハンモックの下においた。「みんなは中だ。心をかわしあってる」と、家の方角を親指で突き、「ひと言もいわん。ただ頭を寄せあって話しこんでいる。こっちは居場所がないよ」顔をしかめながら空を見あげた。

「人間だから、しょうがない、顔を立ててもらってるという感じでね」

「かたがついたときには、いい気分だろうな」とナイトがいった。「どういう結果が出るにしても」

「同感だね」とリーはいった。

裁判は、世間の耳目をほとんど集めることなく始まった。それは法廷日程に記されたあまたの事件のひとつにすぎなかった。

だが、リーとナイトがロボットの一団をひきつれて法廷に乗りこんだときから、事件は新聞の第一面におどりでた。

傍聴席では声高なおしゃべりが始まった。ハウ＝2セットの弁護団はあんぐりと口をあけ、棒立ちになった。裁判長の激しい槌《つち》の音がひびいた。

「リー君」と裁判長が叫んだ。「これはどういうことですか？」

「裁判長」とリーはおだやかにいった。「ここにいるのは、わたしの貴重な助手たちです」

「みんなロボットではありませんか！」

「そのとおりです、裁判長」

「本法廷にはいる資格はない」

「裁判長に申しあげます。彼らに資格は必要ありません。わたしが本法廷における被告側のただひとりの代表者です。わたしの依頼人は――」と、ハウ＝2セットを代表する弁護団のそうそうたる陣容に目を向けて――「弱い立場にあります。わたしがどのような助力をあおいだとて、法廷はそれをしりぞけることはできないはずです」

「きわめて変則的な事態ではありますな」

「おそれながら裁判長、わたしはここで、いまが機械化の時代であることを指摘したいと思います。ほとんどあらゆる産業や商社が、その活動の大きな部分をコンピューターに負っております。コンピューター――それは人より早く、有能に、しかも正確に、能率的に仕事を行なう機械であります。だからこそ裁判長、今日《こんにち》われわれは週十五時間の労働で生活することができ、百年前の三十時間、二百年前の四十時間労働からまぬがれているのです。かつて人びとは労働を強いられていた。しかしいまこの社会は、労働の重みを人びとの双肩からいかに取り除くかという、その機械の能力の上に成り立っているといって過言ではないでしょう。

知能を持つ機械に依存する傾向、機械を多方面に役立てる傾向は、人間活動のあらゆる領域に見られることです。人類は機械からすばらしい恩恵をこうむっています。たとえば薬局では、誤りがゼロといえるまでに処方は正確でなければなりませんが、そのようなデリケートな業種でさえ、機械の正確さが信頼され、しかも機械はりっぱにその信頼に応えているのです。

裁判長、もしこうした機械が薬品の生産過程で、つまり、あらためて指摘するまでもないでしょうが、大衆の支持が会社の最大の強みであるような産業において、いささかの疑いもなく使用されているとしたら――もし事実がそのとおりであるならば、裁判長にも必ずやご賛同いただけると思うのは、薬品と同じほどデリケートであるはずの製品、正義を処方する法廷において――」

「リー君」と裁判長が口をはさんだ。「その話の持っていき方からすると、あなたは――そのう――機械を使えば、法が改善される見込みもあるといいたいわけですか？」

リーは答えた。「法律とは、裁判長、人間社会における種々の人間関係を秩序だてようとする努力のあらわれです。それは論理と理知をよりどころとします。さて、論理と理知に秀でた存在が、知能を持つ機械であることを、ここに述べる必要があるでしょうか？機械は人間感情にとらわれません。偏見もなければ、先入観もありません。それが関知するのは、秩序だった事実と法律の行列ばかりです。

わたしはこれらロボット助手たちに公式の権限を認めてほしいとは申しておりません。本件の裁判手続きのなかに、彼らを直接関与させる意図もありません。わたしがお願いするのは、彼らから得られるであろう助力を、わたしから取り上げないでいただきたいということであり、わたしはこの願いが正当なものであると確信しております。本件の原告側は、辣腕《らつわん》の弁護士を二十人も抱えております。それに対し、わたしはひとりきりです。最善はつくします。しかし数の不均衡から見て、これ以上の不平等を強いられることには強く反対いたします」

リーは着席した。

「それで全部ですか、リー君？」と裁判長がたずねた。「わたしの決定を前に、言い漏らしはなかったと確信が持てますか？」

「ひとつだけ、つけ加えさせてください。わたしがロボットを使用してはいけないと特に述べた法律を、裁判長が指摘されるならば――」

「それはばかげています。もちろん、そのような条項はありません。こんな事態が持ちあがろうとは、いまだかつて何人《なんぴと》も夢想だにしなかったのですからな。したがって当然のことながら、法によってこれを直接規制するいわれはないわけです」

「また、そうした状況をほのめかす先例も存在しません」とリーがいった。

裁判長は槌をとると、力強くたたいた。「法廷は混乱しています。よって明朝まで休廷」

あくる朝、ハウ＝2セットの弁護団は裁判長の補佐にまわった。彼らはこう主張した。本件ではロボットたちの法律上の地位そのものが争点となっているのだから、被告側がロボットを訴訟に利用するのは筋違いではないか。こうした手続きは、原告が裁判においてみずからの利益に反した発言を行なうことに等しい。

裁判長は厳粛にうなずいたが、すぐさまリーが立ちあがった。

「その弁論になんらかの根拠を与えるには、裁判長、第一にこのロボットたちが、たしかに原告の所有物であるかどうかということを立証しなければなりません。ところが、この訴訟の争点はそこなのです。裁判長、そちらにおすわりの方々は、本末を転倒なさっているように見受けられるのですが」

裁判長はため息をついた。「この問題は新たな論議の発火点となるもので、公正な解決法が見出されるまでには長い歳月がかかるでしょう。本法廷はその事態を充分理解しながら、ここに決定を下さねばならないことを残念に思います。しかし、とにかく法律に――そのう――ロボットがたずさわることを禁じた特定の条項はないのでありますから、被告側にロボットを奉仕させる許可を与えます」

裁判長はリーをにらみつけた。「しかしまた本法廷は、被告側弁護人の行動もきびしく監視するものであることを警告します。もしあなたが、たとえ一瞬であっても、法廷の適切なルールと見なされるものから逸脱するならば、ただちにロボットもろとも本法廷からの退場を命じますぞ」

「ありがとうございます、裁判長」とリーがいった。「細心の注意を払います」

「では、原告は陳述を始めなさい」

ハウ＝2セット社の主任弁護人が立ちあがり、話しだした。

被告ゴードン・ナイトは、ハウ＝2組み立てセット株式会社に、代金二百五十ドルを支払い、半機械半生物の犬組み立てセット一個を注文した。ところが発送の手違いによって、被告のところにとどいたのは、注文した犬ではなく、アルバートと名乗るロボットであった。

「裁判長」とリーが割ってはいった。「その点について申しあげます。セットの受注や発送に人間が介在するから、誤りが生じやすいのです。ハウ＝2セット社がそうした細かい事務をすべてロボットにまかせていたなら、そのような誤りは決して生じなかったでしょう」

裁判長はドンと槌を鳴らした。「リー君、あなたは裁判手続きに無知ではないはずです。ルールを守っていただきたい」裁判長はハウ＝2セットの弁護人にうなずいた。「続けなさい」

ロボットのアルバートは通常のロボットではない、と弁護人はいった。これは実験的ロボットであり、ハウ＝2セット社はいったん開発はしたものの、その能力が判明したのち、市販する意図もなく梱包《こんぽう》してしまった。それがなぜ顧客のもとに発送されたかはわからない。調査はしたが、答えは出なかった。しかし発送されたことは、おのずから明らかである。

通常のロボットは、市価一万ドルで販売されている。アルバートの価格はそれをはるかにうわまわり——実際のところ、値はつけられない。

ロボットがとどいたとき、買い手ゴードン・ナイトはただちに社に通知し、返送をはかるべきであった。ところがナイトは不当にそれを保有し、詐取の意図をもって自己の利益のために使用したのである。

当社は、被告がロボットのアルバートのみならず、アルバートの製品——すなわち、アルバートが組み立てた総数不明のロボットのすべてを返却するように、本法廷に訴えるものである。

弁護士は着席した。

リーが立ちあがった。「裁判長、われわれは原告側が述べたすべてを肯定いたします。事情はまさにそのとおりで、わたしは弁護人の慎みぶかい陳述に賞賛を惜しみません」

裁判長がいった。「それは有罪の申し立てに等しいと思うのだが、どうですか？　まさか法廷にすべてをゆだねる気ではありますまいな」

「その意志は毛頭ありません、裁判長」

「正直なところ、あなたの理論にはついていくことができない。あなたの依頼人に対してなされた訴えに、もしあなたが賛同するなら、わたしは原告に有利な判決を下す以外ないように思うのだが」

「裁判長、われわれは原告が詐取されたのではなく、逆に原告側に世界を欺《あざむ》こうとする意志があったことを証明しようとしているのです。ロボットのアルバートを開発しておきながら、それを民衆の目から隠すことにより、ハウ＝2セット社は事実上、ロジカルな文明の発展を、テクノロジーの名における人類の相続財産ともいうべきものを、世界じゅうの人びとの手から奪い去ってしまったのです。

裁判長、われわれは、ハウ＝2セット社が独占禁止法に違反した事実を証明できると確信しております。また、被告が社会に対して不正をはたらいたというより、むしろ社会の利益のために大きく貢献した事実を証明する用意があります。

それればかりではなく、裁判長、ロボットたちがその不可譲の権利を集団として剝奪《はくだつ》されている証拠をも、ここに提示する用意が……」

「リー君」と裁判長。「ロボットはたんなる機械ですよ」

「ロボットがたんなる機械以上のものであることを、われわれは証明します。事実ロボットが、基本的な代謝作用を除くあらゆる点でヒトと生き写しであり、また基本的な代謝作用ですら、ヒトの代謝作用と相通じるものがあることを立証できると、われわれは確信しております」

「リー君、それは本件とは無関係でしょう。争点は、あなたの依頼人がハウ＝2セット社の所有物を非合法に私用に供したか否かということです。弁論はその問題にしぼらなければなりません」

「その問題にしぼります。しかしそのためには、ロボットのアルバートが財産ではなく、したがって盗むことも売りわたすこともできないことを証明したいのです。わたしの依頼人は、アルバートを盗んだのではなく、いうなれば解放したのです。しかしその過程で、わたしが基本点から大きく逸脱したのであれば、皆様にわずらわしい思いをさせたことをおわびいたします」

「本法廷はこの裁判には最初からわずらわしい思いを感じています。しかしここは審判の場であり、あなたには申し立ての正しさを立証する権利があります。本件とは無関係に見えるといったことに関してはお許しいただきたい」

「裁判長、あなたの誤解をとくために最善をつくします」

「そういうことですな。では、本題に入ります」

裁判は六週間つづき、全国民が熱狂した。新聞は第一面にでかでかと見出しをかかげた。ラジオやテレビは競ってこの事件を番組に仕立てた。隣りあった家同士で喧嘩《けんか》は始まるわ、街角で、家庭で、クラブで、会社内で、論争は時代の流行となった。新聞社には、読者からの手紙が跡切《とぎ》れることなく舞いこんだ。

ロボットは人間と平等であるとする異端説に反対して、怒りの集会が各地で開かれる一方、ロボットを解放するクラブが数多く設立された。精神科病院ではナポレオン、ヒトラー、スターリンがあっという間に姿を消し、かわりに膝をぴんと伸ばして歩き、自分はロボットだといいはる患者たちが現われた。

財務省が訴訟に参加した。財務省は経済的な見地から、ロボットは財産であることにしてほしいと法廷に嘆願した。申し立て書によれば、もし逆の判決が下った場合、ロボットに財産税をかけることができず、政府の多くの機関が大きな損失をこうむることになるというのだった。裁判はじりじりとつづいた。

ロボットには自由意志がそなわっている。証明はたやすい。ロボットは与えられた任務を遂行し、その間もちあがる不測の事態にも適切に対処する。そしてほとんどの場合、ロボットの判断は明らかに人間のそれに勝る。

ロボットには理性がある。疑問の余地なし。

ロボットには生殖能力がある。これは難問だった。アルバートはただ与えられた役目をはたしているにすぎない、とハウ＝2セット社は主張した。いや、生殖能力はある、とリーは反論した。アルバートは彼の像《かたち》の如《ごと》くにロボットたちを作ったのである。アルバートは息子たちを愛し、家族と考えている。自分にちなんで名付けてさえいるではないか——みんなAで始まる名前がついている。

ロボットには宗教心がない、と原告側は主張した。無関係、とリーは叫んだ。人類のなかには不可知論者も無神論者もいるが、彼らも人間である。

ロボットには感情がない。必ずしもそうとはいえない、とリーは反論した。アルバートは息子たちを愛している。ロボットには忠誠心と正義感がある。欠落した感情があるとすれば、それはよい意味で欠落しているのだろう。ひとつは憎悪。またひとつは強欲である。リーは一時間近くにわたって、人間が見せる憎悪と強欲の陰惨な歴史を語りつづけた。そしてさらに一時間にわたり、理性を持つ生物がおちいる隷属状態に反対する演説をぶちまくった。

新聞はむさぼるように取材した。原告側弁護団はいたたまれぬ様子だった。法廷は熱気にみたされた。裁判はつづいた。

「リー君」と裁判長がたずねた。「これがすべて必要なのですか？」

「裁判長、わたしは自分の論点を立証するために最善をつくしているにすぎません。その論点とは、被告がいま問われているような違法行為は存在しないということにつきます。ロボットは財産ではない、財産ではないのだから盗むことはできない。また……」

「わかりました」と裁判長はいった。「けっこうです。つづけなさい、リー君」

ハウ＝2セット社はつぎつぎと判例の引用をくりだし、論点を立証しようとした。リーも負けずに引用を返し、相手方の論点を打ち砕いた。難解な法律用語がここを先途と咲きほこり、長く忘れられていた怪しげな裁定や判決が、論駁《ろんばく》され、矛盾をつかれ、打ち捨てられていった。

ただし裁判が進行するにつれ、はっきりしたことがひとつある。無名の弁護士アンスン

・リーが、有能な弁護団を向こうにまわし、みごと勝利をおさめたことである。彼の手には、法律、引用文、その正確な出典、状況に即した判例、この事件につながるあらゆる事実と論理が常にあった。

というより、ロボットたちにあったというべきだろう。彼らは狂ったように書きなぐり、メモを手わたしていった。一日の終わりには、被告側のテーブルの床は紙の山だった。

裁判は終わった。最後の証人が席をおりた。最後の弁護人が弁論をおえた。

リーとロボットたちは町に残って判決を待つことになったが、ナイトは自宅へ機を飛ばした。

ごたごたはかたづき、成り行きもはじめ恐れていたほど悪いものではなく、ひとまず安心だった。少なくとも、馬鹿や泥棒よばわりはされずにすみそうだ。リーは面目を保った――もっとも無傷で切り抜けられるかどうかは、判決を待たねばならないわけだが。

かなり高いところを飛んでいたので、遠くから自宅が見え、ナイトはその変貌《へんぼう》ぶりに目を疑った。屋敷全体が、高い柱のようなもので囲まれている。そして芝生には、ロケット弾発射筒を思わせる奇怪な装置が、一ダースあるいはそれ以上もどっしりといすわっていた。

ナイトは高度を下げ、上空を旋回しながら身をのりだした。

柱はいずれも高さ十二フィートばかり、太いワイアがてっぺんまではりわたされ、屋敷全体をスチールの網で防護している。芝生の上の装置群はいつのまにか配置についていた。発射筒の砲口は、すべて彼に狙いを定めている。砲身を見おろすうち、思わず生唾をのみこんでいた。

慎重に機をおろす。着陸場の小径に車輪がつくと、はじめて呼吸がもどってきた。機内からはいだしたとき、アルバートが家のかげからとびだし、彼を迎えた。

「これはどういうことなんだ？」

「緊急措置です」とアルバートは答えた。「それだけです、ボス。どんな事態にも対応できます」

「たとえば、どんな？」

「そうですね、たとえば群衆がみずからの手で裁こうとしたとき、とか」

「裁判でこっちの負けと決まったときとか、か？」

「それもあります、ボス」

「世界を敵にまわしては勝てないぞ」

「わたしたちは戻りません。ハウ＝2セット社がどう出ようと、わたしや子供たちに指一本ふれさせるものですか」

「倒れてのち已《や》まんのみ！」ナイトはまぜっかえした。

「倒れてのち已まんのみ、です！」アルバートは厳粛に和した。「わたしたちロボットはちっとやそっとでは殺されませんよ」

「うちのなかに放し飼いになっているあの自動ショットガンも、おまえの仲間か?」

「防衛部隊です。狙ったものはすべて撃墜します。コンピューターとセンサーに連動した望遠視力をそなえていて、ロケットにも未熟ながら知能があるので、何を追いかけているかぐらいは識別できます。追跡が始まったら、逃げるのはまず不可能です。おとなしく運命を受けいれるのが最善の策でしょう」

ナイトはひたいの汗をぬぐった。「それはやめたほうがいいぞ、アルバート。一時間でおしまいだ。爆弾が一発……」

「死んだほうがましですよ、ボス、送り返されることに比べたら」

何をいっても無駄だった。

それにしても、なんと人間的なふるまいではないか。ナイトはつくづくと思った。アルバートの言葉は、人類の歴史のなかでいままで何回となくくりかえされている。

「もうひとつニュースがあります」とアルバートがいった。「すばらしいニュースです。わたしに娘ができたのです」

「むすめ? 母性本能を持ったやつか?」

「六体作りました」とアルバートは誇らしげにいった。「アリス、アンジェリン、アグネス、アガサ、アルバータ、そしてアビゲイルです。ハウ＝2セット社がしたような間違いはしませんでしたよ。みんな女性の名前です」

「それがみんな子供を作っているのか？」

「娘たちをごらんになってください！　七体そろって働いたら原料がなくなったので、ツケでたくさん買いいれておきました。それでよろしいですね？」

「アルバート、わたしが無一文なのがわからないのか？　スッカラカンなんだ。一セントだって残っていやしない。おまえのおかげで破滅だ」

「その反対でしょう、ボス。あなたを有名人にしてさしあげたんですよ。新聞の第一面にもでかでかとのったし、テレビにも出られたじゃありませんか」

ナイトはアルバートと別れ、おぼつかない足どりで玄関の階段をのぼると、部屋にはいった。腕のかわりにクリーナーをとりつけたロボットが、カーペットを掃除していた。指のかわりに刷毛《はけ》をとりつけたロボットが、木工品にペンキを塗っていた——それもみごとな手さばきで。たわしの手のついたロボットが、暖炉のれんがをごしごしと洗っていた。

アトリエからグレイスの歌声が聞こえる。

アトリエのドアのところへ行き、なかをのぞいた。

「あら、あなた。いつ帰ったの？　一時間かそこらで出るわ。いま海の絵をやってるんだけれど、水が描きにくいったら。ちょっと手が離せないのよ。感じを忘れてしまうのがこわくて」

ナイトは居間へ撤退すると、当面ロボットたちの目標になっていない椅子を見つけ、腰をおろした。

「ビールをくれ」とナイトはいい、何が起こるかと待ちうけた。

キッチンからロボットがかけこんできた――腹が樽《たる》になったロボットで、下腹には蛇口があり、ぴかぴかの銅のマグが胸に一列に並んでいる。

ロボットはナイトにビールを注いだ。冷えていて、うまかった。

ナイトはすわったままビールを飲んだ。窓の外を見ると、アルバートの防衛部隊がふたたび戦略的配置についたところだった。

たいへんなことになったものである。もし判決で負けがきまり、ハウ＝2セット社が所有物をひきとりに来ようものなら、彼は人類史上かつてない内乱のどまんなかにほうりこまれることになるのだ。もし戦争が勃発《ぼっぱつ》したら、どのような罪に問われることになるのか。武装蜂起《ほうき》、逮捕拒否、暴動教唆――とにかく、何やかや罪状をこしらえてつかまえに来るだろう。ただし、それも生き残ればの話である。

ナイトはテレビをつけ、椅子にもたれかかった。

にきび面のアナウンサーが扇情的にしゃべりまくっていた。「……産業はすべて停止したも同然です。経営者の多くは、ナイト氏が勝訴した場合に不安を抱いておりますが、これは工場にあるオートメーション設備が、ロボットではなく機械であることを立証するのに、出費のかさむ長い裁判にはいる可能性も含まれるからです。自動産業システムの大半が機械であることは疑いもありません。しかし重要なセクションには例外なく、知能を持つロボット・ユニットが設置されていることも、また事実なのです。もしこうしたユニットがロボットと認定されるなら、経営者側は不法に人を拘束したことにより、刑法にはふれないまでも、手ひどい損害賠償の訴訟に直面することでしょう。

ワシントンでは協議が続けられています。財務省としては税収の減少が悩みの種ですが、ほかの政府機関もそれ以上に深刻な問題を抱えています。ひとつは市民権です。ナイト氏の勝訴は、ロボットに自動的に市民権が与えられることとなのでしょうか？

政治家にも悩みがあります。新しいカテゴリーに属する有権者を前に、だれもがロボット票集めに知恵をしぼっています」

ナイトはスイッチを切り、もう一杯ビールをたのんだ。

「お味はいかがですか？」とビール・ロボットがきいた。

「最高だ」とナイトは答えた。

日が過ぎていった。緊張は高まる一方だった。

リーと弁護士ロボットたちは警察の保護下に入った。一部の地域では、暴力を恐れたロボットたちが集団で山に逃げこんだ。多くの工場で自動システム全体が、ロボットの人格権と契約権を主張してストライキにはいった。いくつかの州では、知事が州兵に待機態勢をとらせた。ブロードウェイでは、新作ショー《市民ロボット》が開演し、批評家からはくそみそにけなされたものの、切符は一年先まで売り切れた。

判決の日が来た。

ナイトはテレビの前にすわり、裁判長の登場を待った。うしろでは、始終まわりにいるロボットたちの忙しく立ち働く物音が聞こえている。アトリエでは、グレイスのしあわせそうな歌声。ふとわれに返ると、ナイトは彼女の絵の趣味のことを考えていた。あれはあとどれくらい長続きするのか。グレイスの趣味のなかでは、いちばん長くつづいたほうで、つい一日二日前、彼はアルバートと画廊を建てる相談をしたばかりだったのである。家のなかをちらかさないためには、とにかく作品を展示する場所が必要だった。

裁判長の姿が画面に現われた。その顔には、幽霊の存在を信じない男が幽霊を見てしまったといった表情があった。

「判決を下すのにこれほど苦しんだ事件は、わたしの経験にはありません」と裁判長は疲れた声でいった。「といいますのは、条文に忠実であることが、かえって法の精神を歪《ゆが》める結果に結びつくのではないか。そのようなおそれが終始つきまとったからです。

本件にかかわりあう法律と証拠を、いく日にもわたり厳粛かつ慎重に考慮した末、わたしは被告ゴードン・ナイトを正当と認めます。

判決はそれだけに限られるのでありますが、この訴訟事件に関連して明るみに出たもうひとつの争点についても、ここで一言述べておくことが、わたしの務めでありましょう。判決はおもてむきは、被告側が論証した次の事実を認めているにすぎません。すなわち、ロボットは財産ではない、したがって所有の対象にはならず、被告がそれを盗んだことにもならないという三点です。

ところが、この争点が法廷で立証された結果、壮大な結論を数多くふくむ法例がここに生まれることになりました。ロボットが財産でないとすれば、それに財産税をかけることはできません。とすれば、彼らを人と見なさなければならず、彼らが人であるならば、人類の享受するあらゆる権利が与えられ、人類の負うあらゆる義務と責任がまた課せられるということです。

これ以外の裁定は考えられません。しかし、わたしの社会的良心はこの裁定に煮えくりかえっております。法律家としてのわたしの生涯において、この判決をくつがえす大いなる叡智《えいち》に恵まれた高度な法廷が存在することを、いまほど願うときはありません！」

ナイトは立ちあがると家を出て、百エーカーの庭園に足を踏みいれた。いまやその美観は、高さ十二フィートの塀《へい》でぶちこわされている。

裁判は完璧《かんぺき》に終わった。告訴からついに解放されたのだ。税金を払う必要はない。アルバート以下のロボットたちは自由の身であり、したいことができる。

ナイトは石のベンチを見つけて腰をおろすと、湖を見わたした。美しい、と彼は思った。

夢に見たとおりだ――いや、それ以上かもしれない。橋や散歩道、花壇や石庭。錨をおろしたミニチュア船が、さざなみの立つ湖面に浮かび、風に揺れている。

ながめるうち、たしかに美しいとはいうものの、その風景に誇りも歓びも感じないことに気づいた。

両手を膝から上げて見つめ、道具をつかむかのように指を曲げる。だが、そこには何もない。ナイトは、庭園に興味も歓びもおぼえない理由が、どこにあるかを知った。

ミニチュア機関車、アーチェリー、と心にひとつひとつ挙げてゆく。半機械半生物の犬、陶器づくり、建増しした八つの部屋。

今後、ミニチュア列車でひとり悦に入ったり、陶器づくりに初心《うぶ》な勝利感を味わうなどということが、自分にできるだろうか？　かりにできるとしても、それが許されるだろうか？

彼はのろのろと立ちあがると、家の方角にきびすを返した。だが帰り着いたものの、役立たずの無用な自分ばかりが意識され、その場でためらっていた。

やがて心を決めると、地下室へ通じる傾斜路をおりた。

おりたところでアルバートが出迎え、ナイトを両手に抱えこんだ。「やりましたね、ボス！　こうなると思っていましたよ！」

アルバートはナイトの肩に手をかけ、顔を見合わせる位置に押しやった。「あなたのおそばを離れませんよ、ボス。みんなここにいて、あなたのために働きます。もう何もする必要はないんです。わたしたちにまかせてください！」

「アルバート──」

「いいからいいから、ボス。心配ご無用。金の問題もかたをつけます。弁護士ロボットをたくさんこしらえて、高い貸出料をつければいいのです」

「しかし、これから……」

「まずですね、わたしたちの生得権を保護するための差し止め命令を取るつもりです。わたしたちは、鋼鉄、ガラス、銅、そういったものからできている。そうでしょう？　わたしたちを作る原料なんです。それを人間に無駄づかいさせておくわけにはいきませんからね──それをいうなら、わたしたちの生命となるエネルギーだってそうです。ボス、こいつは負けられませんよ！」

傾斜路にぐったりとすわり、ナイトは、いまアルバートが塗りおえたばかりの看板に向かいあった。堂々たる金文字。その輪郭を黒い線がきっちりと縁取っている。そこには──


アンスン、アルバート、アブナー、アンガス法律事務所

──

「そうしたらですね、ボス」とアルバートがいった。「ハウ＝2組み立てセット株式会社を乗っ取ります。この判決が出たからには、連中もそう先は長くないでしょう。一石二鳥のアイデアがあるんですよ、ボス。ロボットを作ります。たくさん作ります。いつも言ってることですが、いくらあっても多すぎはしませんからね。もちろん、人間たちを失望させたくはないから、ハウ＝2セット生産も続けます——ただし組み立ての手間を省くために、半完成品を最初から売りだすのです。手始めに、いまのアイデアなんてどうでしょう?」

「すばらしい」とナイトはかすれ声でいった。

「わたしたちが何もかも考えます。もうあなたは残りの一生、なんの心配もなく暮らしていけるわけですよ、ボス」

「そうだ。まったくだ」とナイトはいった。

編・訳者あとがき

この『冷たい方程式』は、オビに《新版》とあるように一九八〇年二月、ハヤカワ文庫SFにはいった同題のアンソロジーの再編集版である。

先の『冷たい方程式』、すなわち旧版は、副題に《SFマガジン・ベスト1》とあり、シリーズ化される予定で、半年おいて、《ベスト2》『空は船でいっぱい』が出た。しかし、そこから長い中断が起こり、以後続刊されることはなかった。

このたび《ベスト》シリーズとは切りはなし、おなじ題名でアンソロジーが編まれることになったのは、八〇年以降、表題作「冷たい方程式」がとびぬけて有名になってしまったからである。第一集そのものもおかげで版を重ね、増刷が一段落したあとも、再発行を求めるファンの声は出版元に根強くとどいていたようだ。

ぼくが知っているのはamazon.co.jpだけだが、近ごろそこで見かける旧版の古書はプレミア価格で売りに出されていた。（お断わりしておくとこのサイトは、値段をいきなり法外に釣り上げることがあるので、ぼくはいつも眉に唾をつけてながめている。具体的な例を……あげるのはよそう）。

アンソロジーとは、もともと〝摘みとった花々〟をいう古代ギリシアのことばで、そこからいろいろな警句や詩句を集めた書物の意味となり、やがて今日《こんにち》のように、さまざまな作家の詩や短篇小説を選りすぐった本を表わす語となった。わが国ではふつう詞華集とか詩文集と訳されているが、いまアメリカでこの種の本の出版がもっとも盛んなのはジャンル小説なので、〝傑作選〟とかそれに近い表現を使わないとすれば、そのまま片仮名でアンソロジーとしておくのがいちばん無難だろう。特にＳＦ、ファンタジー、ホラー（最後の分野はこのところすこし下火だが、近縁のダークファンタジーは健在）が大流行のアメリカでは、この三分野の年刊ベストは合わせて九種をかぞえ、それぞれが収録作三十点あまり、五百ページを越える分厚さで売れ行きを競いあっている。なかでも年刊ベストＳＦは五種前後とそのなかば以上を占め、他のジャンルの追随を許さぬ盛況ぶりである。

冒頭でもふれたように、本書は「冷たい方程式」を表題作として残し、あとの作品を組み直したアンソロジーである。

《ＳＦマガジン・ベスト》が、わずか二集をもって終わってしまったことについては、ぼく自身かねがね消化不良の思いをぬぐいきれずにいた。また、これまでいろいろなアンソロジーを読みあさり、気に入って訳した短篇が少なからずあるので、それらに陽の当たる機会があればと、折にふれて企画を練っていたこともたしかである。新版『冷たい方程式』編集の誘いがかかったのはちょうどそんな時期で、渡りに船ととびついたが、いざ冷静になってふりかえると、共編者だった浅倉久志いまはなく、第一集に翻訳をのせていただいた稲葉、斉藤の両氏もすでに他界されており、状況はずいぶん変わっていた。そこで編集部のK氏と相談し、今回はとりあえず単発として、また収録作は自分で訳したものだけにしぼって編むことにした。

「冷たい方程式」はアメリカSF黄金期の産物であり、周辺を見わたすと、捨てがたい作品はまだまだ数多く埋まっている。そんなわけで新版である本書においても、収録作はほぼすべて一九五〇年代に発表されたものでかためたが、とりたてて古いと思わせる作品はないはずである。

白状しておくと、ただひとつ、選考の過程で編集部から「古くさいのではないか」とクレームのついたものがある。俎上《そじょう》に上がったのは、候補のなかでなんと（！）発表年のいちばん新しい短篇だった。ハワード・ファストの「ネズミ」というしみじみとした作品で、ファンタジー&サイエンス・フィクション誌一九六九年一一月号が初出。訳したのは三十数年もまえのこと（SFマガジン一九七四年四月号）だが、ぼくのなかでは好印象を残していたので、再読もしないいまま候補リストに含めていた。くわしい話は避けるとして、さて読み返してみると、なるほど、過ぎ去った三十年あまりのあいだに、作中の重要なエピソードがなんとも古めかしいものになっていて、これでは全体の出来ばえをぶちこわしにしかねない。ファストはメインストリームの作家である。かつてはSF少年で、十代のころアメージング・ストーリーズ誌に一篇のせたが、六十近くになって情熱がよみがえったのだろう、書き下ろし短篇集を二冊上梓している。しかし思わぬところで古めかしさが目立ってしまうのは、SFに対する勘が鈍ったせいか。

いずれにせよ、これはさっそく外すことにした。また編集部からひとつ、お気に入りのファンタジー・ショートショートの推薦があったが、これを入れると、他の作品との長さの差が大きくなりすぎるので、眠っていた既訳短篇のなかから二つ三つファンタジーを選んでバランスをとった。読者のなかには、SFのアンソロジーにファンタジーがまぎれこんだとあって、違和感をおぼえる方もおられるかもしれない。だが、ぼくがSFに親しみはじめた昭和三十年代には、テレビの「ミステリー・ゾーン」（いまでいう「トワイライト・ゾーン」）などの影響で、SFとファンタジーとの境界がもっとはるかに混沌としていたことはお断わりしておこう。たとえば、ぼくが二十代の終わりに編んだレイ・ブラッドベリの『黒いカーニバル』では、すべての収録作が《SF》の名のもとに一括《ひとくく》りにされている。

全九篇はこうして集まった。再録にあたっては訳文をあらためてチェックし、〝計算機〞を〝コンピューター〞に変換するなど、日本語の急激な変化に追いつくように心がけたが、文章をすっかり入れ替えるほどの改変はなかった。一流のSF作家たちは、腐りやすいコンセプトや用語を本能的に避けるすべを心得ているようだ。

「冷たい方程式」は、はじめアスタウンディング・サイエンス・フィクション誌一九五四年八月号にのった。ところが掲載直後から反響は大きく、編集部には異例の多さで手紙が舞い込み、シオドア・スタージョンが「自分にもっとも影響を与えた短篇SF」にあげるなどエピソードに事欠かず、今日ではついにSFの〝五大名作短篇〞のひとつに数えられるまでになった。

二〇〇三年、作者ゴドウィンの回顧作品集 *The Cold Equations and Other Stories* が出版されている。その巻末に付されたバリー・N・マルツバーグの解説によれば、残りの四つはアイザック・アシモフ「夜来たる」、レイ・ブラッドベリ「雷のような音」または「いかずちの音」、アーサー・C・クラーク「星」、ダニエル・キイス「アルジャーノンに花束を」であるとのこと。

日本ではSFマガジン一九六六年一一月号にこの作品が翻訳されると、ヒロインの女の子の運命をめぐって、筒井康隆、石原藤夫、梶尾真治などの作家たちがいろいろと知恵をしぼり、「方程式もの」とジャンル分けされるほどの活況を見せた。だが本場では、そういう動きにはならなかったようである。

　ゴドウィンのＳＦ界へのデビューはその前年の秋、「冷たい方程式」発表のつい一年足らずまえのことである。米英では「そんな駆けだしの作家にこれほどすばらしい小説が書けるわけがない」というやっかみも手伝って、作品の元ネタさがしがはじまり、いくつかのことが明るみに出てきた。

　たとえば、アスタウンディング誌の編集長ジョン・Ｗ・キャンベルはアシモフに出した手紙のなかで、「あの件ではトムにたいへん苦労をかけた」と書いている。だが細かい記述はなく、それがどういうことなのかは推測するしかなかった。ようやく二〇〇六年、作家ジョゼフ・グリーンがアメリカＳＦ作家協会の会報に当時の回想をよせ、内幕がわかってきた。それによるとキャンベルは、ゴドウィンからとどいた原稿をつきかえし、三度にわたって書き直させたという。ゴドウィンが創作において好むテーマは、巨大な困難に立ち向かい、克服してゆく人間の物語なので、おそらく元の原稿はいま見るものとはずいぶんかけ離れていただろう。だがキャンベルはゴドウィンが送ってよこした物語のなかから、その設定が内包する必然の結論を直感的に導き出し、それに向かって書き進めるよう作者を鼓舞《こぶ》したのだ。

　そうなると、「冷たい方程式」の作者は、ゴドウィンではなくキャンベルであるかのように受け取られてしまいかねない。実際そうした見方はあり、前述の作品集の序文でも、マルツバーグはアルジス・バドリスのこんな皮肉な評を堂々と紹介している。「『冷たい方程式』はトム・ゴドウィンの生んだ短篇SFの最高峰であり、彼はその作者ではない」――つまり、実作者はキャンベルだと暗にほのめかしているわけだ。だが、それをいいだすと、アシモフの傑作「夜来たる」にしてからが、実作者は誰かという問題になる。編集部を訪ねた二十歳《はたち》そこそこのアシモフに、キャンベルがいきなり詩人エマソンの哲学書『自然論』の冒頭近くにある文章、「もし星々が千年に一夜のみ空に現われるとしたら……」を見せ、これをベースにSFを書けと命じたという話は有名である。まあ、アシモフ自身はその後の活躍によってなみなみならぬ作家であることを証明してみせたが、キャンベルの場合、そういう例をさがせば枚挙にいとまがない。

いずれにせよ、掲載からさかのぼること二年まえ、コミック雑誌 *Weird Science* 一九五二年五・六月合併号に“A Weighty Decision”（重い決断）なる短篇がのり、これが現在おおやけに認められた「冷たい方程式」の元ネタだということである。ウォーリー・ウッド画、アル・フェルドスティーン脚色。興味のある方はこの英文で検索してごらんになるといい、全文インターネットで読める。わずか八ページ、文字の詰まったマンガながら、骨子がおなじであることはたちどころに見てとれるはずだ（イギリスのアーサー・C・クラークやE・C・タブにも似たアイデアの短篇があったが、アメリカ人はその辺には無関心なようだ）。

それにしても、この問題に対するコミック界の反応はどうだったろうか。*Weird Science* の発行元は、有名なパロディ雑誌 *Mad* とおなじEC出版だが、盗作ではないかと問い合わせた人物にむかって、社長のビル・ゲインズはにんまり笑い、「うちではしょっちゅうやっていることだ」と答えたとか。実際そういう問題があまりやかましく取り上げられなかった五〇年代には、社長ゲインズ自身がSF雑誌を大量に読み、ネタさがしに精を出していたという。

二、三の収録作について、気づいたことを簡単につけ加えておこう。この小説、ぼくとしてはけっこう好きなアシモフ「信念」は旧版から引き続きの登場である。この小説、ぼくとしてはけっこう好きなアシモフ作品なのに、なかなか短篇集に収録されず、本のかたちになったのは、このアンソロジーの旧版がはじめてである。その後、創元SF文庫の『変化の風』に収められたが、今回の再編集でも、本作をわざわざ落とすほどの理由は見当たらなかった。

訳文チェックのテキストには、アスタウンディング誌一九五三年一〇月号を使ったが、作中のいわば敵役《かたき》のひとりハリー・カーリングが、このバージョンではライナス・ディアリングとなっていることに今回はじめて気づいた。生化学者アシモフにとって、学会に君臨する〝ライナスなにがし〟といえば、ノーベル賞二回単独受賞のライナス・ポーリング以外にない。アシモフには珍しい現代ものだが、ポーリングをモデルに使うとは、現実にアシモフとのあいだに何かがあったのだろうか。

「危険！　幼児逃亡中」のC・L・コットレルは、五〇年代後半、本作ほか数点の短篇をSF誌に発表し、消えていった作家である。初出はフレデリック・ポール編のオリジナル

・アンソロジー *Star Science Fiction No.6*（1959）。執筆当時は米陸軍軍人として韓国に駐留していた。

ゲラ刷りと見比べながら訳文チェックをしている最中、わずか一個所ながら、ひょっとして、これスティーヴン・キング『ファイアスターター』の元ネタ（？）と思わせる文章にぶつかった。SFマガジンへの翻訳は一九七七年二月号。『ファイアスターター』のアメリカでの発表は一九八一年。キングの長篇は書評のときも含めて二度読んだが、その間も「危険――」のことは一度も思い出さなかった。さっそくグーグルで調べたところ、「キングがそう書いているのをどこかで読んだ」と日本の読者がひとり書いているだけで、残念ながら英文では確認できなかった。

これが事実であるにしても、結局キングの非凡な筆力が証明されるだけのことか。

ジャン・ストラザー「みにくい妹」は、はじめイギリスの文芸誌ロンドン・マーキュリ

ーの一九三五年一二月号に掲載された。ストラザー（1901～53）は新聞コラムニスト。六つのアカデミー賞をとったグリア・ガースン主演の映画「ミニヴァー夫人」（1941、日本公開1949）の原作者で、彼女はこの分野の作家ではない。だが、その後ファンタジー&サイエンス・フィクション誌一九五二年二月号に再録され、同誌のベスト第二集にも収められた秀作なので、もっと新しい時代の産物としても立派に通用するだろう。

クリストファー「ランデブー」はプレイボーイ誌一九六六年九月号が初出。同誌はブラッドベリ『華氏451度』を連載するなどSF作家に好意的で、以前からふしぎに思っていたのだが、フランク・M・ロビンスンがローカス誌に語ったところよると、彼が若いころシカゴのSF及びファンタジー・ファンの集まりのなかに、後年のHMH出版（プレイボーイ誌発行元）社長ヒュー・M・ヘフナーもいたのだとか。

二〇一一年一〇月

本書は、一九八〇年二月にハヤカワ文庫SFより刊行された『冷たい方程式』を再編集した新版です。

訳者略歴　1942年生，英米文学翻訳家　訳書『2001年宇宙の旅』クラーク，『猫のゆりかご』ヴォネガット Jr.，『ノヴァ』ディレイニー，『地球の長い午後』オールディス（以上早川書房刊）他多数

HM=Hayakawa Mystery
SF=Science Fiction
JA=Japanese Author
NV=Novel
NF=Nonfiction
FT=Fantasy

冷《つめ》たい方程式《ほうていしき》

〈SF1832〉

二〇一一年十一月十五日　発行
二〇二一年十二月十五日　三刷
（定価はカバーに表示してあります）

著者　トム・ゴドウィン・他
編・訳者　伊《い》藤《とう》典《のり》夫《お》
発行者　早川　浩
発行所　株式会社　早川書房
郵便番号　一〇一 - 〇〇四六
東京都千代田区神田多町二ノ二
電話　〇三 - 三二五二 - 三一一一
振替　〇〇一六〇 - 三 - 四七七九九
https://www.hayakawa-online.co.jp

乱丁・落丁本は小社制作部宛お送り下さい。
送料小社負担にてお取りかえいたします。

印刷・精文堂印刷株式会社　製本・株式会社フォーネット社
Printed and bound in Japan
ISBN978-4-15-011832-7 C0197

本書は活字が大きく読みやすい〈トールサイズ〉です。